CW01642869

Wieszać każdy może

fabryka słów
WWW.FABRYKA.PL

Andrzej Pilipiuk

Wieszać każdy może

Ilustracje
Andrzej Łaski

fabryka słów

Lublin 2006

Rekruci

Mów mi Janek... – W oczach jeńca błyszczała dziwna, bezczelna pewność siebie.

– Kurde, a to się porobiło – westchnął Jakub i upitolił związanemu Niemcowi głowę. – Coraz lepiej szkolą sukinsynów, prawie bez akcentu gadał... Są jeszcze jacyś?

– To już ostatni – zameldował Józef Paczenko.

– Uhetałem się. – Semen wytarł szablę o płaszcz jednego z trupów. – Co robimy?

– Wypruwacz kazał, żeby kłaść wzdłuż drogi. – Józef z kieszeni najbliższego wyciągnął srebrną papierośnicę i troskliwie umieścił ją we własnej sakwie.

– Kurtka niezła... – Wędrowycz zaczął ściągać bluzę mundurową ze „swojego" Niemca. – Przyda się na jesień. Chłody teraz takie, a to niezłe sukno, może jeszcze zapasy sprzed Stalingradu...

– No i gdzie będziesz w tym czarnym paskudztwie paradował? Tu jest kupa hitlerowskich odznaczeń. Jeszcze cię Ruskie zastrzelą! – postraszył kozak.

– Odpruję, a kurtkę w ługu wypiorę, to z czarnej taka bardziej bura się zrobi. – Ściągnął ubranie do reszty i zaraz przymierzył. – Jak na obstalunek zrobiona – pochwalił. – Tylko upaćkana trochę. – Roztarł krew rękawem. – Ale w wodzie z octem namoczę, to nawet szwabska posoka puści.

– A to? – Józef z powątpiewaniem popatrzył na dziurę ciut poniżej lewej kieszeni.

– Ktoś mi zaceruje.

– Jak uważasz. – Paczenko zdarł kolejnemu trupowi buty.

Wywalił onuce i naciągnął oficerki na swoje stopy. Przeszedł się, poskrzypując cholewami.

– Szykowne, ale ciut ciasne. – Skrzywił się. – Spylić komuś będzie trza... Może Ruskim, jak wejdą...

– Uważaj, bo ci zapłacą, chyba że kulą między oczy. – Jakub był realistą.

– Jak tylko trochę za małe, to wlej do środka spirytusu i tak pochodź, za tydzień się dopasują – pouczył go Semen. – No, chłopaki, nie ma się co zasiadywać, sprzątajmy tu migiem, dzieciaki spać muszą iść... A i nas przecież czeka jeszcze tej nocy grubsza robota.

– Fakt. – Jakub złapał najbliższego trupa za nogi i pociągnął w stronę drzwi. – Trza gospodarzom powiedzieć, żeby te plamy piaskiem zasypali, bo śmierdzieć będzie... – Popatrzył z frasunkiem na kałuże krwi, gęsto zdobiące podłogę.

Przy drodze spotkali kolegów z oddziału. Kapitan Wypruwacz rozciągnął kawał sznura.

– Układać ścierwa tak, żeby nogami dotykały linki – polecił. – Pokażemy, że w Polsce jest porządek.

Równiutko ma być. Jak rano wkroczą Sowieci, żeby estetycznie wyglądało.

– A może by kilku przywiązać do drzew i wetknąć im czerwone sztandary w ręce? – zaproponował Jakub. – Do tego podczepić przewody elektryczne i w odpowiedniej chwili prąd się puści, a oni flagami zamachają. To by dopiero było godne powitanie Armii Czerwonej.

– Ty się, Wędrowycz, nie wymądrzaj – zaczął dowódca i popatrzył na ciągniętego trupa. – A gdzie jest łeb?

– O kurde, zapomniałem! W chałupie musi został...

Jakub położył ciało zgodnie z instrukcją, a po chwili wrócił, kopiąc głowę hitlerowca jak piłkę.

– Melduję: akcja przeprowadzona wzorowo i bez strat własnych – zasalutował Semen, przeliczywszy wzrokiem oddział.

– Poddał się któryś?

– Niestety.

Dowódca westchnął. Od bardzo dawna chciał, zgodnie z postanowieniami konwencji genewskiej, wziąć jeńców, ale Niemcom ktoś nagadał o nim jakichś bredni i opacznie zrozumieli jego chęć brania wrogów żywcem. Zamiast się poddawać, walczyli zawsze do ostatka, a otoczeni popełniali samobójstwa, byle tylko nie wpaść w ręce kapitana Wypruwacza.

– Jest czwarta rano. – Wypruwacz spojrzał na zegarek. – Idziemy na pałac.

Nieoczekiwanie niebo na wschodzie rozbłysło na prawie całej długości horyzontu. Dopiero po chwili wiatr przyniósł odległe echo wystrzałów.

– Ruscy – zauważył Józef. – Przygotowanie artyleryjskie, za najdalej dwadzieścia minut zabiorą się za forsowanie Bugu.

– A za dwie godziny może będą już tutaj – mruknął Jakub. – Musimy się pospieszyć.

Partyzanci, zajęci układaniem ciał, nie zauważyli w półmroku przedświtu, jak wzdłuż płotu przemknął szary cień w mundurku Hitlerjugend.

Untersturmführer Jürgen obudził się, słysząc daleki huk dział. Wyszedł na balkon pałacu i zagryzł wargi. Intensywny poblask kolejnych detonacji powiedział mu wszystko.

– Ruscy robią desant przez Bug – warknął. – Nasze chłopaki z Waffen SS ich zatrzymają...

Spojrzał na chałupy wioski. We wszystkich oknach paliły się światła. Oddział, który zakwaterował wieczorem, widać też się poderwał. O, już nawet maszerują drogą.

Skrzywił się lekko. Żołnierze szli bezładną kupą, jak jakaś partyzancka banda, a nie doborowy oddział SS. Poza tym... *Zum Teufel*! Po cholerę szli w stronę pałacu, przecież powinni wsiadać na motory i jechać wspomóc zagrożony odcinek!

Ktoś przeskoczył przez płot do ogrodu. Po chwili rozległ się łomot do drzwi. Zaraz potem zagadkowy gość wybił szybkę w oknie werandy i wpadł do środka. Untersturmführer znowu się skrzywił. Co to za zwyczaje! A może...? Może to jakiś Polaczek przyszedł kraść? Odbezpieczył pistolet i ruszył po schodach na parter. Zaraz zaprowadzi tu *Ordnung*... Na półpiętrze wpadł na niego mały Klaus.

– Co to za porządki! – huknął na niego Jürgen. – Baczność! Czego się tłuczesz? Czemu szybę wywaliłeś? Pójdziesz do karceru!

– Partyzanci od kapitana Wypruwacza! Wyrżnęli oddział, a teraz walą tutaj – wydyszał młody. – Musi pan uciekać.

– *Donnerwetter*!

Porwał chłopaka za ramię, przebiegli przez salon. Z sejfu pospiesznie wyciągnął teczkę ściśle tajnych dokumentów podległego mu terenu i zawiniątko z kosztownościami. Na podjeździe przed pałacem stał jego opel.

– Wsiadaj! – Pchnął dzieciaka do środka, sam wskoczył za kierownicę.

Silnik zapalił od razu. Uderzyli w bramę, staranowali jedno skrzydło. Wartownik obudził się w swojej budce, ale nie zdążył przetrzeć oczu, gdy wypadli na drogę. Jürgen zakręcił w stronę wsi.

– Zabiją nas. Widziałem, trupy nosili, głowy poucinali – chlipał chłopak.

– Co tam się stało, u diabła? Jak partyzanci mogli zabić pięćdziesięciu esesmanów? To niemożliwe! Przecież nasi musieli wystawić warty!

– Pod chałupami przy Uchańskiej były pokopane kryjówki – wyryczał dzieciak. – W nocy ci mordercy wyleźli spod podłóg i pozarzynali śpiących...

– *Verflucht*! – Tego nie przewidział.

– Nas też zabiją... – Łzy przerażenia kapały na mundurek. – Nie darują nam...

– Spokój, pojedziemy do Chełma, przyślą tu wojsko, drogo nam Polaczki zapła...

Szarpnął kierownicą w ostatniej chwili. Partyzanci, przeskakujący płot ogrodu, na widok samochodu zatrzymali się i otworzyli chaotyczny ogień w jego stronę. Jürgen wrzucił tylny bieg, przejechał kilkadziesiąt metrów. Koło pałacu wybuchła kolejna gwałtowna strzelanina, widać doszło do potyczki z wartownikami. Untersturmführer wykręcił i pomknął naprzód, koło folwarku i dalej na łąki.

– Tu jest bagno – chlipnął Klaus. – A grobla wąska...

– Trzymaj się.

Popędził pełną wybojów polną drogą, omal nie zrywając zawieszenia. Skręcił w Grabowiecką i przemknął przez tę część wsi. Na krzyżówkach znowu omal nie zginęli, gdy jakiś chłop zaczął ich ostrzeliwać ze swojej chałupy. Dniało. Po niebie przemknęło kilka sowieckich samolotów.

Wypadli na szosę do Chełma. Byli już przy cmentarzu, kiedy za lasem, gdzieś nad Sielcem, pojawiła się na bladym niebie wielka chmura dymu. Nawet tu słychać było echo gęstej palby karabinowej.

– Garnizon, ktoś atakuje garnizon w Sielcu – jęknął chłopak. – Trzeba zawrócić i uciekać na Krasnystaw!

Jürgen posłuchał. Chciał zahamować i zawrócić. W tej chwili silnik zakaszlał i zgasł. Untersturmführer nerwowo przekręcił kluczyk w stacyjce. Bez większego efektu. Wyskoczył z wozu, by podnieść maskę, i wtedy zrozumiał. Któraś z kul przebiła bak. Przez cały czas tracili bezcenne paliwo.

Daleko na drodze rozległ się warkot silników. Spory oddział motocyklistów wypadł z lasu i gnał w stronę Wojsławic.

– Zabierzemy się z żołnierzami – zadecydował Jürgen.

– A jak nie zechcą nas wziąć? – Klaus znowu pociągał nosem.

– Zechcą. – Z zawiniątka Jürgen wyłowił złotą dwudziestodolarówkę. – Zapłacimy...

Motory zbliżały się i dowódca spostrzegł naraz swoją pomyłkę. Szosą mknęły potężne amerykańskie motocykle. Sowieci! Obaj bez słowa rzucili się do ucieczki przez bramę na gęsto zadrzewiony cmentarz. Któryś z sołdatów wypruł za nimi serię z pepeszy, ale widać bardzo się spieszyli, bo pognali dalej.

Od strony Wojsławic doleciał chrzęst gąsienic i równomierny huk jadących czołgów.

– Co dalej? – zapytał chłopak bezradnie.

– Do lasu! – Untersturmführer zmierzył wzrokiem rozległą przestrzeń pól dzielącą ich od zbawczej gęstwiny. – Tam przeczekamy.

Jakub Wędrowycz ze złości rozstrzelał kanapę. Z pościeli uniosło się pierze.

– Ktoś go chyba musiał ostrzec – powiedział Semen. – Zwiał swoim wozem dopiero co. Może jeszcze wpadnie w nasze ręce – spróbował pocieszyć kolegów.

– Sowieci zajęli Sielec, uderzenia poszły na Chełm i Zamość – rzucił Wypruwacz, wchodząc do pokoju. –

Schodzimy do głębokiej konspiracji, zobaczymy, co nowa władza knuje.

– Pewnie to samo co w 1918 – mruknął Semen – ale i my pamiętamy, co w takim przypadku robić. – Złapał rzemień i leciutko wysunął szaszkę z pochwy.

– Na razie nic tu po nas – rzucił dowódca. – Wracajcie do domów i czekajcie na sygnał. Jakub, ty, zdaje się, umiesz pędzić bimber?

– No ba...

– Wyprodukuj tak ze sto litrów. Poczęstujemy Ruskich, jak będą za bardzo rozrabiali.

– Ma być taki, żeby od razu poszli do piachu, czy wystarczy, że po trzech dniach wykitują? – Jakub wolał się dopytać.

– Zrób taki i taki. Będziemy używali w zależności od okoliczności. W kuchni na parterze są taczki i beczka melasy, weź, będzie na zacier. Semen, pomożesz mu?

– Jasne.

Niebawem przyjaciele, pchając poskrzypujący wehikuł, wlekli się polnymi drogami na Stary Majdan. Dniało. Z zachodu, nad Bończą, dobiegały pojedyncze wystrzały. Widać Rosjanie natrafili wreszcie na bardziej zdecydowany opór. Po niebie przeleciał klucz kukuruźników. Beczka była ciężka, przystanęli odpocząć.

– Ech, zdaje się, że to koniec wojenki – westchnął Wędrowycz. – Akurat jak zaczęło się fajnie robić...

– Może i nie koniec, teraz będziemy likwidować komunistów – pocieszył go Semen.

– To ilu Szkopów tej nocy załatwiłem? – Jakub zaczął liczyć na palcach.

Zdjął karabin i ozdobił kolbę czterema nacięciami.

– No, nieźle – podziwiał kolekcję karbów. – Jeszcze ze trzydzieści milionów sukinsynów zostało, ale zawszeć to kilkudziesięciu mniej...

Gdzieś z daleka rozległo się ponure wycie wilka.

– Namnożyło się draństwa przez tę wojnę. – Semen pokiwał głową. – Przez lata watah nie wytłuczemy... O, karwia...

Za zakrętem drogi na świeżo zagryzionej sarnie żerowało kilka wilczych bestii. Wędrowycz poderwał karabin do ramienia i strzelił, nie celując. Jeden zwierzak wywinął koziołka, reszta rozpierzchła się po krzakach.

Jakub pochylił się nad sarną.

– Jedna noga nawet nieposzarpana jeszcze. – Dobywszy bagnetu, zręcznie zaczął oddzielać ją od tuszy.

– Tylko dobrze upiecz – mruknął jego towarzysz. – Bo sam wiesz, co może się stać, jak zjesz kawałek surowizny ze sztuki zagryzionej przez wilki...

– Wiem. Bez obaw, zapekluję i upiekę, to niebezpieczeństwa nie będzie... – Jakub rzucił kilka solidnych ochłapów na taczki i ruszyli dalej.

Hans ostrożnie wystawił głowę z parowu. Gdzieś z zachodu wiatr przyniósł huk dział. Front się cofał. Niemiec cichcem przemknął na skraj lasu. Na polach koło Wojsławic rozłożyli się obozem Ruscy. Nawet stąd widział ich ciężarówki i brezentowe namioty szpitala polowego. Kilku żołnierzy, uzbrojonych w karabiny, maszerowało w stronę lasu. Pewnie dowódca wysłał ich na patrol, a może tylko po chrust? Obok nich biegły dwa kudłate syberyjskie psy. Hitlerowiec zadrżał i czym prędzej umknął między drzewa. Z kieszeni wyjął fiolkę nafty i kawałkiem chustki rozsmarował ją po podeszwach.

Teraz dopiero odetchnął z ulgą. Po śladach go nie wytropią, ważne, żeby ukryć się przed wiatrem, zanim zwierzęta pochwycą jego woń. Kluczył po leśnych dróżkach, co jakiś czas kryjąc się w krzakach i przeczekując. Wreszcie dotarł do znajomego młodnika. Wczołgał się pod szerokie gałęzie świerków, uświnił spodnie na kolanach, ale po chwili był już na polance. Pociągnął nosem, zapach dymu był prawie niewyczuwalny. Otworzył klapę, zamaskowaną starym pniakiem, i po drabince zszedł w głąb bunkra.

– Jak wygląda sytuacja? – Jürgen siedział przy stole, studiując przy świeczce resztki przedwojennej polskiej mapy.

Hans stanął na baczność.

– Melduję, że Ruscy rozłożyli się obozem na polach. Przejść się nie da, mają psy. Zbudowali szpital polowy, zostaną tu pewnie dłużej.

– *Zum Teufel*! – zaklął untersturmführer.

A potem wrócił do studiowania mapy. Przed dwoma laty odkrył ten bunkier i własnoręcznie zastrzelił ośmiu ukrywających się w nim Żydów. Całe szczęście, że nie nakazał wtedy zniszczenia podziemnej kryjówki. Dzięki temu on, Klaus i dwaj rekruci z jakichś rozbitych oddziałów mieli się gdzie schronić. Siedzieli tu od tygodnia, czekając na dogodną chwilę, by ruszyć w ślad za swoimi.

– Z drugiej strony lasu prawie nadziałem się na partyzantów – uzupełnił leżący na pryczy Freder. – A od zachodu polskie wojsko wycina sosny, widać drewno do czegoś potrzebne. Masa ich tam pracuje. Widziałem też trochę naszych w kajdanach, Polaczki zagonili jeńców do roboty.

– Jesteśmy otoczeni – dowódca ważył każde słowo. – Słychać artylerię, a nocą jeszcze czasem błyska nad horyzontem. To oznacza, że front nie jest daleko. Trzydzieści, może pięćdziesiąt kilometrów.

Klaus, obierający kradzione z kopców kartofle, chlipnął w kącie. Od czterech dni bez przerwy beczał.

– Cichaj, duży chłopak, a mazgai się jak baba – ofuknął go stary. – Póki co jeszcze żyjemy, a nasza armia nie da się pokonać hordom podludzi. To tylko taktyczny manewr, pozorowana ucieczka...

„Niezła taktyka, wiać znad Wołgi aż pod Zamość, na tereny, które po wsze czasy miały należeć do Rzeszy" – pomyślał Hans.

– Spróbujemy dziś nocą. – Jürgen zaznaczył na mapie kreskę. – Ruszymy o dziesiątej, jak się dobrze ściemni, pójdziemy brzegiem lasu w stronę Majdanu Ostrowskiego – przesylabizował z trudem polską nazwę. – Potem przeskoczymy lasami pod Krupe. Front przebiega gdzieś za Krasnymstawem. Dzień przeczekamy w lesie i kolejnej nocy może dojdziemy do naszych.

– Może – westchnął Freder. – A może nie? Strasznie gęsto tu od wojska.

– To normalne na bezpośrednim zapleczu frontu – słowa dowódcy padały ciężko, jak odlane z żelaza. – Gdyby było nas więcej, moglibyśmy podjąć działania dywersyjno-zaczepne...

Naraz umilkł i zdmuchnął świecę. W ciemności usłyszeli trzask chrustu łamanego ciężkimi buciorami czerwonoarmistów. Przez otwory wentylacyjne dobiegały ich głosy. Żaden z ukrywających się nie znał rosyjskiego, ale wyczuwali zawoalowaną groźbę zawartą w słowach *job twoju mać*. Gdzieś blisko zaszczekał pies. Freder zacisnął dłoń na granacie. Dowódca, mający najwięcej na sumieniu, wetknął pod język szklaną ampułkę z cyjankiem. Kroki i głosy Rosjan oddaliły się. Odetchnęli z ulgą.

Jakub Wędrowycz kopnął pieniek. Nogi gminnego sekretarza PPR rozpaczliwie zamajtały w powietrzu. Ze zduszonego stryczkiem gardła dobiegł ostatni charkot.

– Kurde! – Jakub splunął z obrzydzeniem pod stopy powieszonego. – Jednego chwasta mniej.

– Komunistów jest po prostu za dużo – zauważył Semen. – Wszystkich nie zabijesz.

– Ale przynajmniej niektórych. – Jego przyjaciel przerzucił nowy stryczek przez belkę cegielni i ze stosu skrępowanych jak balerony pachołków nowej władzy wyciągnął kolejnego. – Nikomu niepotrzebni tacy „towarzysze". – Wydął z pogardą wargi.

– Wyklęty powstań ludu... – zaintonował komunista, strzelając na boki przerażonym wzrokiem, ale Semen zręcznie zrobił mu tracheotomię bagnetem i śpiew umilkł.

– A tego za co? – Wędrowycz popatrzył pytająco na Józefa Paczenkę.

– Konfident z KPZU – Paczenko sprawdził na otrzymanej od dowódcy liście.

Kolejne ciało zatrzepotało na lince jak ryba złapana na wędkę i znieruchomiało.

– Zaraz nam sznura zabraknie – sarkał Semen. – Może tych pozostałych dorżnę szabelką?

– Zdrajców się wiesza.

– Ale w Biblii napisano: „Zło dobrem zwyciężaj", a żelazo jest dobre – zaoponował kozak.

– Dobry sznur też jest przecież dobry – Jakub nie zrozumiał.

– Jak nie starczy linek, to weźmiemy z odzysku – zaproponował Józef, licząc wzrokiem powieszonych już klientów. – Odczepi się tych pierwszych albo jak... Dawaj ostatnich i zwijamy się.

Po chwili wszyscy komuniści skonali na zaimprowizowanej szubienicy. Jakub wyciągnął puszkę z farbą i pędzel, a potem na ubraniu każdego wisielca wymalował wielką czarną swastykę.

– Jak ich znajdą, to na Szkopów będzie – powiedział z zadowoleniem. – Ruscy nalepili plakaty, że się po lasach Niemiaszki ukrywają, a to znaczy, że sami w to wierzą... I proszę, jakie wspaniałe potwierdzenie ich teorii...

I wszyscy trzej zarechotali wesoło.

Jürgen nakazał obejść wieś dużym łukiem. Jak dotąd przeszli może z osiem kilometrów. Na razie wszystko szło jak z płatka.

– Tu jest stara cegielnia – szepnął. – Zrobimy przy niej krótki postój. I napijemy się może wody, powinna tam być pompa.

Dobiegli cichcem do ściany. Dowódca wyjrzał zza węgła. Strzał huknął ponuro i niedawny włodarz okolicy bez słowa osunął się w błoto. Pozostali chcieli rzucić się do ucieczki, ale już było za późno. Trzej uzbrojeni w karabiny tubylcy wychynęli z mroku. Niemcy z wahaniem podnieśli ręce do góry.

– Wieszamy czy rozstrzeliwujemy? – zapytał Józef.

– Oj, co ty jesteś taki w gorącej wodzie kąpany? – obruszył się Jakub. – Toż to przecież jeszcze dzieciaki...

– Znam ja takie dzieciaki – burknął jego przyjaciel.

Jeńcy chyba poczuli groźbę w jego głosie, bo zatrzęśli się jak osiki.

– A byłoby ci przyjemnie, jakby tak twojego syna partyzanci wieszali? – ofuknął go Wędrowycz.

– Coście za jedni? – Semen zapytał ich po niemiecku.

– Studenci z Monachium – wyjaśnił Hans. – Wysłali nas na front. My nie z własnej woli. Nienawidzimy Hitlera.

– *Hitler kaputt*! – wrzasnął Freder.

– No i sam widzisz – Jakub zwrócił się do przyjaciela. – Za co niby mamy ich zabijać?

Dziwny, cyniczny błysk w jego oku uspokoił i kozaka, i Józefa.

– No może rzeczywiście, młode toto i chce żyć... Głupio byłoby ich tak zarżnąć. Untersturmführer... – tu kopnął trupa, aż się klejnoty z kieszeni posypały – to co innego, zasłużył, ale oni?

– Wpadliście tu jak śliwka w gówno – powiedział Wędrowycz do schwytanych. – Waszych odrzucili już o dobre sto kilometrów. Nie przedrzecie się. Poza tym, jakbyście nawet się do nich przemknęli, to co? Znowu was poślą pod kule Sowietów.

Semen przetłumaczył im słowa kolegi na niemiecki.

– Nie chcemy na front – jęknął Freder. – Może wydacie nas bolszewikom? Pójdziemy sobie grzecznie do niewoli. A jak się wojna skończy, wrócimy do domów.

– Ruscy wszystkich jeńców wysyłają na Sybir – wyjaśnił Semen. – A stamtąd nikt nie wraca. Tu też zostać nie możecie, ludność okoliczna Szkopów coś nie lubi. Wbiliby was na pale albo poćwiartowali piłami... – Spojrzał na Jakuba.

– Jest jedna metoda – westchnął Wędrowycz. – Ale cholernie trudna i skomplikowana. Możemy was przerzucić do domu. Do Monachium. Będziecie się tylko musieli ukrywać, żeby was znowu nie wysłali na front albo nie rozstrzelali za dezercję.

– Ale jak? – zdumiał się Klaus. – Samolotem?

– Zamienimy was w wilki – wyjaśnił Jakub. – No, konkretnie: w wilkołaki. Pod postacią zwierząt bez trudu zdołacie przemknąć się na Zachód.

– Wilkołaki? – Freder wytrzeszczył oczy. – To przecież niemożliwe...

Jakub pozwolił, by odrobina mocy błysnęła w jego źrenicach. Niemcy o nic już nie pytali.

– Wilkami będziecie tylko nocą – kontynuował wyjaśnienia. – I tylko przez kilka dni, gdy księżyc jest w pełni albo prawie w pełni. Musicie przeczekiwać gdzieś dnie, a wędrować nocami. Przez pięć, sześć dni zdołacie przebyć ze trzysta kilometrów.

– Najlepiej pod postacią zwierząt wskoczcie do pociągu jadącego na zachód – doradził Józef. – To szybciej będziecie w Rzeszy. To jak, chcecie? – Nie zdejmował ani na chwilę palca ze spustu.

– Zgadzamy się – podjął decyzję Hans. – Czy taka przemiana jest trudna?

– Trochę nieprzyjemna i trochę boli – powiedział Wędrowycz. – Ale da się wytrzymać. Chodźcie z nami.

Dochodziła północ, gdy dotarli na Stary Majdan. Na szczęście nikt z sąsiadów ich nie widział. Z lodowni Jakub wydobył nogę sarny. Obdarł ją ze skóry i poszatkował drobno. Trzej hitlerowcy czekali w pokoju. Siedzieli na ławie, obserwując go z ponurymi minami. Może nie do końca uwierzyli, ale i tak nie mieli innego wyjścia. Józef stał oparty o framugę drzwi, sten wiszący na konopnym sznurze połyskiwał groźnie.

„Pal diabli – pomyślał Hans – nawet jak nas zaraz zastrzelą, to posiedzimy chociaż w cieple i coś przekąsimy..."

Wędrowycz nalał bimbru do musztardówek i gestem zaprosił byłych okupantów do stołu. Niemcy jedli surowiznę z obrzydzeniem, ale samogon ułatwił przełknięcie. Nim skończyli, wzeszedł księżyc.

Wyszli do sadu. Jakub wyjął z cholewy buta bagnet.

– To, niestety, konieczne – wyjaśnił, choć i tak nic nie zrozumieli.

Każdemu z nich przeciął ubranie pod lewą pachą, a potem naciął głęboko skórę. Nie poczuli bólu.

– Przemiana już się prawie dokonała – oznajmił Semen.

Niemcy popatrzyli po sobie zaskoczeni. Z głębokich ran nie pociekła nawet kropla krwi.

– Teraz musicie chwilę poczekać – mruknął Wędrowycz, chowając nóż. – I pamiętajcie, wracajcie prosto do domu. – Popatrzył im w oczy przenikliwym, hipnotyzującym wzrokiem. – Do Monachium, nie zatrzymujcie się po drodze...

Pierwszego dopadło Klausa. Zadygotał, coś trzasnęło, a potem chłopaka przez dziurę pod pachą przewróciło na nice. Jęknął tylko głucho i już był wilkiem. Teraz dopiero uwierzyli do końca.

– Z powrotem też będzie tak samo, tylko w drugą stronę? – zaciekawił się Freder.

– Dokładnie, tylko ubrania będziecie mieć straszliwie wymięte, bo w środku wilka jest ciasno. – Niemiec nie mógł ocenić, czy Semen kpi sobie, czy tylko informuje.

Po chwili w Jakubowym ogrodzie siedziały dwa wielkie basiory i jeden mniejszy wilczek – roczniak.

– Do Monachium w tamtą stronę – Józef wskazał im drogę. – Powodzenia, chłopaki.

Zwierzęta zawyły do księżyca i pobiegły. Trzej partyzanci wrócili do chałupy. Jakub rozdał amulety.

– Noście je na szyi – pouczył. – W razie gdyby jednak wrócili... Hipnoza czasem bywa trochę zawodna. A mogą być naprawdę wkurzeni.

– Też byś był wkurzony, gdybyś się zorientował, że możesz podjeść do syta tylko raz na miesiąc i tylko ludzinę... – burknął Semen. – Ale, swoją drogą, pomysł przedni – pochwalił. – Zanim ich upolują, rozszarpią więcej Szwabów, niż oddział Wypruwacza rozwalił przez całą wojnę.

– Potraktujmy to jako nasz wkład w zwycięstwo – powiedział poważnie Wędrowycz i wyciągnął z piwniczki nową flaszkę samogonu.

Fabryka

Organizacja Zieloni Mściciele powstała po to, by chronić świat przed bezmyślnością pachołków kapitalizmu. Naszym celem jest także pomszczenie krzywd, które przyroda poniosła z rąk ludzi. Cel ten osiągniemy poprzez zatapianie tankowców, wykolejanie pociągów wiozących toksyczne substancje oraz wysadzanie w powietrze niebezpiecznych dla ziemi elektrowni atomowych. Bądźcie z nami.

(z ulotki propagandowej)

– Ty zobacz, co tu wypisują. – Anarchista Zibi potrząsnął gazetą. – Gminie Psiajucha zachciało się kapitalizmu.

– A konkretnie? – Mark oderwał się od studiowania obszernej monografii dotyczącej kultu bogini Ziemi w społeczeństwach starożytnych.

– Konkretnie: jakiś biznesmen chce postawić im fabrykę i zagonić do roboty aż dwudziestu ludzi.

– Będzie stawiał budynki od podstaw?

– Tak. Tu jest wywiad z sołtysem, który się cieszy, że i przy budowie będą zatrudnieni miejscowi.

– Stawia od zera, znaczy ma pieniądze na inwestycje. – W zmętniałych od marychy oczkach Marka błysnęło zainteresowanie. – Myślę, że trzeba nałożyć na niego specjalny podatek ekologiczny.

– Chcesz znowu obudzić Alkioneusa?

– Taaaa... Ale tylko jeśli nie uda się zastopować inwestycji tradycyjnymi metodami.

Paweł Skorliński stanął na wzgórzu i jednym spokojnym spojrzeniem zlustrował okolicę. Przed nim po zaoranym polu uwijali się geodeci. Ciągali sznurki i taśmy miernicze, patrzyli przez obiektywy teodolitów i niwelatorów, wbijali tyczki. Poruszali się sprawnie, jak dobrze zaprogramowane roboty. Za placem budowy znajdowała się niewielka wioska. Pokraczne szopy, poprzekrzywiane ze starości płoty, wrośnięte w ziemię chałupy. Zza ogrodzeń tubylcy popatrywali na krzątaninę.

– Wszystko idzie zgodnie z planem – zaraportował sołtys, mnąc czapkę w dłoniach. – Jutro szalunki, pojutrze będziemy lać fundamenty.

– Znakomicie – pochwalił inwestor. – Jak z rekrutacją pracowników?

– Na te czterdzieści miejsc zgłosiło się stu dwudziestu chętnych. Dalszych dwudziestu jest na liście rezerwowej. Ludzie już prosili, żebym nacisnął na pana o rozbudowę zakładu.

– Zobaczymy.

Sołtys zapalił extrakrzepkiego. Zaciągnął się głęboko i z zadowoleniem.

– Prawdę powiedziawszy, inaczej sobie pana wyobrażałem – powiedział. – Sądziłem, że kapitalista powinien mieć cylinder, frak, bat w ręce i cygaro w zębach. I, oczywiście, złoty zegarek na łańcuszku. Dziadek opowiadał... No i liczyliśmy, że będzie tu prawdziwa fabryka, a nie szwalnia spodni.

Skorliński popatrzył na niego zaskoczony.

– Sądziliście, że będę chodził z batem po fabryce i wyzyskiwał robotników? – Uśmiechnął się.

– Na to ludzie liczą... Robota cholernie by się przydała. Nawet pal diabli ten wyzysk, najwyżej zastraj... – zaplątał się przestraszony. – Byle zarobić kilka groszy.

– W dzisiejszych czasach państwo bardziej wyzyska mnie niż ja was – westchnął biznesmen. – Ale jeśli jest zapotrzebowanie społeczne, frak i cylinder da się wypożyczyć. Tylko cygaro będzie zgaszone, ja nie palę.

– Przyda się w gminie trochę inwestycji. Kapitalizm to praca, pieniądze, możliwości...

– Kapitalizm to niewola, wyzysk, pomiatanie człowiekiem – wychrypiał anarchista Zibi i wychylił kilkoma haustami szklankę wody.

Wiec w remizie trwał już trzecią godzinę, ale ludzi nie udało się jak dotąd przekonać.

Jego przyjaciel, podzwaniając amuletami, wszedł na mównicę.

– Kapitalizm to gwałcenie ziemi – powiedział. – To beton autostrad, to dymy bezczeszczące błękitne niebo, to ścieki, które zatrują wasze wody.

– Znaczy się co? Nawierzchnię mamy z szosy skuć? – zagadnął jakiś chłopina, a reszta zaniosła się gromkim rechotem.

Zibi westchnął ciężko. Miał za sobą wiele podobnych spotkań z ludnością, ale teraz trafił mu się wyjątkowo trudny teren. Mieszkańcy wsi, zamiast żyć spokojnie z rent i pić tanie wina, dziwnym trafem przesiąknięci byli ohydnym kapitalizmem. A przecież powinni, jak ich sąsiedzi, leżeć do góry brzuchami, a przyrodę zostawić w spokoju.

– Dla garści marnych groszy sprzedajecie swoją wolność i pozwalacie, żeby w sercu waszej pięknej gminy stanęła cuchnąca fabryka!

– Nic nie będzie cuchnąć, to tylko szwalnia spodni – roześmiała się kobieta w chustce.

– Za trzydzieści srebrników pozwalacie podeptać bezcenny skarb, jakim są...

– Coś ty się z choinki urwał? – parsknął wąsaty kowal. – Jak niby mamy żyć bez forsy?

– Normalnie, tak jak dawniej. Społeczeństwa pierwotne nie znały pieniędzy. I wy też możecie być szczęśliwi bez nich.

Na mównicę wszedł sołtys. Wziął Zibiego za ramię i delikatnie, choć stanowczo, oderwał od mikrofonu.

– Słuchaj, synu, może faktycznie w czasach polowań na mamuty forsa nie była ludziom potrzebna. Ale teraz stała się niezbędna. Więc posłuchaj mojej dobrej rady i spierdalaj ze wsi. Ludziska u nas spokojne, ale jak już się wkurzą, to gotowi łeb rozwalić sztachetą...

Obaj anarchiści zatrzymali się na wzgórzu za wsią, w miejscu, gdzie kilka godzin temu stał biznesmen.

– Głupota tych wieśniaków przyprawia mnie o mdłości – powiedział Mark. – Nie ma sensu tłumaczyć im idei Gai. Dranie, którzy mordują niewinne kury, kozy i świnie, by tylko napchać kałduny, którzy nie pojmują, że mięso to faszyzm, nie są godni, by samodzielnie decydować o swoim losie.

– No to co robimy? Sami nie powstrzymamy budowy, a chłopaki z bojówki siedzą...

– Myślę, że wyjście jest jedno. Trzeba sięgnąć po sposoby niekonwencjonalne. Bierz księgę, przygotujemy rytuał przywołania wojownika. Ten cwaniaczek Skorliński będzie miał swoją fabrykę, ale słono za to zapłaci. Ukarzemy parszywego kapitalistę za jego prymitywną żądzę zysku.

– Oj, słono. – Zibi skrzywił wargi w uśmiechu. – Z pół roku naszą organizację za to utrzymamy.

Robotnicy maszerujący na plac budowy zatrzymali się w pół kroku. Na polu, pomiędzy szalunkami, stał wysoki, potężnie zbudowany koleś. W dłoni trzymał drewnianą lagę. Typek miał dobre trzy metry wzrostu, a jego kijaszek pasował do gabarytów.

– Ty, coś za jeden? – zapytał brygadzista.

– Jestem Alkioneus, syn Gai – oświadczył olbrzym. – Ta fabryka nie powstanie. Chyba że po moim trupie.

– Kuźwa – zaklął majster. – Ten biznesmenina powiedział, że zapłaci dopiero po robocie. A ten tu gada, że nie da nam pracować.

– Po jego trupie? – zadumał się drugi, dzierżąc krzepko kilof w spracowanych dłoniach. – Myślę, że to da się zrobić.

– Duży jest, ale i Herkules dupa, kiedy ludzi kupa. – Brygadzista uśmiechnął się wrednie. – Syn gejów czy nie, na wsi jesteśmy, więc tolerancji nie tolerujemy. Spuścimy gnojowi wpierdol. Chłopaki, naprzód!

Budowlańcy zawyli i ze szpadlami w ręku runęli na olbrzyma. Ten bronił się dzielnie, waląc ich lagą. Co rusz któryś padał na rozmiękłą ziemię, ale i Alkioneus nieźle oberwał. Kant szpadla rozciął mu rękę, brygadzista wbił wielkoludowi koniec kilofa w kolano. Powoli gigant słabł, a robotników na placu boju zostało jeszcze pięciu.

Łup – stylisko łopaty dźgnęło Alkioneusa między nogi. Trach – trzasnęło żebro złamane ciosem murarskiego młota. Gigant zachwiał się i w tym momencie dostał w czoło żelazną babą do rozbijania kamieni. Ten cios wyeliminował go z walki na dobre. Legł zakrwawiony w bruździe.

– O kuźwa, ale była zadyma. – Jakiś budowlaniec dźwignął się z ziemi i wypluł kilka zębów. – Co z nim?

Brygadzista spojrzał krytycznie na ciało.

– Żyć żyje, ale ma nauczkę, żeby w robocie ludziom nie przeszkadzać – wycedził. – Wszyscy cali?

Pokiwali głowami. Rozbite łuki brwiowe, rozkwaszone nosy, wybite zęby, podbite lima...

– Obroniliśmy miejsce pracy – ucieszył się któryś. – Ale czy ten gość nie pójdzie na policję? – zaniepokoił się nagle.

– Gdzie tam, niech tylko spróbuje. Po pierwsze, jest tu nielegalnie. – Brygadzista wskazał tabliczkę „Niezatrudnionym wstęp wzbroniony". – Po drugie, to on zaczął. Jakby kto pytał, to rzucił się na nas pierwszy, i to z użyciem niebezpiecznego narzędzia. – Wskazał porzuconą maczugę. – My tylko się broniliśmy.

– A, to w porządku.

Nie zdążyli włączyć betoniarki, gdy przez korpus olbrzyma przebiegł dreszcz. Wstał z ziemi i otrzepał się.

– A wy co! – huknął. – Po ludzku nie rozumiecie?

– O, szlag! – westchnął majster.

W ciągu kilku minut wszystkie rany na ciele giganta zagoiły się bez śladu.

– Nie możecie mnie pokonać, czerpię siły bezpośrednio od mojej matki Ziemi – pochwalił się Alkioneus. – Ile razy dotknę nogą gleby, odzyskuję moc.

– Gówno – powiedział brygadzista i wpakował olbrzymowi w pierś cały magazynek.

Robotnicy spojrzeli po sobie zaskoczeni.

– A tego nie widzieliście – mruknął, chowając nielegalną spluwę do kieszeni. – Trzeba będzie tylko zabetonować to ścierwo pod fundamentem. Żeby nikt się nie czepiał.

Olbrzym leżał martwy.

– A ja bym go jeszcze osikowym kołeczkiem tak na wszelki wypadek przypalikował – zaproponował majster.

Nie zdążyli. Rany giganta zabliźniły się na ich oczach i wróg otworzył powieki.

– Wy chyba naprawdę chcecie oberwać – warknął. – Chłopaki, chodu...

– Że co? – zdziwił się Skorliński. – Niezniszczalny olbrzym pracować przeszkadza?

– No właśnie. – Brygadzista kiwnął głową.

– Bzdury. Pewnie go ta anarchistyczna hołota wynajęła. Zrobimy z nim porządeczek.

– Próbowaliśmy. – Budowlaniec ledwo mógł mówić. Złamana szczęka bolała jak diabli. – Kilkanaście kul w niego wpakowałem. Przewrócił się na chwilę, a potem wstał znowu.

Biznesmen, słysząc taki stek pierdół, złapał się za głowę.

– Jedziemy na budowę – zarządził. – Ja wam pokażę, jak się rozwiązuje problemy.

Zapakowali się we trójkę do jeepa i pojechali. Syn Gai krzątał się po placu: rozsypał cement, popsuł betoniarkę, a teraz rozwalał szalunki.

– Ty gnoju! – wrzasnął Skorliński. – Wypad mi stąd, i to już!

Olbrzym odwrócił się i sięgnął po lagę.

– Tak łatwo nie pójdzie – mruknął towarzyszący im gliniarz. – To coś ma nadprzyrodzone moce.

– Nadprzyrodzone czy nie, nie powstrzyma zwycięskiego pochodu kapitału. – Skorliński wrzucił bieg i wdepnął pedał gazu.

W chwili gdy uderzał w giganta, na liczniku była prawie setka. Olbrzyma rzuciło na dobre pięć metrów. Biznesmen przejechał po nim, zawrócił i przejechał raz jeszcze.

– Trochę to niezgodnie z przepisami – burknął posterunkowy. – Ale ja tam nic nie widziałem.

Wysiedli z wozu. Zderzak był mocno wgnieciony, koła zachlapane posoką. Alkioneus po dwukrotnym przejechaniu wyglądał na nieźle zdefasonowanego.

– A jak znowu się odrodzi? – zaniepokoił się brygadzista.

– Już ja mu się odrodzę. – Biznesmen wypakował z samochodu kanister paliwa.

Oblał ciało i podpalił. Czarny dym wzniósł się w niebo. Pół godziny później z trupa pozostał tylko okopcony szkielet.

– Widzicie, nie taki diabeł straszny – oznajmił inwestor. – Trza to będzie gdzieś zabetonować i jutro ruszamy z robotą dalej. Dwa dni przestoju to doprawdy za dużo...

Szkielet drgnął i w jednej chwili oblekł się w ciało.

– Spieprzamy! – wrzasnął brygadzista, a jego dwaj towarzysze niezwłocznie to uczynili.

– Odradza się po zetknięciu z ziemią? – zapytał Jakub Wędrowycz.

– Tak. Nawet się drań przedstawił, więc go zidentyfikowałem. Alkioneus się nazywa. Jest o nim mit grecki, był pierworodnym synem bogini Gai. Herkules go załatwił, odrywając od ziemi. Musieli go jakoś ożywić.

– No to gdzie problem? – zdziwił się Semen. – Weź dźwig, zaczep gnoja stalową linką i potrzymaj w powietrzu, aż zdechnie.

– Próbowałem – parsknął kapitalista. – Rozwalił maszynę, zanim zdołaliśmy zarzucić na niego stryczek. Cholernie szybki jest.

– Da się załatwić bez dźwigu – mruknął egzorcysta.

– Jakim cudem? – zdumiał się Skorliński.

– Najpierw trza wylać beton, potem spuścić mu łomot. Na betonie się nie zregeneruje.

– Ale jak wylać beton, jak on tam siedzi?

Obaj starcy poskrobali się po głowach.

– A może by tak jego zabetonować? – rozważał kozak. – Obudować plac i zalać na wysokość taką, żeby go z głową przykryło? I niech sobie tam siedzi do siódmej nieskończoności...

– To by trzeba było zrobić warstwę grubą na cztery metry – zaoponował inwestor. – I ze czterysta metrów kwadratowych, zakładając oczywiście, że pozwoli się otoczyć szalunkami i nie wypłynie na wierzch, jak będziemy go betonować...

– Kurde, no to nic się nie da zrobić – powiedział stanowczo Jakub.

Właściwie kłamał. Miał w zanadrzu co najmniej dziesięć sposobów, ale cholernie nie chciało mu się jechać na drugi koniec kraju. Zwłaszcza że śliwki zaczęły właśnie dojrzewać, a on już dwa lata nie pędził śliwowicy...

– Jak to się nie da? – wkurzył się biznesmen. – Musi być sposób.

– Ciekawe jaki? – Semenowi też nie chciało się ruszać ze wsi.

– A zobaczcie. – Pchnął w ich stronę kartkę papieru:

Szanowny Panie!

Z przyjemnością informujemy, że istnieje możliwość rozwiązania pańskiego problemu. Jeśli jest Pan zainteresowany, proszę przesłać 40 tysięcy złotych na podany numer konta.

Brygada ekologiczna „Zieloni Mściciele"

– Może to tylko tak, dla wyłudzenia forsy? – zadumał się Wędrowycz. – Może sami nie umieją...?

– Zasięgnąłem języka. Nie jestem pierwszy. Jasne, że chodzi im o haracz, ale jak ktoś zapłaci, to go odwołują...

Egzorcysta westchnął ciężko.

– Ja jestem stary, chory, zmęczony i na emeryturze – powiedział. – Sam go załatw.

– Ale jak, u licha? Kule się go nie imają, ogień mu nie szkodzi...

– Powiadasz, że odradza się w kontakcie z ziemią? – powtórzył Jakub. – Alkioneus, mówisz? To brzmi podobnie jak alkoholizm. W takim razie...

Biznesmen uruchomił spust i tysiąc litrów spirytusu technicznego popłynęło kanalikami przez pole. Sołtys, widząc takie marnotrawstwo, złapał się za głowę.

– Dobra. – Skorliński, kiedy wsiąkło, skinął na geodetów. – Wymierzcie tutaj według poprzedniego schematu.

Większość tyczek była już wetknięta na miejsca, gdy zza wzgórza wyszedł olbrzym.

– Co, cwaniaczku? – parsknął pod adresem biznesmena. – Wydawało ci się, że schowasz fabrykę za pagórkiem?

Skorliński cofnął się o krok. Gigant szedł na niego niczym rozpędzona lokomotywa. Geodeci zwiali, porzucając sprzęt.

– Jeszcze jeden krok, a zginiesz! – Inwestor odbezpieczył spluwę.

Wróg wykonał ten jeden zakazany krok. Pistolet plunął pociskami. Syn Gai padł na plecy, ale po chwili się podniósł. Biznesmen strzelił jeszcze raz. A potem znowu. Po piątym razie olbrzym zrobił się dziwnie wesoły.

– Szefuńciu, co jest grane? – zapytał. – Tak mi się lekko i przyjemnie zrobiło. I jakoś wcale nie mam już ochoty cię prać... I świat się tak zajebiście chwieje...

– To alkohol. My, ludzie, używamy go, gdy jest nam smutno – powiedział Skorliński. – Regenerując się, wchłonąłeś go z ziemi niezłą dawkę.

– Fajnie. A nie dałoby się tak na stałe?

Tego biznesmen nie przewidział, ale że był bystry, natychmiast zrozumiał, jaka perspektywa się przed nim rysuje.

– Żaden problem. Wciągam cię na listę płac. Będziesz pilnował budowy, żeby się tu żadni ekolodzy nie kręcili, za to co wieczór dostaniesz flaszkę. To co, umowa stoi?

– Trzeba było tak od razu. A nie z pistoletu walić i benzyną polewać. – Gigant uśmiechnął się promiennie i wyciągnął dłoń. – Przybij pionę na zgodę.

Kac

na kanwie ukraińskiego dowcipu

Jakub Wędrowycz obudził się na kacu gigancie. Z trudem rozchylił sklejone powieki. Przed oczyma widział zieloną poświatę, gardło wyschnięte miał na wiór, w żołądku jakby przewalały się płonące węgle. Wszystko go rwało i ćmiło, nawet cebulki włosów. Myszy pod podłogą nieznośnie tupały.

– Uch, ale wczoraj była balanga – wychrypiał i zaraz przyssał się do wiadra z wodą.

Wypiwszy coś z połowę, odzyskał częściowo równowagę ducha.

– Od samej wody to żołądek boli – przypomniał sobie rady dziadka moczymordy. – Trza by czegoś bardziej esencjonalnego...

Buszował chwilę po domu, aż znalazł słój z kiszonymi ogórkami.

Spiesznie wychłeptał zalewę. Poczuł się odrobinę lepiej.

– Lecz się tym, co ci zaszkodziło. Klin klinem się wybija... – powtórzył kolejną maksymę przodka, po czym pociągnął z innego słoika nieco samogonu.

Życie odzyskało sens, a świat kolory. I nawet myśli we łbie ułożyły mu się odpowiednio. Środa. Ten dzień egzorcysta zawsze spędzał w knajpie. Wytoczył się raźno na powietrze. I tu spotkała go pierwsza niespodzianka. Na podwórzu ział gigantyczny lej.

– Hy, ktoś mi rabatkę granatem przestawił? – zdziwił się. – Pewnie Bardaki...

Zajrzał do dziury. Faktycznie, na dnie poniewierały się resztki nóg odzianych w dresik Adidasa. Wokół leżały kawałki kości i ochłapy mięsa, nieledwie cała dłoń. Tuż na krawędzi spoczywało jedno oko. Patrzyło na Jakuba jakby z wyrzutem.

– A to się oferma własnym przemysłem wysadził, chłe, chłe. – Jakub poczuł mściwą satysfakcję. – No trudno, Bardak czy nie, trza po chrześcijańsku oddać jego ciało ziemi. A w zasadzie, skoro już prawie że oddane, to grób zakopać, bo śmierdzieć będzie. – Zarechotał ubawiony własną elokwencją.

Pospychał do dołu, co mógł, zasypał kończyny, wyrównał dziurę i ruszył w stronę wsi. Na zakręcie drogi rosła stara wierzba. Ludzie gadali, że mieszka w niej jakieś licho. Jakub zawsze śmiał się z tych zabobonów... aż do dzisiaj. Dłuższą chwilę stał, kontemplując wypalony pień. W czystym i chłodnym powietrzu poranka unosił się charakterystyczny zapach napalmu. Z dziupli sterczały resztki zwęglonego ogona.

– Naprawdę diablik tu mieszkał – mruknął Wędrowycz. – Co on, lampę naftową w swojej dziupli

przewrócił czy co? A drzewa szkoda, ze sto lat tu stało i nikomu nie wadziło, a przez tego jednego pokurcza do cna zgorzało... – rozżalił się nad niedoszłym pomnikiem przyrody.

Minął niewielki sklepik stojący nad rzeczką. Nie lubił tego miejsca, wredni ludzie go prowadzili, nigdy Jakubowi nie dawali wina na krechę. I widać los ich za to pokarał. Sklepik bowiem zmienił się w stos połamanych desek.

– Hy, zupełnie jakby go ktoś kombajnem staranował – ocenił.

I rzeczywiście, kawałek dalej w rowie przy drodze leżał przewrócony kombajn. Kilkunastu sąsiadów, zaczepiwszy linami, usiłowało postawić go do pionu.

– Czekajcie, przyjaciele, pomogę wam. – Złapał za jeden ze sznurów.

Naprężyli się i wreszcie maszyna znowu stanęła na czterech kołach.

– Wspólnymi siłami można góry przenosić. – Egzorcysta otrzepał dłonie.

– Ech, Jakub. – Semen popatrzył na przyjaciela. – Jaki ty jesteś miły, gdyś trzeźwy...

Wykład

Jakub Wędrowycz stanął na katedrze. Starannie wygładził bluzę ortalionowego dresu, poprawił pożyczony od Semena, pogryziony przez myszy krawat.

„Diabli nadali" – pomyślał. „Taka okazja, chyba trza się było jednak ogolić..."

Dobrze chociaż, że włosy, przeciągnięte przed wykładem skórką ze słoniny, ściśle przylegały do czaszki. Ładna fryzura to podstawa. Zawsze warto zrobić niezłe wrażenie. Obciągnął rękawy, żeby choć trochę ukryć wystrzępione mankiety koszuli.

– A zatem, drodzy seminarzyści – ksiądz wykładowca stanął obok gościa – miło mi powitać w murach naszego seminarium najlepszego niekościelnego egzorcystę naszego kraju, Jakuba Wędrowycza. Ten wybitny i ceniony fachowiec podzieli się teraz z nami swoją ogromną wiedzą i doświadczeniem zawodowym.

Jakub pokraśniał z dumy. Do tej pory żaden ksiądz go tak nie chwalił. Duchowni przeważnie uważali go za nieuczciwą konkurencję i zwalczali na wszelkie możliwe sposoby, a tu proszę – nieoczekiwanie został doceniony. Nie bardzo mu się wprawdzie uśmiechało zdradzać sekrety swojej profesji, ale ostatecznie... Położył na pulpicie worek ze sprzętem. Klerycy w milczeniu kontemplowali przybysza.

– No, to jedziemy. – Jakub błysnął zębami. – Wampirów szukamy tak: idziemy na cmentarz i przepatrujemy groby. Jak koło któregoś jest dziura w ziemi, to znaczy, że to ten właściwy. Jak przy kilku są dziury, to gorzej, bo trza po kolei i roboty jest więcej. Zasadniczym narzędziem potrzebnym w pracy egzorcysty jest saperka. – Zademonstrował z dumą kawał przerdzewiałej blachy osadzony na kiju. – Łączy zalety szpadla i łopaty, a przy tym nieduża jest, jak nas gliniarnia na cmentarzu nakryje, łatwo ją pizdnąć w krzaki. Wy niby będziecie mogli legalnie kopać – popatrzył na nich z lekkim uśmiechem – ale sami wiecie, jacy są ludzie. Jeszcze powiedzą, że ksiądz szuka złotych zębów, dlatego lepiej po cichu i dyskredyt... ten, no... żeby nie wiedzieli.

Przespacerował się, poskrzypując nowiutkimi gumofilcami. Przed wykładem dostał zaliczkę, więc wpadł do sklepu ogrodniczego i teraz mógł zadawać szyku.

– Punkt drugi – powiedział z namaszczeniem. – Ziemia zasadniczo jest czysta, ale jak dochodzimy do warstwy trupów, to trza się trochę zabezpieczyć przed zarazkami. Są ludzie, co używają gumowych rękawiczek, ale to zawsze kłopot, bo kosztują, no i mogą się przedziurawić, dlatego ja preferuję raczej odkażanie wewnętrzne i zewnętrzne. Do odkażania dobry jest alkohol. – Wyciągnął z kieszeni piersiówkę i zademonstrował kilka

ŁASKI
06

razy proces odkażania wewnętrznego. – I tu macie problem – zasępił się – bo jak kupicie w monopolowym, to cała wieś będzie potem gadała, że ksiądz wódkę tankuje. A jak zrobicie samemu, to parafianie i donos mogą do biskupa napisać, że bimber pędzicie na plebanii. I obciach będzie na całą diecezję. Tak źle i tak niedobrze. Lepiej się po cywilnemu przebrać i w sąsiedniej wsi kupić. O czym to ja...?

Pociągnął mały łyczek na przypomnienie.

– Trupy zazwyczaj są w trumnach – rzucił odkrywczo. – Warto więc mieć ze sobą łapkę. – Wyjął z torby łom. – Albo toporek. – Machnął w powietrzu gigantyczną ciesielską siekierą.

Klerycy przełamali opory i teraz, pochyleni nad pulpitami, notowali w skupieniu jego słowa.

– Jak się wykonuje egzorcyzm za dnia, wampir słaby jest i często wygląda jak zwykły szkielet. Nocą lepiej nie kopcie, a jak już musicie, to weźcie se halogenowy reflektor i filtr taki, co fotograf używa, niebieskiego koloru, bo światło, żeby im zaszkodziło, musi być takie jak w dzień. Ale nocą to niebezpieczne, bo drugi wampir może was zajść od tyłu. Jak już trzeba, to wartałoby sobie do pleców przywiązać deskę nabitą gwoździami. – Zademonstrował. – Jak skoczy, to się nadzieje. Wampiry lubą gryźć w szyję, więc ja zawsze zakładam taki detal. – Pokazał kawałek jakby zardzewiałej metalowej rury. – To z grobu rycerza kiedyś wygrzebałem, na szyi miał, między zbroją a kaskiem, bardzo dobrze się sprawdza. O czym to ja...?

– Kołkowanie – podpowiedział ksiądz wykładowca.

– A, jasne. Kołek wycinamy z osiki. – Pokazał solidną żerdź. – Jak osika wygląda, to sobie sami sprawdźcie w botanice. No i ten kołek pakujemy w serce. Czasem, jak się zachowała skóra i inne takie, to warto mieć młoteczek. – Wyciągnął potężny kowalski młot. – Sam kołeczek też nie powinien być taki zwyczajny, bo sami rozumiecie: trzyma wampira, ale jak spróchnieje, to puszcza i znowu bydlę z grobu wyłazi. No więc ja robię tak: idę do kółka rolniczego, tam mi za ćwiartkę samogonu odlewają starego oleju silnikowego, w tym moczę kołek przez kilka dni. Jak dobrze nasiąknie, to i pięćset lat w glebie przetrwa. A żeby inne wampiry kumpla nie uratowały, to można do trumny wlać żywicy epoksydowej albo cementu, to zaklajstruje kołek i szkielet do kupy na amen. No i to chyba wszystko. Są pytania?

Nikt się jakoś nie kwapił.

– No, to dziękuję za uwagę. – Jakub pozbierał swoje klamoty do worka i ruszył do wyjścia.

Ktoś nieśmiało zaklaskał. Gdy tylko za Wędrowyczem zamknęły się drzwi, na katedrę wszedł ksiądz wykładowca. Klerycy patrzyli na niego wstrząśnięci. W ich oczach wyczytał bez trudu szok, niedowierzanie, oburzenie...

– Dobra, chłopaki – powiedział. – Nie róbcie takich grobowych min. Dziś pierwszy kwietnia, więc przygotowaliśmy tę małą niespodziankę. A teraz, kiedy już się pośmialiśmy, to powiem wam, jak się to robi naprawdę.

Skansen

I wtedy właśnie nauczyłem się, by więcej nie zaczepiać krasnoludków – Jakub zakończył swoją smutną opowieść i polał przyjaciołom jeszcze.

– Cholera – mruknął głęboko wstrząśnięty Semen. – Nie sądziłem, że te pokurcze potrafią być takie niebezpieczne. A ja z kolei miałem przygodę taką...

Uczone rozważania przy szklance bimbru przerwało pukanie do drzwi.

– Kogo, u licha, niesie? – zdumiał się Jakub. – I to jeszcze o tej porze?

Gliniarze pukali zupełnie inaczej. Zazwyczaj używali podkutych buciorów, kolb pistoletów, pałek. Znajomi włazili bez pukania. Listonosz pukał zawsze dwa razy, zresztą nieczęsto tu zaglądał. Od kiedy Jakub dał mu w łapę, pozwy sądowe wracały do nadawcy z adnotacją „Adresat nieznany".

– Wlazł – warknął gospodarz.

Wsunięta pod stół ręka namacała spust pepeszy. Nigdy nic nie wiadomo. Drzwi uchyliły się ze zgrzytem nienaoliwionych zawiasów. Koleś był jeden. Na jego widok wszystko w Jakubie zwinęło się w supły. Gość wyglądał zupełnie od czapy. Ale jednocześnie jakby znajomo. Miał na sobie nowiutki, dobrze skrojony garnitur, w ręce trzymał neseser.

– Panowie Wędrowycz, Korczaszko i Paczenko? – zagadnął.

– To zależy, kto pyta – burknął egzorcysta.

Ten typek jakoś mu nie pasował. Nie potrafił powiedzieć, co jest nie tak, ale szóstym zmysłem wyczuwał śmiertelne niebezpieczeństwo. A życie go nauczyło, by ufać instynktowi.

– Jestem przedstawicielem Ministerstwa Kultury i Dziedzictwa Narodowego – przedstawił się nieznajomy. – Mam do panów bardzo ważną i niecierpiącą zwłoki sprawę...

– Nie mam żadnych ikon. A zresztą i tak ich nie znajdziecie – Jakub osadził go z miejsca. – Moja chałupa też nie jest zabytkowa, więc nie próbujcie nawet zabierać jej do skansenu, bo tylko obciachu sobie narobicie.

Semen nie powiedział nic, ale z jego piersi znikły bez śladu ordery zdobyte w czasie wojny mandżurskiej.

– Tamten motor to już dawno na złom poszedł – dodał Józef. – To był i tak tylko poniemiecki szmelc.

Facet uśmiechnął się lekko i zrobił ręką uspokajający gest.

– Wybaczą panowie nieporozumienie. Przyszedłem zaproponować panom zajęcie.

Staruszkowie popatrzyli po sobie zaskoczeni. Coś tu śmierdziało. Bezrobocie w regionie sięgało czterdziestu procent, a oni już dawno osiągnęli wiek emerytalny.

– A co konkretnie trzeba zrobić? – zapytał Jakub. – Duchy wyganiać z zamków?

– Wręcz przeciwnie. Organizujemy pod Warszawą wielki skansen wsi polskiej.

– Moja chałupa?! – ryknął egzorcysta. – Nie dam! Dla podkreślenia wagi swoich słów wyjął pepeszę spod stołu i pociągnął serię po suficie. Spodziewał się, że koleś natychmiast zwieje, ale tamten okazał się naprawdę twardy. Tylko zmrużył oczy, żeby nie nawpadało do nich próchna.

– Po co tak nerwowo? – powiedział. – Po kiego grzyba nam ta chałupa? Zechcę, to dwadzieścia takich w okolicy znajdę. Wy nam jesteście potrzebni.

– A tak konkretnie, to niby w jakim celu? – zainteresował się kozak.

– Zostaniecie atrakcją turystyczną. Powiem od razu, że będziecie mogli robić dokładnie to, co dotychczas. Do waszych obowiązków należało będzie wyłącznie picie bimbru, i pędzenie oczywiście też. Zagrychę dostarczamy gratis, zapewniamy zakwaterowanie, kieszonkowe, kontrakt bezterminowy.

– A co z gliniarzami? – zaciekawił się Józef. – Nie będą nas ganiać?

– Oczywiście, że nie. Do skansenu wpuszczamy tylko zwiedzających.

Wojsławiczanie popatrzyli po sobie zaskoczeni. Koleś, choć wyglądał na urzędasa, mówił całkiem z sensem.

– To brzmi niegłupio – mruknął Semen.

– O nie! – powiedział Jakub. – Nie dam z siebie zrobić małpy w klatce. Wynocha mi stąd!

– Po co tak nerwowo? – powtórzył obcy. – Napijemy się i pogadamy. Może jednak dojdziemy do porozumienia.

– Może – zgodził się gospodarz. – A może chcecie mnie spić i podsunąć kontrakt?

Przyjaciele parsknęli śmiechem. Nie zdarzyło się jeszcze, żeby ktoś przepił Jakuba. Facet nie stropił się specjalnie. Przysunął sobie do stołu czwarte krzesło, wyciągnął z teczki flachę 1,75 żubrówki i najlepsze czeskie salami. Gospodarz zorganizował świeżą gazetę i musztardówki.

– No, to zdrowie skansenów. – Podniósł szklankę w stronę jedynej żarówki.

– Za spotkanie – poważnie powiedział biurokrata.

Świadomość wracała z wielkim trudem. Jakub otworzył jedno oko i spostrzegł nad sobą drewniane belki. Potem wszystko utonęło w zielonych plamach.

– O kuźwa, ździebko przesadziłem...

Pogrzebał w pamięci. Impreza była co się zowie. Pili i pili, ten goguś zarzygał garnitur, ale twardo chlał dalej. Ile to było tych flaszek? Miał przed oczyma obraz: butelki na stole... Piętnaście, ale że troiło mu się w gałach, to pewnie pięć tylko. Ponad dwa litry na twarz... E, niemożliwe, żeby ten miastowy tyle wypił. Ale nie, pił równo, pilnowali przecież... Cholera. Taki twardziel? A nie wyglądał...

Egzorcysta otworzył ostrożnie drugie oko. We łbie mu się zakręciło. Z trudem zwlókł się z łóżka i trzymając wezgłowia, rozejrzał po pokoju. Grube dechy na ścianach, na belce stropowej wyrzezana sentencja. Wyrko z dranic, piec z pieczką do spania i pasiastym materacem, gliniane talerze...

– Kuźwa, jak przed pierwszą wojną – ochrypły głos dobiegł z wyschniętego na wiór gardła.

Jakub powlókł się do stołu. Stała na nim blaszana kanka. Podniósł pokrywę i powąchał. Hm, serwatka. Wypił kilka solidnych łyków. Żołądek trochę się buntował, ale egzorcysta walnął pięścią w kałdun i rebelia została stłumiona w zarodku.

– Gdzie ja jestem? – Pchnął drzwi.

Jak się okazało, prowadziły do sąsiedniego pokoju. Na szerokim małżeńskim łożu spoczywał z juwenaliami na wierzchu Józef. Chrapał jak lokomotywa.

– Ty, zbudź się! – Wędrowycz trząchnął go za ramię. – Gdzie my jesteśmy?

Przyjaciel uchylił oczy i jęknął przeciągle. Wyglądało na to, że bardzo boli go głowa.

– Nie tak głośno – wychrypiał. – A jesteśmy, oczywiście, w tym zasranym skansenie.

– Co?! – Jakub ryknął, aż Paczence ślepia wyszły z orbit. – Jakim prawem?

– Normalnie. Żeście się założyli, że jak on ciebie przepije, to pójdziemy do skansenu, a jak ty jego, to przez rok będzie naszym niewolnikiem. Jak ci się, durniu, niewolników zachciało, to trzeba było wcześniej powiedzieć, nałapalibyśmy sobie w Afryce, czy gdzie tam się ich chwyta... A tak sami jesteśmy udupieni. I to już na zawsze, bo kontrakt bezterminowy.

– Przepił mnie? Niemożliwe!

– I wstał od stołu, i poszedł prosto. A ty leżałeś pod stołem, myśleliśmy, że już po tobie.

Skołatany Jakub zapragnął odetchnąć świeżym powietrzem. Wyszedł przed dom.

– O kurde – mruknął.

Chałupa stała na wzgórzu. Wokoło ciągnęły się urocze pagórki i dolinki, wszędzie stały chaty, pościągane widać z całego kraju. Koło domostwa rósł ładny sad, dojrzewały jabłka i śliwki. Sąsiednia chałupa, utrzymana w stylu syberyjskim, pasowała tu jak pięść do nosa, ale pewnie specjalnie dla Semena ją postawili. Kozak, przewieszony przez płot, wymiotował jak wulkan. Widocznie zagrycha była nieświeża i mu zaszkodziło. Na ten widok Jakub nieco poweselał.

– Dobra – powiedział, widząc, że Józwa przyczłapał za nim. – Tylko kac minie, spieprzamy z tego zoo...

– Oj tam, po co tak nerwowo? – zapytał goguś w garniturze, stając za płotem. – Nie podoba wam się tutaj czy co?

Egzorcysta rzucił na niego okiem i zdębiał. Koleś chlał przecież równo z nim, przepił go nawet, a nie było po nim widać śladu wczorajszej imprezy. W sumie z takim twardzielem to nie wstyd przegrać...

– Kontrakty podpisywane po pijanemu nieważne – odwarknął, tak dla zasady. – Spływamy stąd. I co? Policję wezwiecie, żeby nas zatrzymała siłą?

– Panie Jakubie... – rzekł typek z uśmiechem. – Dlaczego tak niekulturalnie? Wydaje mi się, że mnie pan nie lubi, a zupełnie nie rozumiem, czym zasłużyłem. Może najpierw rzuci pan okiem do szopki?

– Może i rzucę – powiedział odrobinę zawstydzony egzorcysta. – Ale potem sobie idę.

– No to zapraszam.

Ruszyli przez sad. Po drodze Wędrowycz zerwał z drzewa śliwkę i spróbował.

– Idealna na śliwowicę – zachwalał facet z ministerstwa, czy kim on tam był. – Nawet cukru nie trzeba dodawać. I dojrzałe akurat, wystarczy pozrywać i do kadzi...

Pchnął drzwi sporej drewnianej szopy. Jakubowi szczęka opadła do pasa. Aparatura do pędzenia samogonu była wielka jak lokomotywa. Kotły, paleniska, zawory... Elementy żelazne oksydowano na czarno. Pokrętła lśniły barwą polerowanego mosiądzu. Tylko raz widział coś podobnego – gdy miał siedem lat, włamał się z dziadkiem do carskiej gorzelni.

– I to...? – wykrztusił.

– Dla was oczywiście, zgodnie z kontraktem. A na rozruch przygotowaliśmy trochę zacieru. – Goguś wskazał beczkę, w której coś właśnie dojrzewało.

Jakub zaczerpnął kubkiem cieczy i posmakował. Idealna, nic, tylko lać do kotłów, podkładać drewno pod paleniska. Minimum dziesięć procent mocy. Oszacował wielkość kadzi: dwadzieścia litrów dobrego produktu wyjdzie...

– Może i faktycznie zostaniemy kilka dni – mruknął. – Szkoda, żeby się zmarnowało.

Koło południa z kraniku popłynęła pierwsza aromatyczna strużka. Egzorcysta popatrzył na termometr, przeliczył szybko temperaturę pary na stężenie.

– Dziewięćdziesiąt dwa procent – ocenił.

Podstawił szklankę. Goguś z ministerstwa dotrzymał słowa także w sprawie zagrychy. Na stole leżała gazeta, na niej kiełbasa. Wyglądała pospolicie, ale w smaku była niebiańska. Wypili, zagryźli. Wypili na drugą nogę...

Oczywiście byli i turyści. Biali, czarni, żółci. Zachodzili, zaglądali do szopy, kontemplowali ucztujących staruszków i szli zwiedzać dalej. Nawet nie przeszkadzali, a co najważniejsze, nie chcieli, żeby ich częstować.

– Kuźwa, Jakub, zostańmy tu na stałe – poprosił Semen. – Tu jest jak... jak... – szukał odpowiedniego słowa.

– Jak w raju – szepnął Józef.

Obaj przyjaciele spojrzeli na niego zaskoczeni.

– Sądzisz? – zapytał Jakub. – My, tacy grzesznicy, mielibyśmy trafić do nieba?

– Słusznie, pierdoły. – Józef palnął się głowę. – Po prostu ktoś z rządu nas lubi, stąd te specwarunki i wyżywienie.

Teraz dopiero egzorcysta się zafrasował. Z rządem jak do tej pory miał raczej na pieńku. Nie mogąc rozwikłać sytuacji, nalał sobie kolejną porcję.

Facet w garniturze stał na pagórku i obserwował, jak impreza w szopie rozwija się w najlepsze. Zatarł z uciechy ręce. Tak, to był zdecydowanie dobry pomysł.

Nieoczekiwanie powietrze zmętniało i wyrósł przed nim dyrektor.

– Mam cię, huncwocie – wycedził, łapiąc podwładnego za klapy garnituru. – Coś ty, sukinsynu, narobił...

– Ależ, Kluczniku – wykrztusił goguś przerażony – to nic takiego. Ja zaraz wszystko wytłumaczę.

– Tylko migiem i niech to wygląda przekonująco. Co to za granda?

– No więc byłem przez prawie dziewięćdziesiąt lat aniołem stróżem Wędrowycza...

– Jego nie upilnowałeś i sam się nauczyłeś chlać – warknął zwierzchnik.

– Nie, nauczyłem się wcześniej...

– Do rzeczy!

– Czas mu zapisany minął w zeszłym roku. Ponieważ jakoś się sam do nas nie pofatygował, wysłaliśmy śmierć z oficjalnym zaproszeniem...

– Pamiętam. – Święty Piotr skrzywił wargi. – Sam ją przez miesiąc sklejałem butaprenem po tym, jak oberwała z pancerfausta. I co?

– No więc, jak doszła do siebie, chcieliśmy posłać ją raz jeszcze, ale się zaparła, że nie. Obiecywaliśmy jej nawet tytanową kosę, ale jakoś nie dała się przekonać. Nie było wyjścia, to postanowiliśmy nagiąć nieco przepisy.

– Ładne mi nieco! – huknął święty Piotr. – Każdy musi umrzeć. Takie jest prawo.

– No więc nagięliśmy trochę... – powtórzył bezradnie.

– A potem nagięliście tak, że wylądowali tutaj! To jest sabotaż! Jakub i jego kumple to niepoprawni grzesznicy. Nie wykazali w życiu nawet śladu skruchy. Powinni smażyć się w piekle! Taki dostali przydział!

– W piekle byliśmy. Ale oni też już kiedyś próbowali i nie chcieli ich brać. Zatem wymyśliliśmy...

– Żeby ich wziąć na etat i trzymać w raju jako atrakcję turystyczną dla zbawionych – domyślił się. – Złamaliście ze dwadzieścia punktów regulaminu, przekroczyliście kompetencje... A tak właściwie, dlaczego umarli?

– Od nadmiaru alkoholu. Sam to załatwiłem. Fajna imprezka była, ciężko szło, ale w końcu ostatni kipnął. Dwanaście promili jak obszył. Wątrobę miał jak ze stali, na szczęście serce mu nie wytrzymało.

– No to do listy zarzutów dorzucimy jeszcze chlanie z grzesznikami. I to na służbie... – syknął święty. – I, zdaje się, nie pierwszy raz? – Wyciągnął z powietrza teczkę personalną. – Co my tu mamy? Piętnaście nagan w ciągu ośmiu ostatnich stuleci. Niezły wynik! Jak dotąd wszyscy ludzie, których miałeś pilnować, zostali potępieni.

– To nie moja wina. Kiepski materiał ludzki dostawałem i tak wyszło...

– I chciałeś się choć raz odegrać, żeby poprawić swoje notowania? – prychnął szef. – No ładnie... Co my tu jeszcze mamy? W czasie urlopu podejrzewany o rozprowadzanie samogonu w niebie i szmugiel do piekła. Jasne. To już wiem, skąd się tu wzięła ta aparatura... Cholera, nie mieli kogo oddelegować do sprawy Wędrowycza, tylko największego ochlapusa wśród aniołów – rozżalił się.

– Ale to w zbożnym celu... Znaczy ta aparatura. – Wskazał gestem szopę. – Zbawionym się skansen podoba...

– Właśnie widzę – burknął Klucznik. – Posprzątasz ten burdel. Migiem. I wynocha na ziemię! Popracujesz w terenie jako krawężnikowy. Nikim się nie będziesz opiekował, tylko chodził i spełniał dobre uczynki, po dziesięć dziennie. Przez sto lat... No, pal cię diabli, siedemdziesiąt – złagodniał. – I jeszcze jedno. Ta maszyna do samogonu, wywalić mi to w diabły. Żeby śladu nie było. Bo jeszcze kogoś skusi... Odmaszerować.

– Tak jest! – wykrztusił anioł.

Jakub ocknął się pod stołem.

– Kuźwa, co za cholerny kac – powiedział.

Jego przyjaciele właśnie dochodzili do siebie. Generalnie wyglądali kiepsko, ale żyli.

– Gdzie się podział ten garniturowy dupek z ministerstwa? – zapytał.

– Poszedł. Wypiłeś całą flachę 1,75 duszkiem i jak podetkał ci kontrakt, to mu się w twarz roześmiałeś – wyjaśnił Józwa. – A ja miałem taki piękny sen...

– Aha – mruknął Jakub.

Wyszedł z chałupy odetchnąć świeżym powietrzem. Odlał się zaraz na progu. Nieoczekiwanie jego nos złowił nutkę znajomego zapachu.

– Co, zapomniałem wyłączyć? – zdziwił się.

Ruszył do stodoły i otworzył wrota.

– O choroba! – Stanął jak wryty.

W stodole stała aparatura do pędzenia samogonu. I to jaka! Była wielka jak lokomotywa. Kotły, paleniska, zawory... Elementy żelazne oksydowano na czarno. Pokrętła lśniły cudowną złocistą barwą polerowanego mosiądzu. Tylko raz widział coś podobnego – gdy miał siedem lat, włamał się z dziadkiem do carskiej gorzelni. Przy maszynie kręcił się facet w garniturze. Sprawdzał poziom cieczy w kotłach, regulował kurki. Widać było, że ma pewną wprawę.

– Co to jest? – wykrztusił egzorcysta. – Skąd to się wzięło w mojej...

– Skoro nie chce pan iść do skansenu, to zdecydowaliśmy się przerzucić maszynę tutaj – powiedział pracownik ministerstwa. – Szkoda, żeby się u nas marnowała bez pożytku. Tylko zardzewieje w magazynie, więc uradziliśmy, że przekażemy ją człowiekowi, który o nią troskliwie zadba. A jak czasem będę w okolicy służbowo... – Puścił do niego oko.

– Jasne, zapraszamy – rzekł Jakub z uśmiechem.

Anioł odwzajemnił uśmiech. Pierwszy dobry uczynek dokonany. A przy okazji wykonał rozkaz – pozbył się maszyny.

Michał Bardak człapał do chałupy na ciężkim kacu. Mieszkańcy Wojsławic odprowadzali go spojrzeniami pełnymi nienawiści. Parszywy typ... Anioł podszedł do niego mile uśmiechnięty, z flaszką w ręce.

– Czego? – warknął konfident, patrząc pożądliwie na półlitrówkę. – Pan sobie życzy? – dodał po namyśle.

Może jak będzie kulturalny, to dostanie łyczka? Nieznajomy wyciągnął spod marynarki kij bejsbolowy i zamalował Bardaka w ryj. Pochylił się nad ciałem i przyłożył palce do tętnicy. Pulsu nie było. I bardzo dobrze. Drugi dobry uczynek za nim. Jeszcze osiem i fajrant...

Ciocia Agnieszka

Nad Starym Majdanem powoli zapadał ciepły, letni zmierzch. Półmrok litościwie ogarnął chylące się ku ziemi szopy, krzywe płoty i rachityczne drzewka w sadach.

– Hy! – Jakub obrócił telefon komórkowy w ręce. – Czego to nie wymyślą? A gdzie to ma kabel? Zresztą i gniazdka nie mam, że o prądzie nie wspomnę...

– Nie trzeba, to działa w sieci. A baterię możesz u Semena naładować – wyjaśnił jego prawnuk Piotruś.

Egzorcysta poskrobał się po głowie.

– Sieć radiowa! – Wreszcie w jego ślepiach błysnęło zrozumienie. – I na akumulator chodzi.

– No i dzięki temu, jak ci się będzie nudziło, zawsze możesz gdzieś zadzwonić – dodał chłopiec. – Na przykład do mnie.

– Ekstra – westchnął Wędrowycz.

Wprawdzie nie pamiętał, żeby mu się kiedykolwiek nudziło, wciąż miał coś do roboty albo do wypicia, ale dobrze wiedzieć, że nawet przed tak mało prawdopodobnym zagrożeniem można się zabezpieczyć dzięki nowoczesnej technice.

– A jak ja bym potrzebował pomocy, to mogę zadzwonić do ciebie.

– No pewnie, jak tylko ci dokuczą w szkole, to telefonuj, spalę tę budę i tyle – uśmiechnął się pradziadek.

– Ale ja się lubię uczyć... – zaprotestował Piotruś.

Jakub westchnął znowu. Ech, to miasto, jak ono wypacza charaktery! Miał rację, że się nie przeprowadził. Wpuścił telefon w cholewę gumofilca. Z zadowoleniem stwierdził, iż komórka ułożyła się wygodnie w warstwach onucy, akurat między bagnetem od kałasznikowa a puszką z sardynkami.

– No to jeszcze tylko bajka i spać. – Władczym gestem wskazał prawnukowi barłóg wypełniony świeżą słomą. – Chyba że sam zaśniesz?

– O nie, bajka musi być – mały był stanowczy.

– No, to o czarownicy – zadecydował Jakub. – A więc w lesie stoi piernikowy domek na kurzej łapce. A w środku mieszka ciotka Agnieszka – zrymował.

– Chyba Baba Jaga?

– No, w zasadzie tak, Jaga to zdrobnienie od Agnieszka. – Jakub sięgnął po flaszkę. – A więc ciotka Agnieszka miała takie hobby: łapała i zjadała dzieci.

– I co się z nią stało? Jaś i Małgosia spalili ją w piecu?

– Nie Jaś, tylko ja, i nie spaliłem, bo cholera kominem zwiała – mruknął Wędrowycz. – Nie dopilnowałem. Ale siedem lat raptem miałem, tyle co ty teraz, a rozumu się z wiekiem nabiera... Jeszcze się odgrażała, stara prukwa, że kiedyś wyrówna porachunki. – W jego oczach nieoczekiwanie odmalował się niepokój.

– A co to jest prukwa?

– Idź już spać, i uważaj, jak będziesz chodził po lesie...

Piotruś szedł przez las niespiesznym krokiem doświadczonego turysty. Nieoczekiwanie wyszedł na skraj polany. Na rozłożonym kocyku opalała się jakaś ruda naturystka. Kępka włosów na złączeniu ud wyglądała jak wronie gniazdo. Obfity biust sterczał, celując w niebo różowymi sutkami.

– Hej, chłopaczku – przywitała Piotrusia. – Pewnie żeś jeszcze w życiu nie widział gołej kobiety?

– A po co? – zdziwił się.

– No wiesz... – Wstała i przeciągnęła się kusząco. – Ładna jestem. No nie?

– Ja tam się nie znam – odparł dyplomatycznie. – Mam dopiero siedem lat, gdzie mi tam seks w głowie...

– A może chcesz spróbować świeżutkiego piernika? – Uśmiechnęła się słodko.

„Za słodko" – ocenił.

– Upał taki, nie ma człowiek ochoty na pierniczki – bąknął. – Ale dziękuję za zaproszenie.

– Hm, to może wolisz lody?

Podeszła zupełnie blisko.

– Nie, w lodach jest salmonella – powiedział i rzucił się do ucieczki.

Niestety, za późno. Uczynił najwyżej trzy kroki i nagle przed oczyma zrobiło mu się zupełnie ciemno.

Doszedł do siebie zamknięty w czymś ciasnym. Było mu przyjemnie ciepło, choć trochę duszno. Rozejrzał się. Został wtłoczony do sporego piekarnika, jak w piecu chlebowym. Piekarnik zaopatrzono w stalowe drzwiczki. Piotruś szarpnął, sprawdzając ich wytrzymałość. O kurka wodna! Solidne i zabezpieczone potężnym ryglem. Spojrzał przez szparę między nimi. Czarownica krzątała się po izbie. Poznał ją od razu, choć się ubrała, a do tego wyraźnie przybyło jej lat. Wyglądała teraz na mniej więcej sto trzydzieści.

– Wypuść mnie! – Załomotał w blachę.

– Cicho – warknęła. – Co to za maniery, żeby obiad wrzeszczał? Choć z drugiej strony zawsze wrzeszczycie. Zwłaszcza jak się zaczyna ostre grzanie.

– Jesteś Baba Jaga?

– Czegoście się tak czepili wszyscy tego przezwiska? – syknęła ze złością. – Mów mi ciocia Agnieszka.

Piotruś się uszczypnął. Zabolało, a zatem to nie był sen.

– Chcesz mnie upiec!? – Teraz dopiero zrozumiał, że miłe ciepło staje się z minuty na minutę coraz bardziej intensywne.

Musiała zdrowo dołożyć do pieca. Pociągnął nosem: bukowe drewno.

– Nie wściekaj się i nie obrażaj. To nic osobistego. Coś przecież muszę jeść. A sam wiesz, że emerytury

teraz niskie, mięska za to nie kupię. Wybacz, że nie będę przy tobie w chwili, gdy zaczniesz się ładnie przypiekać, ale nerwy i tak mam bardzo zszargane, więc zazwyczaj sobie na te dwie godzinki idę pospacerować... Bywaj, mały.

I faktycznie wyszła.

– Ty... – tu Piotruś użył wyrazów, których w podobnej sytuacji nie powstydziłby się jego pradziadek.

A potem wyjął z kieszeni komórkę i zadzwonił. W blasku wyświetlacza zobaczył jeszcze inicjały poprzednich ofiar wydrapane na ściankach pieca...

Dwadzieścia minut później Jakub otworzył drzwiczki i wyciągnął prawnuka z piekarnika.

– Żyjesz?

– Żyję – wysapał. – O, do licha, ależ tam było gorąco. Mało brakowało...

– Ciesz się, że nie wpadła na pomysł, żeby cię uwędzić. No i wróciła stara małpa w nasze strony. – Egzorcysta w zadumie pokiwał głową. – Ale tym razem miarka się przebrała. Nikt nie zadarł z Wędrowyczami dwa razy! A już zwłaszcza z czterema pokoleniami naszego rodu.

– A Bardaki?

– Bardaki to taki wyjątek, który potwierdza regułę – burknął. – Za szybko się bydlaki rozmnażają, a ja już jestem stary i nie nadążam wymyślać pretekstów do kolejnych likwidacji. A z ciocią Agnieszką sobie zaraz potańcujemy.

– Zaczaimy się tu na nią i damy jej w łeb? – ucieszył się prawnuk.

Stary wytrzeszczył na niego oczy.

– Po co sobie ręce brudzić? Zapamiętaj, że siłą człowieka jest jego technika.

– Wsadzimy jej antenkę telefonu przez ucho aż do mózgu? – Piotruś bezradnie popatrzył na swoją komórkę.

– Miałem na myśli technikę radziecką – sprecyzował Jakub. – Zresztą sam zobaczysz... – Zaczął wypakowywać jakieś graty z plecaka. – Potrzymaj ten sznureczek, a teraz przekręć dekiel o pół obrotu.

Baba Jaga wróciła do chatki po godzince. Z komina szedł dym, obiad przestał hałasować. Przekroczyła próg i pociągnęła nosem. Oj, coś się nie zgadzało. W domku powinno pachnieć smakowicie pieczonym mięskiem, a tymczasem woniało jak zwykle, szmatą do podłogi i stęchłym piernikiem.

Pociągnęła z rozmachem drzwiczki pieca. Nie ustąpiły. Co, u diabła? Trzyma gnojek od środka? Szarpnęła z całej siły. Jakiś sznurek? Zajrzała do wnętrza. Miednica blaszana, a na niej jakaś skrzynka? Co to, do cholery, za druty?!

Wybuch długą chwilę odbijał się echem od wzgórz. Kawałki piernika sypnęły się z nieba jak brązowy grad. Egzorcysta wstał z mchu i otrzepał ubranie.

– Widzisz – powiedział do wnuka – zwykła mina przeciwczołgowa wymaga nacisku co najmniej kilkuset kilo, żeby rąbnąć. Dlatego dla lepszego efektu kładziemy na wierzchu minę przeciwpiechotną z zapalnikiem naciągowym i dopiero jej wybuch detonuje tę dużą.

– Jesteś taki mądry – zachwycił się Piotruś. – Za co się weźmiesz, ze wszystkim sobie poradzisz.

– A teraz pozbierajmy te kawałki. – Wędrowycz wyjął z plecaka dwa parciane worki. – Wybieraj te, na których jest dużo lukru. Nastawimy zacierek, a jak dojrzeje, napędzimy takiej piernikówki, że hej...

Kontyngent

Sala kinowa w wojsławickim domu kultury nabita była ludźmi na sztywno.

– To o czym będą gadać? – Jakub trącił Semena w bok.

– O dotacjach unijnych – wyjaśnił kozak. – Znaczy jak je dostać. Bo podobno wreszcie mają coś tam wypłacać.

– Czego to ludzie nie wymyślą – mruknął egzorcysta z uznaniem i pociągnął z flaszki.

– Tak więc w ramach naszego programu wszystkie zwierzęta muszą zostać zakolczykowane i zewidencjonowane, każde zwierzę musi mieć też swój paszport ze zdjęciem...

– To mi się podoba! – Wioskowy fotograf, bezrobotny od dobrych dwudziestu lat, zatarł ręce.

– To niech się przestanie – warknął Wędrowycz.

– A tak właściwie, po co te kolczyki? – zaniepokoił się Józef.

– Jak to po co? – zdumiał się prelegent. – Żeby każda świnia czy krowa mogła być zewidencjonowana.

– A jak jakaś nie będzie miała? – stary drążył temat.

– No to będzie nielegalna.

– A, to w porządku – uspokoił się pytający.

Dawniej nieźle wychodził na swoje, sprzedając lewe mięso.

– Oczywiście nierogacizna i bydło nielegalne będzie konfiskowane, likwidowane i palone. Nie można dopuścić do epidemii BSE. – Pachołek Unii Europejskiej obciągnął garnitur.

– Byli już tacy, co nam kolczykowali świnie – wrzasnął Bardak. – I też mówili, że to dla naszego dobra. W Norymberdze ich za to powiesili.

– Ludzie, no co wy? – zdziwił się gość. – Przecież nie można porównywać do tamtych czasów...

Wędrowycz wpuścił rękę w kieszeń. Granat spoczywał na swoim miejscu.

Wojsławice, 1942

Punkt kontyngentowy urządzono w dawnym banku. Obok budynku Niemcy ustawili wagę. Zdane wieprze kwiczały zapędzone do niewielkiego okólnika. Józef podjechał swoją furmanką i zaparkował przed apteką. Wyprowadził świnię i trzymając ją na sznurze, ruszył w stronę wagi.

– *Name*? – Okupant odpowiedzialny za eksploatację tego właśnie spłachetka podbitego terenu wyciągnął spis.

– Paczenko, Józef Paczenko.

– Patchenko... – Niemiec odszukał nazwisko na liście.

Sprawdził numer wybity na kolczyku wpiętym w świńskie ucho, a potem gestem kazał umieścić zwierzę na wadze.

– *Donnerwetter*! – zaklął. – Ty zabierz ten szwiń i za pół roku przyprowadz – powiedział. – On jeszcze za lekka.

– We wojnę tuczniki wolno rosną – mruknął pod nosem Józwa.

– Zależy czyje – rozległ się za nim wesoły głos Jakuba. – Moje tuczą się ładnie... *Sieg Heil*! – zasalutował z rozmachem, „niechcący" strącając Niemcowi furażerkę z głowy.

– *Name*? – Tamten podniósł czapkę i otrzepał o spodnie.

– Wędrowycz.

– Wentrofitz... *Hier*...

Jakub uderzeniem witki wpędził zwierzę na wagę. Okupant zręcznie stuknął odważnikami.

– O! To jest szwiń! – ucieszył się.

Odznaczył nazwisko na liście, sięgnął po blankiet.

– Dla ciebie *zwei* litra nafta, kilo cukra i *zehn* litrów wodka – powiedział. – Ty idź w magazyn.

– Ku chwale Trzeciej Rzeszy, *Heil Hitler*! – zasalutował dziarsko Jakub i zaraz dyskretnie splunął, żeby nie zapeszyć.

Obaj przyjaciele ruszyli do swoich wozów.

– I co, twoja świnia znowu okazała się za chuda? – Egzorcysta pomógł przyjacielowi zapakować chudobę na furmankę.

– Ano, tak jakoś od trzech lat nie przytyła ani kilograma...

– Nie wolno tak głodzić zwierząt...

– Wiesz, te kolczyki... Sposobem można przełożyć na nowego warchlaczka...

– A, to co innego. Ja to swoją nakarmiłem osoloną śrutą i dałem dwa wiadra wody do popicia. Dwudziestu kilo nie będzie, z dwanaście, piętnaście dorzuca.

– Ciekawe, jak radzi sobie Semen?

– Po kozacku. Łazi po polach na Białej Górze, zbiera ołowiane kulki z pocisków i przed odstawieniem na skup faszeruje świniaka czystym ołowiem przez rurkę do żołądka. Najwyżej zdechnie po drodze, ale to już ich problem, nie nasz...

– Cholera! Do głowy by mi nie przyszło.

– Zagadujesz i byłbym zapomniał! – Jakub walnął się w głowę, aż zadudniło.

Wyciągnął z kieszeni pokwitowanie i wieczne pióro. I pomyśleć, że w szkole nie lubił matematyki...

Prelegent popił wody ze szklanki.

– Otwarcie rynków europejskich zapewni wam lepszy zbyt na wasze produkty – powiedział.

– A ceny skupu żywca wzrosną?

– Nie przewidujemy. Podrożeje mięso w sklepach, ale większość zysków przechwycą pośrednicy. Dlatego jedną z dyrektyw unijnych jest, abyście zakładali grupy producenckie.

– Byli też u nas tacy, którzy nam kazali zakładać kołchozy – wrzasnął ktoś z sali. – Na widłach ich wynieśliśmy!

– Ludzie, no co wy? – Gość był wyraźnie zgorszony. – Poza tym Unia w ramach wspierania najbardziej zacofanych regionów przyzna waszej wsi...

– To jest miasteczko! – Pierwsze śmierdzące jajko chybiło celu i roztrzaskało się o ścianę.

Mówca popatrzył na tłum z rosnącą obawą. Wyglądało na to, że dostał trudny teren.

– ...waszemu miasteczku dostawę deficytowych produktów w cenach zwolnionych z podatku VAT.

– Wszystko to już było. – Józwa pociągnął z flaszki przyjaciela i też pogrążył się w zadumie...

Niemiec obsługujący magazyn był stary, miał dobroduszny wygląd i takież usposobienie. Wziął do ręki kwity, rzucił tylko okiem i zaraz wyliczył należne towary. Dwadzieścia litrów nafty, dziesięć kilo cukru i sto litrów wódki. Po chwili przyjaciele, objuczeni jak wielbłądy, dźwigali skarby do wozów.

– Dopisujesz te zera i dopisujesz... Nie boisz się, że cię w końcu złapią? – Józef nie mógł wyjść z podziwu.

– A niech tylko spróbują... – Wędrowycz odchylił płaszcz, pokazując wiszącego na konopnym sznurze stena. – Podjedziemy jeszcze pod gospodę i spływamy do domu. – Trącił nogą worek, z którego wystawał koniec linki hamulcowej.

Szkop ze skupu zapakował ostatniego tucznika na ciężarówkę. Otrzepał ręce i ruszył w stronę magazynu.

– *Guten Tag*, Hans, nie widziałeś mojego psa?

– Nie. A co?

– *Donnerwetter*! Puściłem, żeby sobie pobiegał, i gdzieś przepadł. Diabli nadali.

– Pewnie Polaczki ukradli. Rodowodowy owczarek, będą poprawiali rasę swoich kundli...

– *Zum Teufel*!

– Trudno, stało się... Nie martw się, może jeszcze wróci. Wydałeś wszystko?

– *Ja, natürlich*.

– To bierz papiery i idziemy na obiad. Tam sprawdzimy protokoły.

Siedli w gospodzie przy stoliku zaopatrzonym w kartkę *Nur für Deutsche*. Właściciel zakręcił się na jednej nodze, postawił im po kieliszku sznapsa i pobiegł do kuchni.

– No, to za zwycięstwo! – Niemiaszek wzniósł toast. Stuknęli się i wychylili.

– U, mocny bimberek – pochwalił drugi. – Umieją w Polsce wódkę robić. Swoją drogą, muszę w poniedziałek iść do okulisty. Coś mi się wydaje, że zaczynam ślepnąć...

Karczmarz postawił przed nimi talerze z parującym gulaszem. Niemiec ze skupu nadział kawałek mięsa na widelec.

– Cielęcina – zidentyfikował. – Cholera.

– Robią nas w konia jak chcą – mruknął jego towarzysz. – Wszystkie cielęta miały być kolczykowane i wysyłane do Rzeszy. A tu widać ciągle jakieś ukrywają...

– Może to i lepiej? Przynajmniej my mamy co żreć. Pokaż te protokoły.

Szybko zsumował obie kolumny i zaklął pod nosem.

– Co się stało? – zaniepokoił się jego kolega.

– Znowu manko.

– Dużo brakuje?

– Dziewięćdziesiąt litrów wódki, a i w innych produktach się nie zgadza.

– *Verflucht*! Ale przecież kwity... – Wyciągnął i przeglądał je dłuższą chwilę.

– *Meszit*! Zera któryś dopisał!

Kopnięty stolik poleciał pod ścianę. Niemiec z magazynów wyrwał z kabury broń i wycelował w drugiego.

– A ty skąd znasz żydowskie przekleństwa?

Karczmarz, ćwiartujący na zapleczu knajpy owczarka, na odgłos strzału omal nie dostał zawału. Nakrył pospiesznie „cielęcinę" szmatą i rzucił okiem do wnętrza lokalu. Jeden Niemiaszek leżał na podłodze z malowniczą dziurą w czole. Drugi splunął na zwłoki.

– Jeszcze jeden zakamuflowany Żyd – warknął.

– *Aj waj!* – jęknął właściciel lokalu.

A potem dziabnął trzymanym w ręku rzeźnickim nożem. Raz a dobrze.

– A z tymi dotacjami to jak w końcu będzie? – zapytał Jakub.

– Najpierw musimy wszystko zewidencjonować – wyjaśnił prelegent. – Potem policzyć, a potem może będą i pieniądze.

– Znaczy się świnie zakolczykujecie teraz, a pieniądze będą, jak się może wydrukują? – burknął Bardak, wyciągając zza pazuchy zdechłego kota.

Wędrowycz, choć Bardaków nie lubił, tym razem pokiwał z uznaniem głową.

– Dokładnie. W tym roku Unia nie przewidziała jeszcze w budżecie środków na dopłaty bezpośrednie. Program kolczykowania też musicie sfinansować wspólnie, dali środki tylko na komputery.

– To znaczy wy dostaliście komputery za bezdurno, a my za kolczykowanie mamy zapłacić? – upewnił się Józef.

– No tak – wyjaśnił prelegent.

Zdechłe koty, zbuki i zgniłe buraki zafurkotały w powietrzu.

Dwaj inspektorzy weszli na podwórze Józefa i rozejrzeli się wokoło.

– Właściciela coś nie widać – zauważył pierwszy z nich.

– Trudno, kolczykujemy bez niego, rachunek dostanie pocztą. Gdzie mogą być te krowy?

– Pewnie w oborze – błysnął pomysłem jego towarzysz.

Pchnął stare drewniane drzwi i weszli. W półmroku nie od razu dostrzegli wszystko.

– O, panowie od kolczykowania – zarechotał na ich widok Jakub.

W półmroku obory lśniła ponuro naoliwiona lufa stena. Inspektorzy obejrzeli się odruchowo, ale droga ucieczki była już odcięta.

– Pewnie nam dotacje unijne przynieśli. – Gospodarz z rzeźnickim nożem w łapie uśmiechnął się słodko.

Semen bezceremonialnie obszukał ich torby i kieszenie. Protokoły od razu ciepnął do gnojówki. Wyciągnął portfele, zbadał ich zawartość.

– Marna coś ta dotacja – zadrwił. – Skąpią nam Niemiaszki pieniędzy. Ale na początek wystarczy.

– Marna, bo z początku polscy rolnicy mają dostawać tylko dziesiątą część tego, co unijni – wyjaśnił Józef. – Jak za Hitlera, nie pamiętasz? Ale może następnym razem więcej przyniosą?

– Yyy... – wykrztusił inspektor.

– Ty popatrz – zdziwił się Wędrowycz. – To nawet ludzie nie są. Zamiast mówić normalnie, coś bełkoczą...

– „Yyy" powiedział, znaczy się osioł pewnikiem. – Józef nie na darmo uważał się za intelektualistę. – Ocenić trudno, nie widziałem nigdy osła.

– Ja kiedyś w książce, jak jeszcze biologię studiowałem – mruknął Semen. – Ze sto lat temu to było, pamiętam tylko, że osły mają długie uszy.

– To by się zgadzało – ucieszył się Jakub. – Ale zobacz, coś mi się wydaje, że te dwa są nielegalne.

– Jak to? – przeraził się kozak obłudnie. – To przecież zakazane!

– Kolczyków nie mają! – Wędrowycz wskazał lufą uszy nieproszonych gości.

– O choroba, rzeczywiście... – zdumiał się nieszczerze gospodarz. – To niezgodne z unijnymi przepisami. To co, trzeba zarżnąć i spalić, żeby tego, no, BSE nie wywołali?

– Szkoda chudoby, bydlę też chce żyć – rozczulił się Jakub, sięgając do torby wyższego inspektora. – Paszporty ze zdjęciami macie? – huknął na nich.

– Eeeee – wykrztusił niższy.

– Zakolczykujemy was za darmo. – Jakub wyłowił z porzuconej torby cechownicę. – Ale bydlęce dokumenty musicie sobie wyrobić, bo jeszcze was jakiś weterynarz uśpi...

Dwaj osobnicy, wydając nieludzkie ryki, wskoczyli w ostatniej chwili do ruszającego pekaesu. Posterunkowy Birski odprowadził ich zdumionym spojrzeniem.

– Kuźwa, co się w tej Unii porobiło. – Splunął z obrzydzeniem. – Dawniej geje zwykłe kolczyki w uszach nosili, a teraz tak im odbiło od tej homofobii, że dla zamaskowania krowie sobie zakładają...

Pola Trzcin

Okolice Moskwy, 1924

Mały biały pałacyk stał w ogrodzie. Wódz, opatulony w koce, spoczywał na szezlongu. Wychudł przez ostatnie tygodnie i jego łysa głowa przypominała trupią czaszkę. Wiotka skóra opinała drżące dłonie niczym zbyt ciasna rękawiczka. Z capiej bródki wypadały resztki włosów. Tylko skośne mongolskie oczka patrzyły jak dawniej – chytrze i czujnie.

– Towarzyszu Lenin, uczyńcie mnie waszym następcą. – Kandydat na nowego wodza, klęcząc na tarasie, pokornie całował nauczyciela w rękę.

– Ech, Józwa – wymamrotał Włodzimierz Iljicz – przecież ty się nie nadajesz. Wypić z tobą można, szaszłyki robisz świetne, pogadać przyjemnie, organizatorem też jesteś niezłym. A i gdybym chciał kogoś stuknąć po łbie, nie poprosiłbym nikogo innego. Ale wódz byłby z ciebie do niczego...

– Jak to? – Stalin udał, że płacze rzewnymi łzami. – Przecież jestem młody, zdolny, inteligentny, bezlitosny. Idealnie się nadaję na to stanowisko.

– Starałeś się, trzeba ci przyznać. Pomysł z kołchozami i obozami pracy był pierwsza klasa, ale brak ci rewolucyjnej bezwzględności. Za miękki jesteś... Nie, moim następcą zostanie Lew Dawidowicz.

– Trocki? Ten dureń?! Przecież on się kompletnie nie nadaje. A do tego jest z wykształcenia krawcem! – Na twarzy Stalina odmalowała się cała gama uczuć.

Paskudne to były uczucia. Jednak wódz tego nie zauważył.

– Nawet sprzątaczka może być ministrem – szepnął. – Ale żeby rządzić Rosją, a w przyszłości całym światem, potrzeba naprawdę twardej ręki. I serca jak kamień...

– Ja mam serce jak kamień – warknął Józef. – A krzepy w łapach też mi nie brakuje.

Wstał z klęczek i udusił Lenina poduszką.

– Tfu! – Włodzimierz Iljicz szarpnął się i wypluł dobrą garść dziwnego pyłu.

Coś go przygniatało, dusiło, odbierało oddech. Miotnął się rozpaczliwie i z ulgą strząsnął z siebie warstwę gleby. Na szczęście niezbyt grubą.

– Co oni, pogrzebali mnie? Żywcem? – Klnąc, otrzepywał się z ziemi. – Mnie? Swojego wodza?! Feliks Edmundowicz zrobi z nimi porządek. A zacznie od...

Odległe wycie szakala przerwało tę gniewną tyradę. Lenin oderwał wzrok od pokrytej kurzem marynarki i po raz pierwszy rozejrzał się wokoło.

– *Wot te na* – wyszeptał.

Był w miarę inteligentny, więc w jednej chwili zrozumiał, że tu, gdzie trafił, nawet Dzierżyński nie zdoła mu pomóc. Rozległe pole pokrywał ni to piach, ni to popiół. Wszędzie wokoło ziały dziesiątki dołów podobnych do tego, z którego on sam się wygrzebał. Niektóre były głębokie, wyraźnie świeże, inne dawno już przyprószył pył niesiony wiatrem. Nad pustynią wisiało upiorne ciemnopurpurowe niebo. Gigantyczny żuk toczył po nim czerwoną kulę.

– Przecież nie ma życia pozagrobowego! – zdziwił się. – Co za diabeł? A, jasne. To robota Stalina, musiał mi jakiegoś świństwa dosypać do jedzenia.

Uszczypnął się w ramię. Zabolało. Potarł czoło dłonią, aby zebrać myśli. Jego palce utknęły w czymś dziwnym, ale znajomym. Obmacał pospiesznie czaszkę.

– Mam włosy! – ucieszył się. – Odrosły... A lekarze mówili, że syfilis powoduje trwałe wyłysienie.

Zaraz jednak ponownie popadł w gorzką zadumę. Elementy układanki zaczęły do siebie pasować.

– Mówili, że do końca życia nie odrosną – westchnął. – Czyli jednak nie żyję. Stalin, ścierwo, to jego robota... Tylko gdzie ja, u licha, jestem? Niebo to chyba nie jest, piekło też nie. Ech, Józwa by pewnie wiedział, kształcił się w seminarium. A polazł gdzieś, akurat kiedy jest potrzebny! Pewnie żyje sobie, obezjajec, i może nawet wodzem zostanie – rozżalił się. – A jak pomyślę, że mogłem przecież posłać go przodem, żeby drogę przebadał...

Wycie szakala rozległo się teraz znacznie bliżej. Wódz obmacał kieszenie w poszukiwaniu jakiejś broni, ale nic nie znalazł. Nawet jego ulubiony kozik, ukradziony przed laty staremu góralowi w Poroninie, gdzieś przepadł. Pewnie wzięli do muzeum...

– *Wo blja*! – zaklął. – Dupy wołowe ci towarzysze z politbiura! Mogli mi dać chociaż jakiś pistolet na drogę w zaświaty. Niech no tylko wrócę na ziemię, już ja im pokażę. Ruski miesiąc popamiętają!

Wycie urwało się, a w półmroku zamajaczyła sylwetka. Przybysz wyglądał na człowieka, jedynie głowę miał jakby wilczą. I ze dwa i pół metra wzrostu. Konusowaty Lenin musiał zdrowo zadrzeć podbródek, żeby mu się przyjrzeć.

– No i wszystko jasne. Jestem w Egipcie – ucieszył się. – A może raczej w egipskich zaświatach... – Wiadomości, które w szkole nauczyciel wbijał mu linijką po łapach, stopniowo się przypominały.

– Witaj, synu – odezwał się psiogłowy.

Głos był głuchy, jak gdyby dobiegał spod uchylonej płyty grobu. Ale mową Puszkina władał bardzo dobrze, choć z moskiewskim, a nie petersburskim akcentem.

– Anubis? – zgadł ożywieniec. – To znaczy bóg Anubis – poprawił się szybko.

– Owszem. – Strażnik Krainy Zmarłych wyciągnął skądś kajet. – A teraz szybciutko wypełnimy ankietę.

– Oczywiście. – Wódz zawsze żywił ogromny szacunek do urzędowych dokumentów.

– Imię, nazwisko, profesja?

– Włodzimierz Iljicz Uljanow. Na adwokata się uczyłem, ale potem mi kariera prawnicza trochę nie wyszła.

– Czyli?

– Wyrzucono mnie z korporacji za komunistyczną agitację na sali sądowej. Zawodowy rewolucjonista, dziennikarz...

Psiogłowy notował.

– Źródła utrzymania?

– Mamusia mi przysyłała, a jak się nieboszczce zmarło – tu Lenin uronił fałszywą łzę – brałem pieniądze od Stalina. Bo te, które udało mi się kiedyś z Kamieniewem wydrukować, kiepskie były, w banku nie chcieli wymieniać.

– Czyli osobiście nie pracował? – Dłoń z piórem zawisła nad kwestionariuszem.

– No skąd! Jak się robi rewolucję, to nie ma człowiek czasu na głupoty.

– Stanowisko służbowe?

– No to jeśli sam nie pracowałem, tylko z zasiłku żyłem, bezrobotny chyba... A może wolny zawód? – Nigdy dotąd nie zastanawiał się nad tą kwestią. – A ostatnio... Hm... Wpisz: przywódca światowego proletariatu.

– Co to jest proletariat?

W głowie Lenina zapaliły się ostrzegawcze lampki. Czasami potrafił naprawdę szybko myśleć. Tak było i tym razem. W nieoczekiwanym przebłysku natchnienia wpadł na odpowiednie rozwiązanie.

– Wiesz co? Wpisz do ankiety zawód: faraon – powiedział. – To dużo uprości.

– Faraon? Sprawdzimy... – Anubis naskrobał coś w kajecie. – Wyznanie?

– Marksista.

Psiogłowy wytrzeszczył oczy. Poskrobał się za uchem. Potem sprawdził w kieszonkowym leksykonie religii.

– Nigdy nie słyszałem o takiej wierze... I w wykazie też nie figuruje. – Zmarszczył brwi.

Lenin zrozumiał, że chyba popełnił jakiś błąd. Ale jego umysł, wprawiony w dialektyce, błyskawicznie znalazł rozwiązanie:

– Jak każdy faraon zmuszałem ludzi, by cześć oddawali przede wszystkim mnie – uściślił.

– Znaczy się bóg?

– Boga nie ma – bąknął wódz. – Oczywiście egipscy są – postanowił się podlizać – to nie ulega najmniejszej wątpliwości i ja nigdy tego nie kwestionowałem, ale chrześcijańskiego nie ma, to tylko burżuazyjny zabobon.

– Przykro mi, ale wedle naszych danych jest. – Strażnik zamknął zeszyt.

– To czemu trafiłem tutaj?

– Zostałeś zmumifikowany. Każdy zabalsamowany, jeśli nie jest chrześcijaninem, trafia do nas. Na sąd Ozyrysa trzeba iść tędy. – Wskazał dłonią jakieś budowle majaczące na horyzoncie. – Po drodze są pewne próby i pułapki, ale jako faraon – tu uśmiechnął się sarkastycznie – z pewnością sobie poradzisz. W razie czego sprawdzaj w „Księdze Umarłych".

– A jeśli nie zdam? – Chytre oczka zamrugały. – Będzie egzamin poprawkowy?

– Karą jest ostateczne zatracenie ciała i duszy w Jeziorze Płomieni – wyjaśnił z godnością Anubis i powoli rozpłynął się w powietrzu.

Lenin znowu pogrzebał po kieszeniach, ale „Księgi Umarłych" oczywiście nie znalazł.

– Kolejny punkt ujemny dla chłopaków z politbiura – warknął, a potem zamyślił się głęboko.

Warto by jakoś dać znać na ziemię, żeby dosłali mu potrzebne instrukcje. Tylko jak?

– Ciekawe, co tam słychać u tego waszego wodza. – Pawło Wędrowycz puścił oko do Semena. – Kitę odwalił przedwczoraj, to go teraz pewnie diabli na widłach noszą.

– Tylko nie u mojego – obruszył się kozak. – Ja nie mam z tym ścierwem nic wspólnego!

– No co? – Gospodarz dał mu sójkę w bok. – Lenin to Ruski, tak jak ty...

– A gdzie tam on Ruski, ślepia skośne, gęba żółta, ałtajski wyrodek i tyle.

Kuba popatrzył na ojca i gościa, a potem, jak na dobrego syna przystało, nalał im jeszcze samogonu.

– Z tymi diabłami to może nie do końca tak – powiedział. – Ksiądz mówił, że piekło to nieobecność Boga. Znaczy takie różne Leniny po śmierci pójdą do dziury i tam będą skazani na własne ohydne towarzystwo.

– To już lepiej by mu chyba było do kotła z siarką – parsknął Semen. – Bo jak go tam Marks z Engelsem wychędożą... – zawiesił głos.

Wszyscy trzej ryknęli serdecznym śmiechem. Ich proste chłopskie serca przepełniała radość, jaką dać może tylko świadomość cudzego nieszczęścia.

Wódz, klnąc pod nosem, człapał ubitym traktem. Po drodze co jakiś czas mijał wydrążone w skale szyby. Zajrzał do kilku. Głęboko, głęboko pod ziemią, w wielkiej jaskini, przetaczały się ogniste fale. Skwierczały w nich ciała grzeszników. Zrozumiał, że widzi Jezioro Płomieni.

Zbliżał się do budynków zagradzających drogę.

– Pułapki? – mruknął rozeźlony. – I za co to wszystko? Nie mogliby raz oczu przymknąć? Mnie, wodza, przez taki tor przeszkód puszczać? A to się wpakowałem.

– Jak śliwka w kompot, że użyję znanego i tobie powiedzenia – powiedział ktoś za jego plecami. – A nawet jeszcze gorzej...

Lenin odwrócił się na pięcie. Stojąca przed nim istota przypominała człowieka, tylko głowę miała znowu jakąś taką...

– Hm, podobny jest pan do Anubisa, ale sądząc po godnej postawie... – Włodzimierz Iljicz na wszelki wypadek wolał się znowu podlizać.

– Jestem Set – przedstawił się przybysz. – Bóg chaosu, wojny, destrukcji, pan Zachodniej Pustyni.

– Miło mi, nazywam się... – Wyciągnięta ręka zawisła w powietrzu.

– Wiem. I wiem, co narozrabiałaś na ziemi. Ale nie przejmuj się, twoja postawa życiowa, charakter i poglądy budzą moją najżyczliwszą aprobatę.

– Miło mi to słyszeć. – Lenin odetchnął z ulgą. Wreszcie ktoś normalny.

– Mamy wspólny problem – rzucił Set. – Bardzo byś mi się tu przydał, ale bez znajomości haseł nie przejdziesz przez bramy i inne zasadzki...

– Anubis wspominał coś o „Księdze Umarłych".

– Proszę. – Pan chaosu wręczył mu grubachny zwój papirusu. – Nagniemy trochę przepisy. Tylko nie mów nikomu, od kogo to masz, bo dostanę po uszach...

– Oczywiście. – Lenin uśmiechnął się z wdzięcznością. – Tylko jak ja to odczytam? Nie znam hieroglifów...

Ale Seta już nie było. Włodzimierz Iljicz zajrzał do zwoju i po raz pierwszy od zmartwychwstania uśmiechnął się szeroko.

– No, to rozumiem. Wreszcie komuś chciało się chwilę pomyśleć.

Papirus został spisany w wersji rosyjskojęzycznej.

Lenin pchnął pięknie rzeźbione dwuskrzydłowe drzwi i wkroczył do Sali Podwójnej Prawdy. Jej centralny punkt stanowiła wielka waga. Wokoło zbudowano cały amfiteatr, w którym siedział tłum dziwnych istot. Przy wadze krzątał się jakiś osobnik z głową ibisa, który sprawdzał działanie mechanizmu.

Urządzenie chyba od dawna nie było używane, bowiem na szalkach leżała warstewka kurzu. Anubis gawędził z jakąś nieletnią panienką ubraną w bardzo przejrzystą halkę. Dziewczyna miała na głowie opaskę, a za nią wpięte jedno strusie pióro.

„Ale kobietka" – pomyślał wódz. „Zważywszy jej strój, wyzbyła się chyba burżuazyjnych przesądów. Jakby miała chwilę wolnego czasu, po rozprawie można by zaprosić ją na kawę a potem, kto wie, może i dałoby się pofiglować?"

Pogładził się z zadowoleniem po odrośniętej czuprynie. Z tego, co pamiętał, w młodości był niezłym przystojniakiem, te lekko mongolskie rysy twarzy robiły wrażenie na towarzyszkach rewolucjonistkach. Skoro włosy odrosły, to może i inne części ciała zjedzone przez syfilis będą działały jak trzeba? I naraz poczuł, jak młodzieńcza energia napełnia jego lędźwie.

Opodal wagi stał złocisty tron, chwilowo pusty. W kącie siedziało coś dziwnego, paskudna krzyżówka hipopotama i krokodyla. Na szczęście bestię ktoś inteligentnie przykuł do ściany grubym złotym łańcuchem.

– Jakim cudem tu dotarłeś? – zagadnął psiogłowy, podchodząc do Włodzimierza Iljicza. – To niemożliwe.

– Pokonałem wasze pułapki.

– No i jak, gotów? – Anubis wyszczerzył zęby w kpiącym uśmiechu.

– Naturalnie. A co tu się będzie działo?

– Sąd Ozyrysa. Zważymy twoją duszę i ocenimy, czy wolno ci powędrować na Pola Trzcin, czy nie...

– Jak można zważyć coś, czego nie ma? – zdumiał się podsądny. – Pola Trzcin? – upewnił się.

– Owszem. To kraina mlekiem i miodem płynąca, gdzie dni pędzi się na rozkosznym trudzie siania i zbierania plonów. Wszyscy pracują od rana do wieczora we wspólnym wysiłku.

– I ja też mam...

– Jeśli przejdziesz sąd. – Psiogłowy, jak na gust Lenina, zbyt często ironicznie się uśmiechał.

– To pomyłka! – zaprotestował wódz. – Jak to w polu robić? Przecież nie po to wymyśliłem kołchozy, żeby dać się w czymś takim zamknąć!

Anubis zmarszczył nos z dezaprobatą.

– I jeszcze jedno: kim jest ta panieneczka? – Włodzimierz Iljicz spojrzał na dziewczynę z piórem. – Aktoreczka jaka z kabaretu czy kokota? Możesz mnie przedstawić?

– Nie bluźnij! – warknął strażnik. – To bogini sprawiedliwości Maat.

Lenin zrozumiał, że znowu paskudnie podpadł. Zaklął pod nosem i zaczął przypominać sobie w panice, czego nauczył się na studiach prawniczych.

– Gdybym wiedział, że się tak skończy, to bym rzadziej chodził na wagary.

Zabrzmiał gong i na tronie zmaterializował się władca Krainy Zmarłych. Długą chwilę panowało milczenie, wszyscy patrzyli na rewolucjonistę wyczekująco.

– Wyjmijcie mu duszę – polecił wreszcie Ozyrys.

Bóg Tot zaklekotał dziobem, a potem wyciągnął rękę i wydobył z piersi wodza serce.

– O, do licha...? – zdziwił się Włodzimierz Iljicz. – To nie wycięli mi go przy mumifikacji?!

Spojrzał podejrzliwie na swój odsłonięty tors, ale na skórze nie było żadnego śladu.

„Dziwne, przecież powinna zostać dziura" – pomyślał. „To pewnie tylko złudzenie, żeby mnie w trąbę zrobić..."

Tot położył organ na wadze. Teraz podeszła bogini Maat. Wyjęła zza przepaski we włosach strusie pióro i umieściła je na drugiej szali.

– Eeee? – zdziwił się wódz. – Chyba wam kociołek nie gotuje – zasugerował niepoczytalność składu sędziowskiego. – Przecież mięso zawsze będzie cięższe od puchu!

Waga pokazała to, co było do przewidzenia. Szala z sercem opadła natychmiast.

– Winny – orzekł Tot.

Lenin pospiesznie zajrzał do papirusu.

– Diabli nadali, przegapiłem mowę obrończą. – Teraz dopiero połapał się, co powinien był zrobić.

Ozyrys patrzył na Lenina zaciekawiony. Jego oczy przypominały czarne dziury.

– Nie wygląda na jakiegoś wielkiego drania – powiedział wreszcie. – Odczytajcie, co tam napisane...

Anubis rozerwał serce i spojrzał do środka. Pod wpływem jego wzroku świeże jeszcze skrzepy ułożyły się w hieroglify.

– Obalenie legalnej władzy, rabunek miliardów rubli w złocie, obrócenie stu pięćdziesięciu milionów ludzi w niewolników, zlecenie likwidacji trzydziestu milionów takich, którym się to nie spodobało...

– Zaludnienie ziemi musiało wzrosnąć ostatnimi czasy – zauważyła bogini Maat.

– Rzeczywiście, nieco poszalał. Czy masz coś na swoją obronę? – zapytał Ozyrys oskarżonego.

– Byłem faraonem...

– Do tego nielegalne posługiwanie się tytułem – mruknął psiogłowy. – Czyli próba wprowadzenia w błąd składu sędziowskiego, podanie nieprawdziwych danych do ankiety.

– Wiem, że u nas to się inaczej nazywa – zaprotestował Włodzimierz Iljicz – ale faraonem byłem. I to znakomitym. Co należy do obowiązków władcy? – Powiódł wzrokiem po zgromadzonych. – Wyrwałem mój lud z ręki ciemięzcy i sam go uciemiężyłem, zakończyłem krwawą wojnę i zaraz wszcząłem kilka kolejnych. To prawo wodza prowadzić wojny. – Uśmiechnął się triumfalnie. – Nakładałem podatki, i to najwyższe na świecie.

– Oddawałeś cześć bogom? – zainteresował się Ozyrys. – A może poleciłeś chociaż wznieść piękne świątynie? Byłaby jakaś okoliczność łagodząca.

– Piramid ani świątyń budować nie nakazałem, ale zburzenie stu trzydziestu tysięcy cerkwi też łatwe nie było... – bąknął podsądny. – W dodatku nie było jak czci oddawać, bo zakazałem wszelkich kultów religijnych, zmuszając ludzi, by oddawali hołdy mnie...

– Wystarczy – westchnął Ozyrys. – Wrzućcie go do Jeziora Płomieni. Tam jego miejsce.

– Chwileczkę, braciszku drogi – odezwał się jakiś głos. Obok wagi zmaterializował się Set. – Po co zaraz tak ostro? Co ci się znowu nie podoba?

– Faraon uzurpator Uljanow.

– Jak rozumiem, wszyscy królowie zażywający rozkoszy na Polach Trzcin objęli swoją władzę legalnie? Świetny dowcip, muszę go opowiedzieć na przykład naszej drogiej Hatszepsut... I ze trzydziestu innym faraonom.

– Zniewolił kilka narodów – zaprotestowała bogini Maat. – I planował podbić cały świat. Do tej pory nie zdarzyło się, by tak wielki przestępca stanął przed nami. A widzieliśmy tu niejedno.

– Moja droga, pokaż mi faraona, który nie prowadziłby wypraw przeciw Libijczykom, Kuszytom i w Palestynie. Może nie wszystkim udało się samo zniewolenie, jednak plany mieli ambitne. Co do podbijania świata, nasi protegowani słabo znali geografię i tylko dlatego nie przyszło im to do głów.

– Ale trzydzieści milionów ofiar? To przecież przesada!

– Moja droga, sama mówiłaś, że ludność ziemi radykalnie wzrosła. Dawnymi czasy wystarczyło zabić tysiąc wrogów, by rozgromić całą armię, teraz trzeba dziesiątki milionów, żeby ludzie w ogóle to zauważyli. Czy nie mam racji? – zwrócił się do Lenina.

– Oczywiście. W zagranicznych gazetach nie wierzyli nawet, że tylu wykończyliśmy – zapewnił wódz.

– Sami widzicie, faraon całą gębą – podsumował Set. – Trochę się to stanowisko inaczej u nich nazywało, ale zmumifikowany został, więc jest nasz.

– Ręczysz za niego? – Ozyrys spojrzał na brata.

– Oczywiście. – Bóg wojny, chaosu i destrukcji uśmiechnął się promiennie. – To przecież mój najwierniejszy wyznawca!

Kraina Zmarłych, 1953

Józef Wissarionowicz Dżugaszwili wygrzebał się z lessowego pyłu. Przetarł załzawione oczy i zgięty nieoczekiwanym paroksyzmem wykaszlał dobre pół kilograma ziemi.

– Gdzie jestem? – wymamrotał i podejrzliwie rozejrzał się wokoło.

Spoczywał na rozległym polu pokrytym tysiącami dziur. Po krwistoczerwonym niebie gigantyczny żuk toczył czerwoną tarczę słoneczną.

– A niech mnie – mruknął. – I po co kazałem się zmumifikować?

Wstał i otrzepał wojskową bluzę. Sprawdził wiszącą na piersi samotną złotą gwiazdkę Bohatera Związku Radzieckiego. Od razu spostrzegł, że odlano ją z tandetnego plastiku. Także mundur zamiast z generalskiego sukna wykonany był ze zwykłej wełny. Ba, plecy uszyto z jakiejś starej szmaty!

– Beria, ty złodziejskie nasienie, czekaj, ścierwo, tylko wpadniesz w moje ręce!!! – Zacisnął pięści.

Na horyzoncie majaczyły jakieś konstrukcje, więc ruszył w tamtą stronę. Im bliżej podchodził, tym bardziej znajomo wyglądały. Baraki, druty kolczaste, wieżyczki strażnicze...

– Zupełnie jak u nas na budowie Kanału Białomorskiego. – Uśmiechnął się pod wąsem. – Zatem i tu żyją komuniści. To dobrze, z komunistami zawsze można się dogadać.

Idąc wzdłuż płotu, dotarł do furtki. Pchnął ją i wszedł na teren obozu. Po wewnętrznej stronie ogrodzenia stała budka wartownicza. Siedział w niej jakiś człowiek w postrzępionym waciaku i studiował „Księgę Umarłych".

– Czy mogę wejść? – zagadnął ożywieniec. – Gdzie tu jest biuro przepustek?

– Przepustki nie trzeba. Zapraszamy. – Strażnik odłożył zwój. – Co za niespodzianka, nasz wódz i nauczyciel we własnej osobie! Proszę iść tą ścieżką, do tamtego baraku. – Wskazał coś w rodzaju stodoły ozdobionej czerwoną gwiazdą. – Włodzimierz Iljicz oczekuje.

– Lenin? – ucieszył się nieszczerze Józef Wissarionowicz. – To on tu też jest?

– Oczywiście! I to od bardzo dawna. Od lat was wypatruje. Nawet wszystkich przybywających wypytywał zawsze o wasze zdrowie. Szczerze mówiąc, nie spodziewaliśmy się tak szybkich odwiedzin. Czyżby ktoś pomógł rozstać się z życiem?

– A ty co tak pytasz jak jakiś śledczy?!

– Przepraszam, taki głupi nawyk z czasów służby w waszych organach...

W głosie wartownika było coś znajomego. Stalin spojrzał uważniej w twarz pokrytą bliznami po odmrożeniach.

– Czy ty czasem nie jesteś...?

– Widzę, że sobie przypominasz, sam mnie zesłałeś do łagru. Zresocjalizowałem się tam do tego stopnia, że wyciągnąłem nogi.

– To kto cię zmumifikował? – zdumiał się wódz. – Bo chyba żeby się tu dostać, to trzeba...

– Dziadek Mróz, a konkretnie wieczna zmarzlina pod linią kolejową do Norylska. Goń, nie zatrzymuję, przecież od lat tam na ciebie czekają.

Stalin przeczuwał niejakie problemy. Poszedł ścieżką i pchnąwszy drzwi, wszedł do szopy. Wnętrze wyglądało znajomo. Zupełnie jak sala trybunału orzekającego: stół nakryty zielonym suknem, trzy karafki, trzy szklanki, trzy krzesła. Czerwony goździk w wazoniku. Jedynie portret wiszący na ścianie był inny. Zamiast Lenina przedstawiał kogoś z łbem dziwnego bydlęcia.

Za stołem siedzieli dwaj mężczyźni, trzecie krzesło było puste. Pierwszy wyglądał jak Dzierżyński, tylko miał wszystkie przednie zęby. Drugi przypominał Lenina, ale był imponująco kudłaty. Oni czy nie oni? Oni.

– Imię i nazwisko? – zażądał włochacz.

– Wołodia – wykrztusił Stalin – towarzyszu, czego się wygłupiacie? Co wy, nie poznajecie mnie? To przecież ja, wasz najwierniejszy uczeń, Koba. Jaka piękna fryzura! To peruka czy włosy wam odrosły?

– Ty się, Józek, wodzowi nie podlizuj – odezwał się ten drugi. – Poznaliśmy cię, łachmyto, ale sam zawsze mówiłeś, że procedura musi być zachowana.

– Jaka znowu procedura?

– Trafiłeś do ośrodka dla zmartwychwstańców. Zanim bogowie zadecydują o waszym losie, robimy tu wstępną selekcję. – Lenin, zmrużywszy skośne oczka, zatarł radośnie dłonie. – Sam rozumiesz, że nie ma sensu Ozyrysowi zawracać głowy. Więc sami odsiewamy co bardziej reakcyjne ścierwo.

– Jacy znowu bogowie? – zdziwił się przybysz. – Przecież Boga nie ma.

– Jest. Nazywa się Set. – Włodzimierz Iljicz wstał i z szacunkiem, głęboko ukłonił się przed portretem.

– Chwileczkę, i dużo macie...

– Powinieneś bez trudu sam obliczyć. Z samej Kołymy przez dwadzieścia lat waliły tu dzikie tłumy. Skierowaliśmy ponad osiem milionów komunistów do kołchozów na Polach Trzcin – oznajmił z dumą Lenin. – A konkretnie: trafili tam wszyscy, którzy uważali, że ja byłem dobrym ojczulkiem rewolucji, a ty, Józwa, spieprzyłeś wszystko.

– A tacy, którzy twierdzili, że ja byłem dobry, a łagry to robota Jagody, Jeżowa i Berii? – zainteresował się podsądny.

– Ci poszli do Jeziora Płomieni. – Dzierżyński uśmiechnął się drapieżnie. – Sam rozumiesz: Lenin dobry, Stalin zły... A ze złymi nie należy się patyczkować.

– Feliksie Edmundowiczu, no co wy? Pogadajmy jak przyjaciele. Towarzysze...

– *Guś kabanu nie towariszcz*! – ryknął Dzierżyński. – Nie dość, że mnie kazałeś wykończyć, to jeszcze w gazetach pisali, że zawał serca miałem! A obdukcja moich zwłok co wykazała? Samobójstwo trzykrotnym strzałem w potylicę, do tej pory wszyscy agenci świata się ze mnie śmieją!

– Przyjaciele, wybaczcie! – Stalin, zrozumiawszy, że to nie przelewki, padł na kolana.

„Najważniejsze teraz to przeżyć" – pomyślał. „Ale czekajcie, sobacze syny, nie tacy próbowali, jeszcze mi za to własną krwią zapłacicie".

– Ależ oczywiście. Nie będziemy wredni – rzekł Lenin łaskawie. – O twoich winach zaraz zapomnimy. Kilka tysięcy naszych wiernych towarzyszy poszło do piachu, ale to przecież drobiazg, skoro większość tu trafiła. Jednak rozumiesz chyba, że wódz może być tylko jeden. Poza tym sam napisałeś, że wrogowi można wybaczyć, jednak profilaktycznie należy go potem zlikwidować...

Stalin zrobił się blady jak ściana.

– Co ze mną zrobicie? Zabijecie umarłego?!

– Nie, wyślemy cię do Jeziora Płomieni. Wedle dostępnych nam danych łączy się ono z katolickim i prawosławnym piekłem, więc, można powiedzieć, trafisz, gdzie twoje miejsce – rzekł Feliks Edmundowicz.

– Jak to, ateistów też do piekła?! – zdumiał się Stalin. I zaraz pomyślał, że może jednak uda się ich przekonać. – Mam tu pewne wątpliwości natury teologicznej. Jak wiecie, studiowałem w seminarium. A więc z racji mojego wykształcenia...

– Szczegóły wyjaśnią ci na dole. – Włodzimierz Iljicz uciszył go gestem. – Trybunał wyrok zatwierdził.

– Jak to zatwierdził? Przecież sąd...

– Sam wymyśliłeś, żeby sądy tylko zatwierdzały wyroki wydane przez wodza i politbiuro. – Krwawy Feliks wzruszył ramionami. – To co gębę głupio rozdziawiasz?

– Ale wyroki orzekało trzyosobowe kolegium – Stalin spróbował rozpaczliwej obrony.

Trzecie krzesło zatrzeszczało złowieszczo, gdy zmaterializował się na nim Set.

– W zasadzie mam do moich podwładnych pełne zaufanie, ale skoro chcesz, to niech będzie po twojemu, wedle procedur – burknął. – Zadowolony?

– Ależ, panie! – Stalin skłonił się, aż wąsami zamiótł podłogę. – Jako bóg chaosu i destrukcji powinieneś właśnie mnie wyróżnić! Ci dwaj popaprańcy...

– Nie, Józek. – Pan Zachodniej Pustyni pokręcił głową. – Lenin z Dzierżyńskim zamienili Rosję w dom wariatów, a ty wszystko zacząłeś porządkować. Nie powiem, nawet ciekawe to było, ale chaos pod twoimi rządami drastycznie się zmniejszył.

A potem nacisnął dzwonek. Do wnętrza weszli czterej łagiernicy. Musieli otrzymać instrukcje już wcześniej, bowiem bez słowa obalili więźnia na ziemię i, wykręciwszy mu ręce, spętali drutem kolczastym. Pośrodku obozu znajdował się szyb nakryty metalową zapadnią. Na niej ustawili wodza. Krwawy Feliks położył dłoń na wajsze zwalniającej blokady.

Józef Wissarionowicz potoczył przerażonym spojrzeniem po placu i teraz dopiero spostrzegł rozpięty pomiędzy barakami transparent:

TYM RAZEM NA ZBUDOWANIE KOMUNIZMU
MAMY CAŁĄ WIECZNOŚĆ!

– Gówno! I tak wam się nie uda! – wrzasnął.

Klapa odemknęła się pod jego nogami. Lenin się nie mylił (podobno nie mylił się nigdy). Resztę wątpliwości teologicznych wyjaśniono Stalinowi na dole.

Jedną z pierwszych decyzji Chruszczowa, podjętą zaraz po śmierci Stalina, było odnalezienie w łagrach Iwana Timofiejewicza Zoofiłowa. Ściśle tajne dokumenty politbiura wskazują jednoznacznie, że zamierzano powierzyć mu poprzednio funkcję etatowego partyjnego

jasnowidza, by na bieżąco korygować posunięcia dyplomatyczne ZSRR i dostosowywać je zawczasu do mającej nieuchronnie nadejść przyszłości.

Niestety, komisja, która udała się na Kołymę w poszukiwaniu geniusza, ustaliła, że przed paru laty zmarł na skutek przekroczenia norm socjalistycznego współzawodnictwa pracy przez towarzysza Nahajkowa. Nahajkow został oczywiście zdjęty z ewidencji strażników w trybie dyscyplinarnym (zachował się protokół z egzekucji), ale prace komisji nie zakończyły się zupełnym fiaskiem. Na desce z pryczy zamordowanego prekognity odkryto bowiem wydrapaną gwoździem zagadkową przepowiednię, sporządzoną w języku tocharskim. Po dwuletnich poszukiwaniach odpowiedniego eksperta w innym łagrze odnaleziono przedrewolucyjnego profesora, który dokonał przekładu.

Gdy polska archeologia głowę podniesie w Egipcie
Z krainy śmierci Lenin powróci duszą i ciałem
By niedowiarków i partii zdrajców ukarać skrycie
Śmierć wielu stanie się udziałem.

Prawdziwość przepowiedni potwierdziła komisja trzech niezależnych ekspertów narodowości cygańskiej. Potraktowano ją więc niezwykle poważnie, a nad polskimi archeologami roztoczono specjalną opiekę, to znaczy – przestano dawać im paszporty. Ogromny problem dla KGB stanowiło trzech archeologów polskiego pochodzenia prowadzących badania w okolicach Luksoru. Pierwszy z nich jednakże zginął przygnieciony podczas próby ponownego ustawienia granitowego obelisku, a drugi został pechowo zasypany w badanym przez siebie grobowcu.

Agentura, działając z doskoku, napotykała oczywiście na rozmaite problemy. W 1958 roku omal nie doszło do straszliwej katastrofy – trzeci archeolog figurujący na czarnej liście natrafił w wykopie na alabastrową głowę posągu i prawie zdążył ją podnieść. Jednak w ostatniej chwili został zastrzelony przez nieznanych sprawców.

Następne lata okazały się niezwykle trudnym okresem. Odwilż w stosunkach międzynarodowych sprawiła, że przynajmniej niektórych badaczy trzeba było wypuszczać za granicę. Polscy uczeni zaczęli dość masowo jeździć na wykopaliska. KGB podjęło działania poprzez swoją agenturę, obcinając im fundusze, jednak archeolodzy, dobrze dostosowani do życia w gospodarce nie w pełni reagującej na potrzeby, mimo chronicznego braku środków regularnie dokonywali nowych odkryć. Należało podjąć radykalniejsze działania zapobiegawcze.

Do ekspedycji dołączano agentów, przeważnie czystych etnicznie Rosjan dobrze znających język wroga. Ich zadaniem było podnoszenie wszelkich znalezionych głów, zanim zrobią to Polacy. Niestety, nie obyło się bez przykrych wpadek. Na przykład profesor Kazimierz Michałowski, zaproszony przez imperialistów do pomocy przy przenoszeniu świątyń w Abu Simbel, znienacka doskoczył do hydraulicznego lewara i za jego pomocą podniósł kilkutonową głowę posągu Ramzesa Drugiego. Agent o kryptonimie „Północny wiatr" nie zdołał temu zapobiec, bo skutkiem zapiaszczenia (rzecz w Egipcie normalna) zaciął mu się pistolet (odnaleziono raport z egzekucji agenta).

Wypadek ten wywołał ogromną panikę. Towarzysz Breżniew udał się natychmiast z roboczą wizytą do kilku krajów socjalistycznych i przebywał tam przez wiele miesięcy, aż zagrożenie minęło.

W tajnych archiwach Kremla zachowały się dwa interesujące dokumenty. Pierwszy to próba reinterpretacji przepowiedni, dokonana przez eksperta lingwistę narodowości czukockiej, towarzysza Akakowa. Opierając się w swej pracy na słowniku synonimów, wydedukował, że Zoofiłow, pisząc o polskich archeologach, mimowolnie nawiązał kontakt mentalny z protosferą interjęzykową, skutkiem czego nieświadomie użył polskiego idiomu – zatem „podnoszenie głowy" należy uznać za przenośnię, a w rzeczywistości chodzi o okres, gdy archeolodzy bratniego narodu zhardzieją i przestaną przejmować się socjalizmem. Wedle dołączonego protokołu analiza sytuacji w środowisku polskich naukowców postawiła szefom KGB resztki włosów na głowach. Instytuty egiptologii w Polsce okazały się bowiem istnymi enklawami krwiożerczego imperializmu, a sami uczeni w większości przypadków mieli socjalizm po prostu gdzieś. Co gorsza, ich likwidacja była wykluczona. Egiptolodzy radzieccy straciliby w ten sposób ostatnie źródło prac nadających się do splagiatowania, a przy tym pisanych w języku w miarę zrozumiałym.

Dokument drugi dotyczy problemu rzekomego zaginięcia grupy pionierów z Kijowa zwiedzających mauzoleum Lenina. Jak się udało ustalić, w rzeczywistości nie było żadnego zaginięcia. Młodym ludziom zmieniono tylko program wycieczki z historycznego na geograficzny oraz przedłużono ją na czas nieokreślony i bez prawa do korespondencji. Poruszającego się w trumnie Lenina unieruchomił przy użyciu osikowego kołka zagraniczny ekspert wymieniony w dokumencie jako J.W. Jego tożsamości nie udało się ustalić.

W 1989 roku skutkiem działań J.W. oraz imperialistycznego agenta Jamesa Bonda mumia Lenina doznała uszkodzeń, które, zdaniem fachowców, całkowicie i nieodwracalnie wykluczyły możliwość jej powrotu do życia. Rok później wydział badań paranormalnych i jasnowidzenia KGB został rozwiązany, a jego bezcenne akta trafiły na makulaturę.

Tomasz Olszanowski: „Zoofiłow – radziecki Nostradamus", Nieznany Wymiar nr 8/2003 r.

Czasy współczesne

Nil płynący przez egipskie zaświaty był podobny do tego na ziemi, tylko szerszy. Na wysokim skalnym cyplu nad doliną stał wspaniały pałac. To znaczy wspaniały wydawał się faraonowi, bo Lenin po rewolucji przywykł do nieco wyższego standardu, ale, jak to mawiał kiedyś towarzysz Radek, *na biezpiczu i żopa sołowiej*. Impreza właśnie się rozkręcała. Muzykanci grali na fletach, kilku komunistów rozgrywało skonstruowane przez siebie harmoszki.

Wódz stojący na krawędzi tarasu popatrzył przed siebie. Działki ziemi uprawnej, wioski i kanały nawadniające ciągnęły się aż po horyzont. Pola Trzcin były rozległe, pomieściły blisko miliard egipskich zmarłych.

– Patrzysz, medytujesz i do jakich wniosków dochodzisz? – Dzierżyński wyrósł za jego plecami.

Przyniósł drinki. Włodzimierz Iljicz pociągnął łyk daktylowego samogonu zmieszanego z sokiem pomarańczowym.

– Rewolucji to my tu nie zrobimy – westchnął. – Z kołchozów ucieka po tysiąc komunistów dziennie, wolą odrabiać pańszczyznę faraonom, niż pracować dla nas... Do tego ta banda cudaków działa mi na nerwy. – Rzucił kose spojrzenie w bok.

Za rzędem drzewek rosnących w donicach Cheops flirtował z Nefretete.

– Hm... – zadumał się Feliks Edmundowicz.

– Ci faraonowie nie mają za grosz świadomości klasowej.

– To znaczy?

– Spójrz, na ziemi byli potężni jak nie przymierzając ja po rozgromieniu interwentów. Pochowano ich z najwspanialszymi klejnotami. Początkowo i oni mieli tu wspaniałe pałace. – Popatrzył na morze ruin rozciągające się na skraju pustyni.

– Ale obrabowano ich grobowce i poszli w dziady – uzupełnił jego towarzysz.

– No właśnie. I co zrobili? Jak te sieroty wszyscy do Amenhotepa. I nawet im do łbów nie przyjdzie, że są na jego łasce.

– Fakt, gdyby to wszystko sprawiedliwie podzielić... – Dzierżyński pożądliwie popatrzył na złote kinkiety zdobiące ściany.

– Podobnie z naszymi komunistami. Zobaczyli tę bandę kułaków i zamiast podjąć walkę i zsocjalizować ich dobra, zaczęli uciekać i zakładać własne gospodarstwa. Jakby nie mogli zrozumieć, że dobrobyt już tu jest, teraz trzeba go tylko rozparcelować... Kompletnie ich to kapitalistyczne otoczenie rozmiękczyło.

– Trzeba by coś z tym zrobić. Ale sił naszych mało. Liczyliśmy na kolejne pięć milionów komunistów, a tymczasem po śmierci Stalina dostawy nagle ustały.

– Co się dziwisz. Po pierwsze, nie ma już tylu łagrów, to i mróz nie konserwuje ciał. Po drugie, odrodziło się tam paskudnie życie religijne i więcej idzie zbawionych do prawosławnego raju... – Lenin ze złością uderzył pięścią w barierkę.

– To co robimy? – Dzierżyński lubił konkrety.

– Trzeba odbudować partię komunistyczną. I przeprowadzić rewolucję. A potem przywrócić komunizm.

– Ale skąd weźmiemy członków?

– Zwerbujemy faraonów. Mają tu pewien posłuch. Jest ich kilkuset, do tego dysponują kadrami.

Feliks Edmundowicz w zamyśleniu pociągnął drinka przez trzcinową słomkę.

– I co dalej?

– Zrobimy jak wtedy. Poszczujemy faraonów na kułaków. Biedota pójdzie za nami. Potem wykończymy faraonów za odchylenie prawicowe, a biedaków za odchylenie lewicowe...

– Widzę tu kilka poważnych problemów. Tu nie ma biedoty. W zasadzie jedyny podział, jaki obserwuję, to taki, że jak ktoś sobie zabrał do grobu figurki uszebti, to ma niewolników, co na niego robią, a kto nie zabrał albo komu zrabowali, to co jakiś czas musi sam w polu z motyką zasuwać.

– Chyba nikt nie lubi pracować.

– No fakt... Faraonowie odpowiednio ich zaagitują. Ja też machnę kilka artykulików o powszechnym obowiązku pracy jako elemencie sprawiedliwości dziejowej. A jeśli na czele naszego ruchu staną dawni władcy, to bogowie się nie wtrącą. – Spojrzał z lekkim niepokojem na gigantycznego żuka toczącego słońce przez nieboskłon. – W sumie kilku trzeba potem zostawić jako figurantów.

– Precedens niby jest. Myśmy też nie rozwalali tych z „Ziemli i Woli", ale pozwoliliśmy im zdechnąć spokojnie w domach starców – domyślił się Krwawy Feliks. – Tylko jak zaagitować faraonów? Nie mają żadnego interesu, by na przykład konfiskować krowy bogatym poddanym.

– Nie mają interesu, bo Amenhotep karmi ich, poi i ubiera. Gdyby tak przykręcić im śrubkę... – Lenin zmrużył chytrze skośne mongolskie oczka.

– Niby jak?

– Zamiast gadać od rzeczy – Set zmaterializował się z trzaskiem tuż obok nich – lepiej się cieszcie tą resztką luksusu, bo niebawem i to się skończy.

– Jak to?! – przeraził się Włodzimierz Iljicz.

– Kasa, którą tak hojnie szafuje nasz drogi gospodarz, nie bierze się znikąd. Przecież wiecie, że to swojego rodzaju procenty od tego, co kilka tysięcy lat temu złożono w jego grobowcu. Żywność – wziął z tacy gruszkę i zmiażdżył ją w potężnej dłoni – panienki – wskazał gestem służącą, która w samej halce roznosiła napoje – ubrania, meble...

– To wszystko jest tu dlatego, że złożone zostało w jego grobowcu – ponuro uzupełnił Lenin.

– Dlatego doradzałbym korzystanie z uroków życia, bo archeolodzy są już na tropie.

– I jak go wyrabują, to... – zaczął Feliks.

Set pstryknął palcami i wymownym gestem wskazał ruiny zdobiące skraj pustyni.

– Czy da się ich jakoś powstrzymać? – Wobec realnego zagrożenia poziomu życia myśli o rewolucji i agitowaniu faraonów z miejsca wywietrzały Leninowi z głowy.

– Istnieje możliwość przerzucenia tam żywych agentów – wyjaśnił pan chaosu.

– Gdybyśmy polecieli, nasze mumie ożyją? – Wódz przechylił głowę.

– Nie. Zostaniecie odtworzeni z dostępnej materii organicznej. Potrzebujemy tylko dowodu, że niebezpieczeństwo jest realne. Na dyslokację musi się zgodzić Ozyrys.

– Coś tam wymyślimy. – Lenin radośnie zatarł ręce. – Mam nawet pewien plan.

– W tej właśnie chwili do Krainy Zmarłych dotarł pewien człowiek. – Set spojrzał na zachód. – Przyciśnijcie go, a dowiecie się, co dzieje się tam na ziemi.

Faraon Amenhotep Pierwszy bardzo nie lubił tej części zaświatów. Tu, w pobliżu Wschodniej Pustyni, na skraju dołów, z których powstawali zmarli, wszystko wyglądało tak, jakby władzę sprawował nie Ozyrys, ale Set i jego pupilek Lenin.

Wielki komin pluł w niebo dymem, daleki huk młotów i innych maszyn mącił wieczną ciszę Kraju na Zachodzie. W hucie wytapiano żelazo – zdumiewający metal, tak łatwo dający się formować w drut kolczasty. Architektura tej części Krainy Zmarłych także była dziwaczna, obca, niepodobna do egipskiej. Wielki faraon czuł przepaść czasu, który dzielił jego epokę i to, co nadeszło tysiące lat później.

Szedł w milczeniu, patrząc na drewniane baraki, wieżyczki strażnicze, reflektory oświetlające pasy zaoranej ziemi. Nawet ożywieńcy snujący się pomiędzy zabudowaniami byli inni. Amenhotep widywał już wcześniej ludzi obcych ras, przeważnie Indian i Eskimosów, ale ci Ruscy nawet zmumifikowani byli inaczej, podobno ich technika polegała na zakopaniu w warstwie wiecznej zmarzliny. No i ta moda... Mimowolnie poprawił tunikę i fartuszek. Walonki, czapki uszanki, kurtki ocieplane watą i ozdobione na plecach naszywkami. Ponoć każdy z nich miał dla ewidencji swój własny numer. Paranoja.

Przekroczył bramę. Dwaj strażnicy na widok ureusza przy chuście nemes tylko salutowali, prezentując broń. Władca pchnął drzwi najokazalszego baraku. Na jego widok Lenin i Dzierżyński poderwali się zza stołu.

Faraon, przełamując pewne obrzydzenie, uściskał obu serdecznie. Ba, nawet zdołał się przy tym uśmiechnąć.

– Przyjaciele, co sprawiło, że przysłaliście do mnie gońca z zaproszeniem? – zagadnął. – Jakaż to sprawa tak nagła i pilna, że nie możecie z nią zaczekać do wieczornego przyjęcia?

– Mamy bardzo poważne kłopoty – powiedział Dzierżyński. – Twoje życie wieczne jest zagrożone.

– To niemożliwe – odparł Amenhotep, ale jednocześnie gdzieś w głębi duszy poczuł ukłucie lęku.

– Trafił nam się ostatnio bardzo ciekawy zmartwychwstaniec – wyjaśnił Lenin. – Niejaki Sasza Iwanowicz Kleszczak... – Wskazał gestem klatkę dla przesłuchiwanych.

Teraz dopiero faraon raczył przyjrzeć się bliżej zamkniętemu w niej osobnikowi. Kleszczak, w spodniach od dresu i pasiastej, pseudomarynarskiej podkoszulce, siedział grzecznie na stołku. Jego tępa morda sprawiała odpychające wrażenie. Uśmiechał się przymilnie, złote zęby z brylantowymi koronkami rozsiewały zagadkowe błyski. Tatuaże i sznyty na owłosionych łapskach dopełniały obrazu. Brakowało mu jednego palca, na pozostałych miał ogromną kolekcję złotych sygnetów ozdobionych herbami szlacheckich rodów z połowy świata.

– Pochodzi z Odessy, ale ostatnio grasował w Europie Zachodniej. Z zawodu gangster i przemytnik dzieł sztuki – uzupełnił Dzierżyński. – Specjalizował się w egipskich.

– A moglibyście dokładniej to wyjaśnić? Namnożyło się teraz tych nowych zawodów – westchnął faraon. – Kto by to spamiętał...

– Istnieją ludzie, którzy lubią mieć w domach przedmioty wykradzione ze starych egipskich grobowców. Ostatnio ich rozgrzebywanie jest nielegalne, ale kolekcjonerzy nic sobie z tego nie robią. Burżujska żądza posiadania nie zna barier. A on właśnie dostarcza dzieła sztuki – Włodzimierz Iljicz tłumaczył rzecz łopatologicznie.

– To po co mi głowę zawracacie? – Amenhotep wzruszył ramionami. – Wrzućcie go do Jeziora Płomieni albo przekażcie na sąd Ozyrysa i tyle.

– Kleszczak, opowiedz panu faraonowi o swoim ostatnim interesie – Krwawy Feliks zwrócił się do więźnia.

– No, planowaliśmy poczekać, aż polskie archeologi znajdą grobowiec, i wtedy byśmy im zaiwanili co się da, a waszą mumię w pierwszej kolejności. – Błysnął zębami w kierunku zbaraniałego Amenhotepa. – Na takim truchle zawsze jest w bandażach kupa ciekawego złotego szmelcu, co go można dobrze spylić kolekcjonerom. Sarkofag można obdłubać z kruszcu albo jak drewniany, to spalić i się samo wytopi. No i do tego inne ciekawe graty, co w takim grobie musowo się znajdą, też ładny grosz są warte.

– Dziękujemy, towarzyszu Kleszczak, to wystarczy. – Dzierżyński pociągnął za wajchę.

Podłoga klatki otworzyła się i Sasza poleciał w dół szybem prosto do Jeziora Płomieni.

– Obiecaliście mi, że będę świadkiem koron...! – Klapa zatrzasnęła się, ucinając wrzask.

Faraon wzdrygnął się lekko. Ten człowiek mu się nie podobał, na karę zasłużył, ale tak bez procesu?

– I tak zostałby skazany, a po co zawracać głowę Ozyrysowi, Totowi i bogini Maat – uspokoił go Lenin. – Tak więc sprawa wygląda paskudnie.

– Ile czasu mi zostało? – jęknął władca.

– Może kilka tygodni, nie więcej niż kilka miesięcy. A potem, niestety, będzie jak z Tutanchamonem.

Amenhotep pamiętał aż za dobrze, wszak minęło raptem osiemdziesiąt lat... Grobowiec młodego władcy archeolodzy eksplorowali przez niemal dziesięć lat. Tu, w Kraju na Zachodzie, proces ten widać było aż nadto wyraźnie. Z pałacu znikały sprzęty, mury się rysowały, faraon dziadział w oczach... Ale najgorsze dopiero miało nadejść.

– Archeolodzy, badając mumię, urwali mu ptaszka... – jęknął. – Sądzicie, że mnie też mogą...

– Niewykluczone. Nie wiemy, jakie metody badawcze są teraz stosowane – zablefował Lenin. – Sądzę, że ryzyko jest znaczne. Samej mumii raczej nie zniszczą, wolą ją za pieniądze pokazywać gawiedzi, ale co to za przyjemność: życie wieczne bez kobiet...

– Mój grobowiec jest chroniony bardzo silną klątwą, uaktywniającą się w chwili, gdy ktokolwiek znajdzie się na jego tropie. To bardzo potężne zaklęcia obronno-zaczepne. – Faraon na chwilę odzyskał pewność siebie. – Ze czterdzieści najzjadliwszych chorób, wypadki losowe...

– Jasne. Tyle że na świerzb czy cholerę to już za naszych czasów były leki. A co do klątwy, szczególnie agresywnie działa na narzędzia. Ale, jak przypuszczam, tylko te, które zostały wymienione w spisie wykonanym przy jej rzuceniu? Spychacze, koparki, buldożery i tak dalej są bezpieczne?

– *Unkh*! – faraon zaklął po egipsku.

– W sumie jest jedno rozwiązanie – powiedział Lenin. – Nie do końca legalne, trudne, niebezpieczne, ale wykonalne. Ozyrys musiałby się zgodzić.

– Macie na myśli przerzucenie tam kilku agentów, którzy będą bronić...

– Którzy po prostu urżną archeologom głowy – uściślił Krwawy Feliks.

– Ale kto poleci? Tutanchamon ma z nimi pewne porachunki, jednak chyba sobie nie poradzi. To zupełnie inne czasy.

– Jeśli poprzesz naszą kandydaturę, zgłosimy się na ochotnika...

– Oczywiście!

Jakub Wędrowycz, usłyszawszy dziwny dźwięk, oderwał spojrzenie od aparatury i popatrzył w stronę praprawnuka. A, tak, to zaszeleściła przewracana kartka. Piotruś siedział na kanapie i znowu trzymał opasłą książkę w ręce. Egzorcysta pokręcił głową z potępieniem.

– Łebek trzynaście lat, a już w okularach – powiedział do Semena. – Tylko sobie wzrok niszczy.

– Kompletny brak szacunku dla własnego zdrowia. – Stary kozak pociągnął mętnego bimbru ze szklanki i zagryzł kawałkiem nieco zzieleniałej, ale jeszcze zjadliwej kiełbasy. – Naczyta się tych szpargałów, a potem, nie daj Bóg, inżynierem zostanie, jak Maciuś, albo naukowiec z niego wyrośnie, jak z mojego wnuka Jaśka...

– O, to ty masz wnuka naukowca? – Jakuba zamurowało ze zdziwienia.

– Ano tak. Ta książka to od niego, zostawił, jak mnie ostatnio odwiedzał. Sam podobno napisał.

– Co?! – Jakub wytrzeszczył oczy. – Jak to napisał książkę? Przecież je się drukuje.

– No to wydrukował. – Przyjaciel wzruszył ramionami. – Nawet jego nazwisko jest na okładce, całe szczęście, że imię inne, bo jeszcze o mnie by pomyśleli...

– Kurza twarz. – Wędrowycz nadal nie mógł uwierzyć. – I o czym napisał?

– A bo ja wiem? Przecież wiesz, że nie znam dobrze polskiego alfabetu. O Egipcie coś pewnie, bo tam jeździ na wykopaliska. A i obelisk jest na okładce.

– Archeolog znaczy – wydedukował Jakub. – Z takimi to już piłem. I co tam ciekawego nacykane? – zwrócił się do prawnuka.

– Pan doktor Jan Korczaszko opisuje tu swoje badania nad historią pierwszych dziesięcioleci panowania osiemnastej dynastii – wyjaśnił Piotruś. – A konkretnie, relacjonuje swoje próby odnalezienia grobowca faraona Amenhotepa Pierwszego.

– A czemu sobie wymyślił, że akurat ten trzeba znaleźć? – parsknął stary kozak.

– Bo nikt go wcześniej nie odkrył. A to oznacza, że gdzieś jest.

– Hy! Niegłupio to wymyślił. – Uspokojony Semen wrócił do swojego kubka z samogonem.

– W dodatku ten grobowiec powinien być gdzieś tam, w tej okolicy, gdzie szuka – dodał Piotruś. – Są o nim wzmianki w starożytnych papirusach.

– I po co tam grzebie? – Jego pradziadek wytrzeszczył oczy. – A bo to mało tam już tego odkopali? Pamiętam, jak kiedyś mnie tam zaniosło, to było tych dziur w ziemi w cholerę... A przy każdej stał wartownik i bilety sprawdzał.

– W sumie sens to ma – mruknął Semen. – Znajdzie grobowiec, klejnoty spyli do muzeum, postawi ochroniarza i jeszcze na wpuszczaniu turystów zarobi.

– No, nie taki głupi pomysł – uspokoił się Jakub. – Swoją drogą, mógłby mu się przydać fachowiec do zdjęcia klątw broniących dostępu do mumii...

– Wujku? – Piotruś przymilnym tonem zwrócił się do starego kozaka.

– No, co chcesz?

– Może pogadałbyś z wnukiem, czyby mnie nie wziął na wykopaliska?

– No, jeszcze czego?! – zdenerwował się Wędrowycz. – Chcesz sobie kopać w grobach, to weźmiemy łopaty i pójdziemy na nasz cmentarz. Mam pewne podejrzenia co do takiego jednego, pora go przykołkować.

Prawnuk się skrzywił.

– Na naszym cmentarzu nie ma mumii – zaprotestował.

– Jak to nie? – oburzył się Jakub. – Może nie są zawinięte w bandaże, ale...

– Poza tym ty grzebiesz tam nocami nielegalnie i mogą nas za to posadzić do pudła.

– Niech tylko spróbują! – Stary wyszarpnął z kieszeni granat, a raczej spróbował to zrobić. – O kurde! – jęknął, patrząc zdumiony na zdobiącą mu palec zawleczkę.

Wyłowił „cytrynkę". Póki granat tkwił w kieszeni, łyżka nadal była dociśnięta do korpusu, teraz odskoczyła, z trzaskiem zwalniając zapalnik.

– Chodu! – ryknął Semen.

Jakub był szybszy. Cisnął granat do głębokiego żeliwnego kotła z zacierem. Rąbnęło jak z armaty, ale solidne ścianki wytrzymały wybuch. Odłamki poszły w sufit i ściany, wybijając kilka dziur.

Cała kuchnia pokryta była rozbryźniętą bragą. Najwięcej wylądowało na powale. Drugi kocioł leżał przewrócony w kącie, deflegmator i chłodnicę diabli wzięli. Dwie grube krople galaretowatej brei przylgnęły do portretu i car Mikołaj wyglądał teraz, jakby cierpiał na katar.

Minęła długa chwila, zanim zaczęli cokolwiek słyszeć. Przez wybitą szybę wpadał letni wietrzyk. Jego podmuchy szybko rozproszyły chmurę dymu. Słoik z bimbrem cudem przetrwał.

– O kuźwa! – sapnął Semen. – Mogłeś nas zabić...

– Ręka już nie ta – tłumaczył się Jakub. – Na szczęście produkt ocalał.

Rozejrzał się, by sprawdzić, co z prawnukiem. Piotruś leżał ogłuszony, tuląc tomiszcze do piersi.

– Oż, inteligent, psiamać! – Wędrowycz kopnął chłopca w tyłek na ocucenie. – Zobacz wyrodka, własnym ciałem książkę zasłonił.

– Tfu! – Stary kozak zrobił minę pełną potępienia, ale nieznacznie mrugnął do chłopaka.

– Klątwa – wykrztusił Jakubowy potomek, siadając. – To była klątwa, jak u Tutanchamona.

– Odbiło mu – zawyrokował Semen. – Klątwa to tylko wymysł, w telewizji to analizowali. Czasem byś program naukowy sobie obejrzał, dowiedział się czegoś ciekawego o świecie. A ty tylko czytasz i czytasz... – sarkał.

Jakub nic nie powiedział, ale zamyślił się głęboko. Obejrzał resztki zawleczki ciągle zdobiące jego palec.

– Może i klątwa – burknął. – Tylko dlaczego? I musi być potwornie silna, skoro zadziałała tak daleko od Egiptu i przez tak słaby przewodnik jak papier.

Wyjął Piotrusiowi książkę z dłoni i przekartkował. Ocalały słoik z samogonem wydał dziwny dźwięk i pękł z góry na dół. Produkt wylał się na stół i sam z siebie zapalił błękitnym płomieniem.

– Daj jakieś ścierki – polecił przyjacielowi egzorcysta. – Trza tu trochę ogarnąć. I poślij kogoś na drogę, niech patrzy, czy gliny nie jadą. Ten wybuch słyszało pewnie pół wsi. Mogą podkablować. A ty opowiedz własnymi słowami, o co biega.

Piotruś z własnej inicjatywy wziął szmatę, zmoczył pod kranem i zabrał się za wycieranie ściany.

– No więc doktor Jan Korczaszko jest przekonany, że udało mu się namierzyć miejsce, gdzie znajduje się grobowiec faraona Amenhotepa Pierwszego. Jest to o tyle ciekawe, że prawdopodobnie miejsce spoczynku nie zostało do tej pory okradzione. Amenhotep był bardzo potężnym władcą. To może znaczyć, że wokół jego mumii spoczywają skarby tak fantastyczne...

– ...że gdy ujrzą światło dzienne, ludzie zapomną, że był ktoś taki jak Tutanchamon – uzupełnił Semen.

– A ty skąd wiesz? – Egzorcysta łypnął podejrzliwie na przyjaciela.

– Bo od pięciu lat o tym bez przerwy gada.

– Egipska magia jest pierońsko silna – powiedział Jakub. – A to wygląda na szczególnie trudny przypadek.

– Sądzisz, że coś grozi mojemu wnukowi? To poważne?

– No ba! Samo węszenie w pobliżu już może wywołać straszliwe skutki. Tutanchamon był, jak na faraona, nieomal ubogi, w dodatku jego tatuś wytłukł większość kapłanów podczas nieudanej zmiany religii, a mimo to jego grób zabezpieczono taką klątwą, że ze stu archeologów w kilka lat poszło do piachu. – Jakub nigdy nie był dobry w zapamiętywaniu liczb. – A tu mamy do czynienia z naprawdę dzianym i potężnym władcą. Miał forsę na dobrych speców od rzucania uroków.

– Kurde... Czekaj, czegoś tu nie rozumiem. – Semen popatrzył na Wędrowycza. – To i inne grobowce faraonów były pewnie zabezpieczone? A przecież wszystkie do tej pory znalezione są wyszabrowane do czysta! To co? Może nie są takie silne te zaklęcia?

– Klątwa to klątwa, zazwyczaj nie działa ot tak, tylko przez jakiś czas – wyjaśnił egzorcysta. – Słyszałeś, jak proboszcz rzucił u nas klątwę na dziedzica? Przez rok nie było żadnych efektów, a potem hrabiemu odbiła palma.

– A, to chyba że tak. Czyli wyrabować zdążą, a potem ich kasuje jak leci.

– No.

– Nie, kuźwa. Pieprzysz, Jakub. – Stary kozak walnął pięścią w stół. – Przecież jakby te klątwy działały, toby skosiło wszystkich, którzy okradali faraonom groby, no nie?

– No i skosiło – odparł Wędrowycz z uśmiechem. – Sam pomyśl. Przecież wszyscy od dawna nie żyją!

– No tak – Semen tym razem musiał przyznać mu rację. – A czemu nas rąbnęło, zanim zaczęliśmy przy tym węszyć? I dlaczego od razu? Czemu nie za rok?

– Bo jesteśmy obdarzeni mocą. Dobra klątwa jest w stanie wchłonąć część aury wiedzącego i obrócić ją przeciw niemu – wyjaśnił mętnie. – Dawaj mapę – rozkazał prawnukowi.

Semen, jak przystało na wioskowego intelektualistę, zgromadził tam niezłą biblioteczkę, co najmniej dziesięć książek dumnie prezentowało obszarpane grzbiety. Pochylili się nad mapą.

– Dokładna lokalizacja grobowca nie jest jeszcze znana – powiedział Piotruś. – To prawdopodobnie jedna z dolin na zachód od słynnej Doliny Królów... – Zatoczył ołówkiem kółko o średnicy jakichś dwudziestu kilometrów. – Tu, koło Luksoru.

– Pierońsko daleko – westchnął kozak.

– I paskudnie tam – mruknął Jakub. – Byłem raz, kilka lat temu. Ale jechać trzeba.

– Jechać?

– Skoro twój wnuk ciągle szuka i jeszcze żyje, to znaczy, że lokalizacja jest do kitu. Ale jeśli znajdzie się w pobliżu, to... – Przesunął dłonią po gardle.

– Trzeba go jakoś ostrzec!

– To marzenie jego życia. – Piotruś pokręcił głową. – Nie zrezygnuje.

– Dlatego ktoś musi tę klątwę rozbroić na miejscu. – Jakub dumnie uderzył się w pierś.

W tym momencie duży kawałek szyby w oknie wypadł z ramy i roztrzaskał się na podłodze. Widać klątwa znowu usłyszała, że coś knują. Wędrowycz złożył odpowiednio palce i machnął dłonią. Szkło wyleciało do reszty.

Ponownie pochylili się nad atlasem.

– Parowce tam pływają... – egzorcysta doczytał oznaczenia na legendzie.

– Uch, ty durny, to książka sprzed stu lat – syknął kozak. – Teraz to się samolotem lata. Trza nowy atlas kupić.

Nad Starym Majdanem zapadał letni zmierzch.

– Pierona, kiepsko mi to wygląda – westchnął egzorcysta. – Zabrali nam paszporty, nie mamy wiz, a mnie to pewnie nie dadzą nawet, nie mamy biletów na samolot.

– Paszportów też nam nie oddadzą – uzupełnił ponuro Semen. – Figurujemy w rejestrze skazanych.

– Może dałoby się to jakoś wybielić? – zadumał się Jakub. – Skazywali nas za komuny jeszcze.

– Ale przepisy, na podstawie których nas posadzili, nie zmieniły się od tamtych czasów – westchnął jego przyjaciel. – I ostatnio za granicą narozrabialiśmy. No i gucio. Jeszcze w Unii może jakoś się uda pojeździć, tu dowód osobisty wystarczy...

– Ale będzie przygoda. – Piotruś zatarł ręce. – Kumple będą mi zazdrościć...

Obaj starcy umilkli i popatrzyli na niego dziwnie. Zaaferowani problemem zdążyli zapomnieć o jego istnieniu.

– To zbyt niebezpieczna wyprawa – mruknął Wędrowycz. – Te ich klątwy to straszne paskudztwo.

– To ja w pocie czoła zdobywałem dwie tróje na świadectwie, żeby ci, pradziadku, zrobić przyjemność, a ty teraz...

Faktycznie, prawnuczek, do tej pory patologiczny kujon, postarał się na koniec roku o dwie oceny dostateczne – z plastyki i muzyki.

Egzorcysta westchnął, wspominając swoje rozstanie z gminną szkołą. To świadectwo pokryte równo pałami ze wszystkich przedmiotów. Ta miła świadomość, że pachołki carskiego ministerium edukacji definitywnie postawiły na nim krzyżyk i że nigdy więcej nie będzie musiał siedzieć w twardej ławce. A ilu nowych przekleństw i wyzwisk się wtedy nauczył... I tylko jedna zadra w duszy psuła wspomnienie tego pięknego dnia – kopniak, którym pożegnał go nauczyciel...

Dwie tróje prawnuk zdobył... Niby niewiele, ale może jeszcze będą z niego ludzie?

– Pal diabli. – Machnął ręką. – Możesz jechać z nami.

– Wyklęty powstań ludu ziemi – zaintonował Feliks Dzierżyński, odgrzebując Lenina przyprószonego warstwą gleby.

Wódz usiadł i rozejrzał się wokoło.

– Gdzie my, do diabła, jesteśmy? – zapytał.

– Cholera wie. Coś mi się widzi, że to obrzeża jakiegoś wielgachnego burżujskiego miasta.

Znajdowali się na stoku niewielkiej wydmy. Przed sobą widzieli zagajnik rachitycznych sosenek, a za nim prześwitywały dachy willi.

– Siedemdziesiąt lat mieli i nie tylko komunizmu nie zbudowali, ale i kapitalistów wytępić im się nie udało – westchnął Lenin. – A takie dokładne wskazówki im zostawiłem...

– Wodzu?

– Tak?

– Zastanawiam się nad takim problemem... W zasadzie jesteśmy w tej chwili wolni i nie mamy nad sobą żadnej kontroli.

– Też mi to chodziło po głowie – przyznał Włodzimierz Iljicz. – Sądzisz, że warto spróbować raz jeszcze?

– Z rewolucją światową? Właśnie...

– Najpierw misja. Powstrzymamy archeologów i zastanowimy się, co dalej.

– No, nie wiem. – Dzierżyński pokręcił z powątpiewaniem głową. – Jesteśmy komunistami. Czy musimy dotrzymywać słowa danego feudalnej jaczejce złożonej z byłych władców Egiptu? Sam pisałeś, że królów i ich pomiot należy wyciąć równo z ziemią...

– Wiesz co, Fiedia, ty to zawsze byłeś w gorącej wodzie kąpany. Pomyśl chwilę, tępaku. Poprzednio z rewolucją nam nie wyszło. Gdzie gwarancja, że teraz będzie lepiej? Dlatego odwalimy tę robótkę dla Amenhotepa. Uratujemy jego faraoński tyłek. Czy teraz rozumiesz po co?

– Żeby w razie wpadki mieć gdzie wrócić! – Feliks walnął się w czoło, aż zadudniło. – Wołodia, jesteś geniuszem.

– Wiem. – Wódz skromnie zmrużył oczka. – No to po kolei. Trzeba się zorientować w sytuacji, zdobyć broń, pieniądze, zanalizować, gdzie tu są ośrodki decyzyjne, wkopać archeologom, zablokować im możliwości badań, a jak się nie da, zlikwidować ich fizycznie.

– Pieniądze... Od obrabiania banków był Stalin. Ale jego się pozbyliśmy.

– I to, niestety, definitywnie – westchnął Lenin. – No, nie łam się, poradzimy sobie. Trzeba też skombinować nowe ubrania, bo się boję, że nasze nie pasują do tej epoki.

Rankiem znowu zeszli się u Semena. Wybuch wybuchem, ale w szopie została jeszcze cała beczka zacieru. Godzinkę później, gdy z odbudowanej aparatury popłynął strumyczek wonnej gorzałki, można było wrócić do narady.

– Musimy sprawdzić, czy na pewno o to chodzi – powiedział Jakub stanowczo.

– Ale jak? – zainteresował się Piotruś.

– Będę potrzebował tej książki i współczesnej mapy Egiptu... Cholera, do Chełma trza skoczyć...

– Jest u nas w domu, na Starym Majdanie – przypomniał sobie prawnuk. – Wezmę konia i pojadę.

– Skąd ona się tam wzięła?! – Pradziadek wytrzeszczył oczy. – W życiu nie miałem żadnej mapy!

– Do miesięcznika dawali. Za darmo.

– Na przyszły raz pytaj, co wolno do domu wnosić – syknął egzorcysta. – Bo jeszcze biedy sobie napytasz. Dobra, bierz Marikę i gnaj. Spotkamy się za dwie godziny koło domu Izydora Bardaka.

– Czemu tam? – zdziwił się kozak.

– Przecież nie będę egipskiej klątwy wypróbowywał na sobie!

– Plan jest następujący – powiedział Lenin, patrząc na tramwaj – wsiadamy do wagonu i kradniemy konduktorowi utarg z torby.

– Genialne, wodzu – burknął Dzierżyński. – A masz doświadczenie w kradzieżach kieszonkowych?

– Liczyłem na ciebie, Fiedia... Z tego, co pamiętam, zaiwaniłeś kiedyś kasę z burdelu.

– Ale nie podstępem, tylko w czasie zamieszania wywołanego wielkim pożarem. A tramwaj jest dużo trudniej podpalić niż dom publiczny.

– Tak sądzisz?

– Tam przynajmniej były draperie, pościel, parkiety, wystarczyło, że kanister paliwa rozlałem i polatałem z pochodnią kilka minut. A tu co ma się palić? Blacha, szkło, oni nawet drewnianych ławek do środka już nie wstawiają.

– No co ty? Co to za problem, jedna torba z utargiem – podpuszczał go wódz. – Ty miałbyś sobie nie poradzić?

– Od wyciągania portfeli w tłoku byli Bucharin i Zinowjew. Tylko że ich pechowo nie zmumifikowano...

– To może damy konduktorowi solidnie w łeb i zabierzemy forsę siłą?

– Ja byłem od strzelania. Od dawania w łeb był Stalin.

– To co robimy? – Lenin, jak zwykle, gdy coś szło nie po jego myśli, popadł w depresję.

– Wsiądziemy do tramwaju. Ty dasz konduktorowi w mordę, a ja zabiorę utarg – zaproponował Feliks.

– W mordę? Pięścią? Tymi rękami? – Lenin z rozpaczą popatrzył na swoje wypielęgnowane dłonie. – Przecież wiesz, że nigdy w życiu nie pracowałem, siły fizycznej mam tyle co wróbel. Za to mój intelekt...

– No to sobie wybij z głowy karierę tramwajowego rabusia – burknął Krwawy Feliks. – Brak ci predyspozycji. Wsiadajmy, zobaczymy, co będzie dalej.

Wskoczyli do wagonu z zamiarem przejechania kilku przystanków. Ku pewnemu rozczarowaniu Dzierżyńskiego w tramwaju w ogóle nie było konduktora.

– Wiem już, gdzie jesteśmy – powiedział Krwawy Feliks. – Sporo się tu pozmieniało, ale jestem pewien. To Warszawa. Zaraz będzie dworzec.

W miejscu dworca wznosiło się wielgachne, przeszklone gmaszysko.

– Co to jest supermarket? – Lenin oglądał szyld.

– To z niemieckiego chyba – mruknął Dzierżyński. – Hala targowa czy coś. Wysiadamy pozwiedzać?

– Od czegoś trzeba zacząć. Zobaczymy, jakie są braki w zaopatrzeniu i które towary są teraz deficytowe. Jak zaczniemy podburzać lud, ta wiedza się przyda.

Wysiedli, zeszli po schodkach do przejścia podziemnego i po chwili przekroczyli wrota świątyni handlu.

– O, w mordę – zacukał się Lenin, rozglądając wokoło. – Toż to jest z pięć razy większe niż delikatesy Jelisiejewa w Moskwie przed rewolucją. A przecież tamte były ogromne, ze trzy dni nasze chłopaki je rabowali...

– No fakt, bogato tu, ale przecież rewolucja nie takie potęgi łyka. – Krwawy Feliks powiódł dookoła ponurym wzrokiem. – Armia Czerwona zrobi z tym porządek. A ilu burżujów trzeba będzie puścić na rozkurz... – Patrzył zafascynowany. – Tu wszyscy wyglądają na nadzianych.

– Widać biedaków się tu nie wpuszcza.

– No co ty, Wołodia, przecież my nie mamy ani grosza, nawet ubiorem nie pasujemy do tego tłumu, a weszliśmy bez kłopotu. Może osiągnęli taki poziom życia, że wszyscy są bogaci.

– W kapitalizmie to niemożliwe – uciął Lenin.

– To może to jednak jest socjalizm? – Dzierżyński rozejrzał się niepewnie.

– W socjalizmie dla odmiany niemożliwy jest tak wysoki poziom koncentracji kapitału. Jakbyś trochę uważniej czytał moje dzieła, tobyś wiedział. Poza tym w rozwiniętym socjalizmie złoto nie posiada żadnej wartości. – Przeciągnął chciwym spojrzeniem po witrynie sklepu jubilerskiego.

Chaszcze za domem Izydora Bardaka były rozległe i bujne. Piotruś z trudem odnalazł pradziadka w tej dżungli.

– Mam. – Pokazał mapę.

– Rzuć na ziemię i cofnij się tak z piętnaście metrów – polecił mu Jakub.

Po chwili sam rozłożył mapę i przyłożył do niej książkę. Semen, zachowując spory dystans, rzucił mu stronę ze starego atlasu, który wczoraj oglądali u niego w chałupie. Wędrowycz dołożył jeszcze broszurę o odwiertach geologicznych, owinął cały pakunek taśmą samoprzylepną i cisnął z rozmachem. Potencjalna bomba przeleciała nad płotem i chlupnęła prosto w gnojówkę w kącie podwórza. Przez chwilę unosiła się na powierzchni, wreszcie poszła na dno z ohydnym mlaśnięciem. Trzej spiskowcy wycofali się na wzgórze i przystąpili do fachowej oceny skutków.

Izydor Bardak wygramolił się z chałupy koło południa. Wyszedł za próg i postawiwszy wiadro na podeście, zatrzasnął za sobą drzwi. Huknęły zdrowo, a szyba jednego z okien trzasnęła.

– Czemu ta klątwa z takim upodobaniem wybija okna? – zamyślił się kozak.

– Bo szkło w Egipcie było nieprawdopodobnie drogie – błysnął pomysłem Piotruś. – A widać jest tak zaprogramowana, żeby narobić maksymalnych strat.

– Brawo, moja szkoła! – Jakub pokraśniał z dumy.

Wrócili do obserwacji. Bardak obejrzał się, aby sprawdzić, co się stało, i niechcący wywalił wiadro. Świńska karma spłynęła po trzech betonowych schodkach.

Izydor zaklął szpetnie.

Z całego podwórza do rozlanej brei zbiegły się kaczki i z miejsca zaczęły pałaszować ją z apetytem.

– Poszły won! – ryknął, ale ptactwo miało to gdzieś.

Bardak cofnął się do sionki. Po chwili wrócił z szufelką w dłoni. Znowu zatrzasnął drzwi i zaczął zbierać karmę. W tym momencie masywne skrzydło opuściło zawiasy i runęło na niego. Izydor zdołał zasłonić się dłonią, ale wtedy właśnie wpadł w poślizg na rozchlapanej brei i starabaniwszy się po stopniach, spoczął malowniczo w błocie podwórza.

– Klątwa ostro daje – ucieszył się Piotruś.

– To mógł być tylko przypadek. – Semen pokręcił głową. – Zobaczymy, co będzie dalej.

Izydor pozbierał się jakoś. Zgarnął resztki karmy do wiadra i poczłapał naprzód. Tuż koło gnojówki poślizgnął się nieoczekiwanie i poleciał łbem prosto w cuchnące bajoro. Wpadł od razu jak kamień i tylko drgające podeszwy gumofilców wskazywały, że agonia jeszcze trwa.

– Hy, hy – ucieszył się Jakub. – No i świnia poszła do gnoju, gdzie jej miejsce. Trzynasty wróg do listy wyeliminowanych! Wykończyłem grzyba, i to rękami starożytnych Egipcjan, więc i grzechu nie będzie... No nie?

Ale prawnuka i Semena już obok nie było. Wpadli na podwórze i ucapiwszy Bardaka za nogi, wyciągnęli na powierzchnię. Ten otrząsnął się, otworzył oczy. Piotruś odetchnął z ulgą, widząc, że niebezpieczeństwo udzielania pomocy metodą usta-usta zostało zażegnane.

– O kurde – wycharczał uratowany. – Dzięki...

– Drobiazg – mruknął Semen. – Akurat przechodziliśmy obok, patrzymy, a tu nogi wystają.

– Chodźcie, kielicha sobie strzelimy. Tylko się ciut umyję. – Izydor doszedł już do siebie.

– Nie mogę, pradziadek by mnie zabił, gdybym się napił z jakimś Bardakiem – wyjaśnił chłopiec.

Gospodarz popatrzył na niego i nieoczekiwanie zrobił się blady pod warstwą łajna.

– Ty jesteś prawnukiem...

– No ba!

– Eee... No tak... To może wypijemy kiedy indziej. Dziadzio wyciągnie nogi, to wpadnij na bimberek...

Poszli. Jakub czekał na nich w krzakach wkurzony jak diabli.

– Czy wyście pogłupieli? – syknął. – Bardaka ratować?!

– Śmierć w gnoju niehonorowa – burknął Semen. – Masz coś do niego, to go zarżnij i tyle.

– Nie o to mi chodzi – prychnął egzorcysta. – Jak mu podrzuciliśmy tę bombę, skrzyżowaliśmy nitki naszych losów. Teraz jest zamieszany w sprawę grobowca. Gdyby kojfnął, problemu by nie było, a tak będzie się nam plątał pod nogami.

– Wiesz, tak się zastanawiam... – rzucił Feliks, patrząc na tłum przewalający się deptakiem. – Popatrz na tego łebka. No, tego, co wygląda jak Indianin.

Opodal nich siedział punk z imponującym irokezem. Przed nim leżała blaszana puszka, a na kawałku tektury nagryzmolony był napis: „Zbieram na mercedesa".

– No widzę. – Włodzimierz Iljicz kiwnął głową. – Żebrze i chyba całkiem nieźle mu to idzie. – Jego wzrok spoczął na misce pełnej już drobniaków. – A i cel szlachetny, jakąś Hiszpankę chce widać poderwać...

– Dziwna tylko ta pisownia. Imię Mercedes się w polskim nie odmienia...

– Pewnie język się zmienił. Zwróć uwagę, że ostatnio byłeś tu osiemdziesiąt lat temu, a i to przecież do Warszawy nie doszliście.

– Fakt. A teraz popatrz na tamtego...

Kawałek dalej stał rycerz w pełnej zbroi. Przed nim także stała puszka na datki.

– Widzę, że coś ci chodzi po głowie – zauważył wódz.

– Hmm... Włosy... A gdyby tak... – Dzierżyński wstał z ławki i podszedł do punka.

Wśród naszywek zdobiących ubiór chłopaka dostrzegł zarówno gwiazdę, jak i sierp skrzyżowany z młotem. Znaczy się swojak, komunista.

– Bracie rewolucjonisto – powiedział – dasz z pięć złotych towarzyszom w potrzebie?

– Jasne. – Młody podał mu monetę.

Krwawy Feliks zanurkował do sklepiku i po chwili wyszedł, ściskając w ręce trzy jednorazowe maszynki do golenia.

– Wołodia! – Skinął na Lenina. – Chodź. Przywrócimy ci historyczny wygląd.

– Tego się właśnie obawiałem – westchnął wódz. – A już się cieszyłem, że tak ładnie odrosły...

Kilkanaście minut później, gdy wynurzyli się z bramy, Lenin był znowu łysy jak kolano. Feliks pokręcił się po ulicy, znalazł w śmietniku pudełko po pizzy, plastikową butelkę z resztką keczupu i kubek po coca-coli.

Przechodnie z niejakim zdumieniem powitali pojawienie się nowej pary żebraków. Trzeba przyznać, że ci dwaj zabrali się do roboty bardzo fachowo. Nie tylko byli uderzająco podobni do postaci, które odgrywali, ale nawet zaopatrzyli się w ubrania z epoki.

FELIKS DZIERŻYŃSKI I WŁODZIMIERZ ILJICZ LENIN PROSZĄ O DATKI NA PRZEPROWADZENIE REWOLUCJI ŚWIATOWEJ – głosił napis wykonany keczupem na tekturce.

I ludzie, parskając śmiechem, szczodrze wsparli ideę. Po godzinie Dzierżyński uznał, że mają dość pieniędzy. Odpalił punkowi dwie dychy i poszli na obiad do McDonald'sa.

– To chyba pierwsze pieniądze, które w życiu zarobiłem – wyznał Lenin, wgryzając się w hamburgera. – Aż mi głupio...

– Nie ty zarobiłeś, tylko ja – uspokoił go towarzysz. – Ty tylko pomogłeś.

– A, to w porządku.

– Zostało trzydzieści złotych. – Feliks przeliczył resztę pieniędzy. – Długo na tym nie pociągniemy... Trzeba jeszcze trochę pozbierać. Może do wieczora odłożymy całego stówaka?

– No to chodźmy – zgodził się Lenin.

Wrócili na ławeczkę i ustawili tekturę.

– Chłopaki, weźcie mnie na wspólnika. – Punk wyrósł jak spod ziemi. Na głowie miał kupioną na pobliskim stoisku budionnówkę. – We trzech więcej zarobimy.

– Dobra – zgodził się Feliks. – My siedzimy, ty chodzisz z kubkiem.

– Jasne. Arek jestem.

I rzeczywiście, teraz poszło dużo lepiej. Niebawem kieszenie wypełnił im mile brzęczący ciężar. Siedli we trzech i podzielili się sprawiedliwie urobkiem.

– Trzeba jakiś nocleg znaleźć – stwierdził Feliks. – Wieczór idzie. Do hotelu nie można, bo nie mamy jeszcze żadnych dokumentów.

– Dawajcie do mnie – zaproponował anarchista. – Kąt do spania się znajdzie i coś na ząb... Tylko trzeba by jakąś flaszkę kupić, to się po kolacji napijemy.

Dzierżyński zanurkował do monopolowego i kupił dwie butelki nalewki „Owoce leśne". Pojechali tramwajem gdzieś na zachodnie peryferie miasta. Rozciągały się tu zapuszczone ogródki działkowe. Nowy przyjaciel zaprowadził ich do nieco zdezelowanej drewnianej budy.

– Gocha! – zawołał Arek, stukając w drzwi. – Ogarnij się nieco, goście są.

Otworzyła im dziewczyna w wieku nastoletnim, ubrana podobnie jak on, w bluzę z naszywkami. Krótkie, nierówno przycięte włosy przypominały wronie gniazdo.

– Właźcie – zachęciła ich. – Ty, co to za jedni? – Na widok dwóch mężczyzn w historycznych strojach jej oczy rozszerzyły się ze zdumienia.

– Wspólnicy – wyjaśnił. – Wiesz, ileśmy razem zebrali? Prawie po stówie na łba! A wszystko dzięki ich pomysłowi, żeby Lenina z Dzierżyńskim udawać. Nie mieli gdzie spać, to ich zabrałem do nas. Mamy pustą komórkę.

– Jasne, miejsce się znajdzie. Zaraz kiełbasę z makaronem wstawię, to sobie podjemy.

Lenin i Dzierżyński usiedli na rozklekotanych krzesłach. Na gazowej kuchence zaszumiała woda w garnku. Gośka pocięła pół bochenka chleba. Podjedli zdrowo, choć delikatny żołądek Lenina, przywykły raczej do kawioru i jesiotra, trochę się buntował wobec prostej potrawy.

– Jutro popracujemy na Starym Mieście – punk snuł wizje przyszłego biznesu. – Może po sto pięćdziesiąt zbierzemy nawet. Tylko sobie muszę ubiór lepszy skołować, żeby bardziej się do was upodobnić.

– Dobra. – Feliks kiwnął głową.

– Zajaracie? Mam zajebiście mocny towar – powiedział Arek, wyciągając torebkę z jakimś suszonym zielskiem. – Samosieja, ale daje niezłego kopa.

– Zajaramy. – Lenin z zadowoleniem stwierdził, że jego zdolności lingwistyczne nie zanikły.

Młody wyjął maszynkę do robienia papierosów i bibułki, a potem szybko, z ogromną wprawą przygotował cztery skręty.

Zapalili.

– Konopie? – zdziwił się Włodzimierz Iljicz, smakując dym. – Jak u tatusia na Ałtaju...

Palili i palili, od czasu do czasu pociągając ze szklanek landrynkowego zajzajeru. Błogie ciepło rozlewało się po kościach, a problemy życia pozagrobowego faraonów stopniowo stały się mniej palącą kwestią. Zagadnienia rewolucji światowej przestały być istotne, aż wreszcie całkiem zbladły i znikły bez śladu.

– Słuchajcie, a jak żeście to zrobili, że tak przypominacie Lenina i Dzierżyńskiego? – zaciekawił się Arek. – To tak wrodzone czy charakteryzacja? Bo przecież nie operacja plastyczna.

– Jesteśmy prawdziwi – wyjaśnił Feliks.

– A nie mówiłem, że zajebiście mocny towar? – ucieszył się ich młody wspólnik.

Wracali już do domu, gdy zauważyli nad gospodarstwem Bardaka unoszącą się powoli strużkę dymu. Jakub uśmiechnął się wrednie.

– Wygląda na to, że ma zwarcie elektryczne w szopie – zarechotał. – Niczego sobie ta klątewka, muszę się takich nauczyć.

– Ale po co? – zapytał Piotruś.

– Dobry egzorcysta przy każdej okazji powinien pogłębiać swoją wiedzę. No i oczywiście warto zawsze uczyć się od najlepszych: mistrzów, wirtuozów, natchnionych artystów. A tę klątwę rzucił wysokiej klasy fachowiec.

– No fakt. – Jego przyjaciel pokiwał głową. – Dawno takiej nie widziałem. Wali, aż miło popatrzeć.

– I długo tak będzie mu dokuczać? – zaciekawił się Piotruś.

– Parę dni pewnie.

– A ja czytałem w książce, że to do siódmego pokolenia...

– Dobrze by było – westchnął pradziadek. – Ale w życiu nie ma tak łatwo. Gnojówka przeżre pakiet, litery zrobią się nieczytelne, moc straci kontakt z artefaktem i odpuści. Chociaż jakby tak w folię zawinąć... – zadumał się.

Dym nad zabudowaniami szybko gęstniał.

– No dobra... – zaczął Arek.

Po czwartym skręcie spojrzenie na rzeczywistość wyostrzyło mu się i pewne sprawy, dotąd dziwne i niezrozumiałe, jawiły się teraz w zupełnie nowym świetle. To, co gadali ci dwaj próchniacy, to całe ględzenie o mumifikacji i egipskich zaświatach, brzmiało może dziwacznie, ale zupełnie prawdopodobnie. Zazwyczaj jak się dobrze najarał, wszystko wydawało mu się prawdopodobne.

– A więc wysłali was tutaj, żebyście powstrzymali archeologów przed kopaniem w Egipcie, a w nagrodę możecie tu znowu urządzić rewolucję?

– Właśnie – potwierdził Lenin. – To, co służy rewolucji, jest dobre i pożądane, nawet jeśli czasem trzeba pewne problemy obejść, podejmując działania z pozoru alogiczne lub nawet całkowicie sprzeczne z pierwotną ideą.

– Teza – antyteza – synteza – dialektyka – uzupełnił skromnie Dzierżyński.

– Nie załapałem – poskarżył się punk.

– Jak uczył Marks, a potem ja, społeczeństwo komunistyczne jest teoretycznie bezklasowe, ale patrząc dialektycznie, da się wyróżnić w nim dwie warstwy. Rewolucjonistów i motłoch – Włodzimierz Iljicz wyjaśnił łopatologicznie.

– Rozumiem. To ja chcę się zapisać do rewolucjonistów. I Gośkę też dopiszemy?

Obaj spiskowcy uśmiechnęli się.

– Jako nasz pierwszy towarzysz zwerbowany po powrocie na ziemię zajmiesz w przyszłości odpowiednio eksponowane stanowisko – oznajmił Krwawy Feliks. – Na razie cóż, rewolucja sama się nie zrobi, więc będziesz musiał trochę się do roboty przyłożyć.

– To znaczy masz robić to, co każemy my i nasz sojusznik – powiedział Lenin. – A skoro już o sojuszniku mowa, pora na seans łączności z Setem.

Dzierżyński wyjął lusterko ze srebrzonego brązu. Przetarł je o spodnie i ustawił na półeczce. Wymamrotał zaklęcie. Powierzchnia zafalowała, zamgliła się i na tafli pojawił się bóg chaosu. Obaj rewolucjoniści walnęli głowami o podłogę, aż się kurz podniósł. Anarchista po sekundzie wahania poszedł za ich przykładem.

– Panie – zaczął Lenin – proces dyslokacji zaawansowany. Instalujemy się w świecie ludzi. Zdobyliśmy środki do życia i kwaterę. Jesteśmy w trakcie uzyskiwania fałszywych dokumentów i broni. Zwerbowaliśmy też pierwszego agenta.

– Oto nadszedł czas działania. – Głos egipskiego boga wibrował jak płyta puszczona na zbyt wysokich obrotach. – Klątwa broniąca grobu Amenhotepa zadziałała. W sprawę jest zamieszany ktoś dysponujący potężną mocą. Archeolodzy w Egipcie są coraz bliżsi odkrycia. Musicie wyeliminować zagrożenie.

– Archeologów niebawem powstrzymamy – uspokoił go Lenin. – Wiemy już, skąd mają pieniądze na badania, i odetniemy ich od tego źródła.

– To może poczekać. – Głos pana Zachodniej Pustyni dudnił ponuro. – Dużo groźniejszy jest ten „wiedzący". Jeśli połączy siły z archeologami, dojdzie do straszliwej katastrofy. Musicie go zlikwidować za wszelką cenę.

– Tak jest! – Krwawy Feliks zasalutował, a potem zatarł radośnie ręce.

Uwielbiał zabijać, a od bardzo dawna nie miał okazji.

– Jak go znajdziemy? – zapytał Lenin.

– Nazywa się Jakub Wędrowycz, mieszka w Wojsławicach.

Obraz Seta rozmył się.

– Koniec transmisji – westchnął wódz. – I co, teraz wierzysz? – Spojrzał na punka z kpiącym uśmiechem.

– Wy chyba rzeczywiście jesteście prawdziwi – wykrztusił młody. – A ten koleś...

– To nasz bóg, towarzysz Set – wyjaśnił Dzierżyński z szacunkiem.

– Hy...

– Bóg anarchii, chaosu, wojny i szaleństwa – dodał Włodzimierz Iljicz.

– A można się do was przyłączyć? – zainteresował się Arek. – Znaczy religijnie?

– W jakim sensie? – Wódz popatrzył na niego zdezorientowany. – Religia to opium...

Choć przez ostatnie osiemdziesiąt lat nieźle nauczył się mówić po polsku, nie bardzo jeszcze łapał wszystkie niuanse.

– Tak sobie myślałem, że my, anarchiści, powinniśmy mieć jakąś wiarę, która ożywi nasz ruch i sprawi, że nasi członkowie będą chcieli za anarchię oddawać życie niczym talibowie. A tu słyszę, że jest bóg chaosu, destrukcji i anarchii. Pewnie idea rewolucji miejskiej by mu się spodobała.

– Na pewno. – Dzierżyński kiwnął głową. – Jesteś przyjęty do naszej religii. Musisz się tylko obrzezać.

– Aha. Hm... – Arek naraz poczuł, że decyzja o nawróceniu się była trochę przedwczesna i nieprzemyślana. – To ja muszę się jeszcze zastanowić.

– To nie będzie bolało – zapewnił Lenin i rąbnął anarchistę w głowę butelką po jabolu.

Chłopak doszedł do siebie mniej więcej dziesięć minut później. Już było po wszystkim.

– Obrzezać, a nie wykastrować! – Dzierżyński opieprzał wodza.

– Nie moja wina, sam wiesz, że słabo jeszcze mówię po polsku – tłumaczył się Lenin.

Arkowi zrobiło się słabo, spojrzał na swoje genitalia i odetchnął z ogromną ulgą. Jego dwaj kompani na szczęście tylko żartowali. I nawet zalepili nacięcie plastrem opatrunkowym. Punk pomacał się po potylicy, syknął z bólu.

– Przepraszam – mruknął Włodzimierz Iljicz. – I tak byś się w końcu zgodził, a w ten sposób zaoszczędziliśmy masę czasu.

– To co, jestem teraz Żydem? – Młody popatrzył na przyfastrygowanego ptaka i ostrożnie naciągnął gatki.

– Nie Żydem, tylko Egipcjaninem, tak jak my – wyjaśnił mu Dzierżyński. – Potrzebujemy atlasu samochodowego i auta. Jedziemy do Wojsławic odnaleźć tego Wędrowycza i upitolić mu głowę.

– Auta? U, ciężko będzie. – Arek poskrobał się po ciemieniu. – Trza by skroić. Chyba że gablotę od kumpla pożyczę.

– No to do roboty. – Wódz nie zrozumiał, ale uznał, że wspólnika trzeba zmotywować do pracy.

– Dotarcie do Egiptu proste nie będzie – powiedział Jakub. – Nie mamy dokumentów, żeby jechać legalnie, ani pieniędzy w wystarczającej ilości.

– Myślałem, że zakopałeś w słoikach odpowiednio dużą kwotę? – zdziwił się Piotruś.

– Jak by to powiedzieć...

– Wszystko przechlałeś? – zrozumiał Semen. – Wiedziałem, że w końcu tak się to skończy.

– To też, ale wiesz, dom trza było wnukowi kupić, to poszło prawie wszystko.

– A ja myślałem, że tata sam zarobił na naszą willę. – Chłopiec wytrzeszczył oczy.

– Z pensji inżyniera? Nie rozśmieszaj mnie. – Pradziadek wyszczerzył zęby. – Już do waszego mieszkania w bloku się dołożyłem... Zresztą to nieistotne. Mało zostało i tyle. Trzeba pomyśleć, jak tam dojechać za darmo.

– Może konno? – podsunął Semen. – To najbardziej naturalny środek lokomocji. Za dwadzieścia dni będziemy.

– Nie da rady, po drodze jest Unia, tam jest tak narąbane w przepisach, że ludzie jadą swobodnie, a konie muszą mieć paszporty – westchnął Jakub. – A twoja klacz nie jest nawet zarejestrowana... I kolczyka w uchu nie ma.

– Kolczyka nie ma, bo uważam, że konie nie powinny nosić biżuterii, nawet plastikowej. To poniża godność człowieka, jak się zwierzęta do niego upodobniają...

– Na rowerach – podsunął Piotruś. – Jeśli damy radę robić z siedemdziesiąt kilometrów dziennie, to w Turcji będziemy w miesiąc i połowa drogi za nami...

– Rowerem? – skrzywił się Jakub. – A jak nas policja zwinie i każe dmuchnąć w balonik?

– To co, prawa jazdy i tak nam nie odbiorą. – Kozak zarechotał wesoło.

– Ale karty wozaka też szkoda.

– Toż ona od trzydziestu lat nieważna!

– Może, ale i tak szkoda.

– Przecież to bardzo proste – powiedział Piotruś. – Wystarczy, że po drodze nie będziecie chlali, i policja nie ma prawa się przyczepić.

Egzorcysta zbył tę niedorzeczną propozycję wyniosłym milczeniem.

– Pociągiem by można – zasugerował Semen. – Pod wagonami się schowamy albo w kiblu... Zresztą można i na dachu. Tylko nie wiem, czy są tory aż do Egiptu. Gdzieś tam po drodze jest Izrael, Palestyńczycy mogli wysadzić.

– No, jest to pewien pomysł – mruknął jego kumpel. – Albo tak na przykład drogą powietrzną... – Spojrzał na kozaka świdrującym wzrokiem.

– Tak? – Semen zrobił sztucznie obojętną minę.

– Przejdziemy się. Dawno już chciałem to obejrzeć. W sianie schowałeś czy w słomie?

– O nie – żachnął się Korczaszko. – Tylko nie to.

– Nie mędź, tylko dawaj – warknął egzorcysta. – Jesteś moim kumplem, a kumplowi, jak go potrzeba przyciśnie, należy oddać to, co się ma najcenniejszego.

– Nie mam żadnego samolotu.

– Nie masz? – W dłoni starego błysnęła zapalniczka. – Na pewno? Jak sądzisz, ile czasu będzie się hajcować twoja stodoła, zanim zobaczymy kadłub?

– Jaki kadłub? – zdziwił się Piotruś.

– Nasz przyjaciel – Jakub skrzywił się, jakby zjadł cytrynę – ma w stodole schowany aeroplan.

– A ty skąd wiesz? – syknął kozak. – To najściślej strzeżona tajemnica mojego rodu.

– Od tatki. Powiedział mi po wojnie: „Synu, jakbyś chciał uciekać przed komuną, to u Semena w stodole stoi niezła latałka".

– Kuźwa...

– A skąd, wujku, masz ten samolot? – zagadnął chłopiec. – Ja też bym chciał obejrzeć...

– O, w mordę. No dobra, posłuchajcie, tam nie ma samolotu. Fakt, można tego użyć do latania, ale... Zresztą chodźcie. Sami ocenicie.

Weszli do stodoły. Pod jedną ze ścian, zajmując co najmniej połowę pomieszczenia, spoczywała gigantyczna kupa starej, zleżałej słomy, tak kruchej, że nie nadawała się już nawet na ściółkę. Kozak wziął widły i kilkunastoma ruchami odsłonił wylot oszalowanego deskami tunelu prowadzącego do wnętrza sterty. Zapalił małą latarkę i ponaglił obu Wędrowyczów gestem.

– Kiedyś to była szopa – wyjaśnił. – Obłożyłem ją słomą dla zamaskowania, a potem jeszcze nad słomą na wszelki wypadek zbudowałem stodołę...

Znaleźli się w całkiem sporym pomieszczeniu. Stało tu coś przypominającego barakowóz, tyle że wykonanego z gęsto nitowanej blachy. Do burty przykręcono dwugłowego orła, literę „N" w koronie i namalowano oznaczenia w języku rosyjskim. Wokoło na ziemi starannie złożono metalowe ćwierćobręcze, podobne do żeber gigantycznego wieloryba.

– Co to jest? – szepnął Piotruś, porażony nagłym domysłem.

– Sterowiec dywersyjny armii cesarstwa rosyjskiego, pierwszej dywizji powietrznej imienia Aleksandra

Newskiego – wyjaśnił Semen, odruchowo stając na baczność.

– Ale przecież Rosjanie nie mieli w czasie wojny sterowców! Czytałem w książce...

– No i widzisz – ofuknął go pradziadek. – Mówiłem, że od tego czytania to tylko sobie oczy psujesz, a mądrzejszy nie będziesz. I szybko się okazuje, że forsa w błoto poszła, bo nauka idzie do przodu, a książki się dezaktualizują. Ja nic nie czytam i jaki mądry jestem.

– Ale...

– To prototyp, wszystko było ściśle tajne i dlatego nikt o rosyjskich sterowcach nie wiedział – wyjaśnił kozak.

– Kurde. To chyba trzeba by zmontować do kupy, a potem naciągnąć jeszcze brezentową powłokę... – mruknął Jakub.

– Wszystko jest w skrzyniach. – Semen wskazał kilkadziesiąt pudeł zabezpieczonych nasmołowanym płótnem. – Do tego standardowe wyposażenie, karabiny maszynowe maxima, kilkadziesiąt bomb...

– Co jeszcze jest w tych pudłach? – zaciekawił się Jakub.

– Taki tam dodatkowy ekwipunek. Amunicja, łaty i klej do balonu, jest też dobrze zaopatrzona apteczka. – Otworzył z dumą metalową szafkę. – Mam tu wszystko, co potrzeba: szarpie, pakuły, bandaże, olej do zalewania ran postrzałowych, trochę narzędzi chirurgicznych. – Pokazał zestaw przedmiotów przypominających narzędzia gabinetu tortur. – Katgut do szycia ran, karbol do dezynfekcji skalpeli i azotan srebra.

– A po co? – zaciekawił się Piotruś.

– To bardzo przydatna substancja – wyjaśnił ochoczo kozak. – Miesza się ją z wodą i uzyskuje bardzo dobry środek do odkażania. Tylko pić się już tej wody nie da, bo to trochę trujące... Chyba żeby mniej wsypać.

– A w wampirach dziury wypala – uzupełnił egzorcysta. – Przyda się w wyprawie.

– Skąd się to tu wzięło? Mam na myśli cały ten sterowiec. – Zdumiony chłopiec oglądał carski monogram odlany w mosiądzu. – Wiem, że tu ludzie mają po stodołach różności, ale przyznam, że się nie spodziewałem...

– Silnik uległ uszkodzeniu – wyjaśnił stary. – A front się cofał i Austriacy nacierali. Ja byłem ranny, więc się zaofiarowałem, że popilnuję do czasu, aż rosyjska armia odbije te tereny. Ale gdy w czterdziestym czwartym wreszcie przyszli, doszedłem do wniosku, że jednak nie zasługują...

– Uszkodzony silnik – zastanowił się Jakub. – Kicha... Chyba żeby zaiwanić komuś taki od traktora. Wójt ma nowiutki, to może od niego. Siatkę się przetnie, pieski się otruje...

– Nie ma potrzeby. Naprawiłem go w wolnych chwilach. Musimy tylko zdobyć odpowiednią ilość wodoru, żeby napełnić czaszę. No i paliwo będzie potrzebne.

– Zmieści się w stodole? Znaczy po zmontowaniu i napełnieniu? Przecież one miały po sto metrów długości i więcej – zastanawiał się Piotruś.

– Tak, ten jest dużo mniejszy, a budynek robiłem na wymiar. Tylko trzeba będzie siano i słomę wywalić.

– No to do roboty – zakomenderował Jakub. – Jeden dzień na zmontowanie, jeden na napełnienie... I lecimy.

– Cholera, a jeśli jednak wróci car? – zafrasował się jego przyjaciel. – To jednak mimo wszystko nie jest moje.

– Po trzydziestu pięciu latach masz do tego prawo tytułem zasiedzenia, a i tak minęło więcej czasu. – Egzorcysta wzruszył ramionami. – Poza tym nie zapominaj, że lecimy ratować tyłek twojemu wnukowi.

– No fakt. Ale jak wróci car... – uparta myśl wciąż kołatała mu w głowie.

– To go wyślij do mnie, a ja mu wszystko wytłumaczę. – Wędrowycz uśmiechnął się drapieżnie. – Jeśli nie zrozumie po polsku, to mu gratis na międzynarodowy przełożę. – Zacisnął owłosione kułaki. – Zostawiam ci Piotrusia do pomocy.

– A ty co będziesz robił?

– Idę po zaopatrzenie, bo nawet jeśli w tych skrzyniach są konserwy, to po osiemdziesięciu latach nie ufałbym ich zawartości. No i poziom płynów trzeba uzupełniać w trakcie lotu...

Semen wyciągnął dwie pary wideł i troskliwie zbadał osadzenie trzonków. Piotruś liczył coś na kartce.

– No i kicha – mruknął z mściwą satysfakcją.

– Co się stało? – Stary kozak łypnął na niego podejrzliwie.

– Wyliczyłem właśnie, że to coś nie ma szans oderwać się od ziemi. Balon nośny jest o wiele za mały. Ile ta stodoła ma? Trzydzieści metrów długości?

– No coś koło tego. – Semen poskrobał się po głowie.

Przeliczanie arszynów na te nowe miary szło mu zazwyczaj kiepsko.

– Tysiąc, może tysiąc dwieście kilo udźwigu. Sama konstrukcja wewnętrzna jest cięższa, a co dopiero ta blaszana gondola wielka jak gimbus...

– Konstrukcji nie musisz brać pod uwagę. – Kozak wyszczerzył zębiska.

– Aluminium...

– To nie jest aluminium.

– A co? Stal?

Mężczyzna podszedł do najbliższego wręgu. Pochylił się, rozgarnął słomiany pył pokrywający glebę. Teraz dopiero Piotruś spostrzegł, że element przymocowano do podłoża grubym łańcuchem. Kozak rozpiął kłódkę i sztaba z wolna uniosła się do góry.

– Co to jest?! – wykrztusił przerażony chłopak.

– Metal lżejszy od powietrza.

– Yyyy... Zaiwaniliście go kosmitom?

– Jakim znowu kosmitom? – wkurzył się stary. – Był taki inżynier, Geist się nazywał, on to wymyślił, a car kupił...

Wyrzucenie ze stodoły całej słomy i rozebranie ukrytej wewnątrz szopy zajęło wiele godzin. Gdy Jakub wrócił z plecakiem „puszkowiny" oraz kanistrami świeżo wypędzonego bimbru, praca była prawie zakończona.

Teraz pozostało złożyć szkielet. Semen, jak się okazało, przewidział i to. W belki zawczasu wmontował wielokrążki i bloczki. Robota była pierońsko ciężka, zwłaszcza naciągnięcie powłoki zajęło im dużo czasu. Materiał był trochę zetlały, ale na szczęście nie pogryzły go myszy. Uszarpali się we trzech straszliwie. Skończyli tuż przed północą.

– No i jak ci się podoba? – zapytał Semen.

– Super. – Jakub obejrzał wielgachny balon wypełniający ciasno wnętrze stodoły. – Wygląda jak wieloryb w konserwie – dodał z uznaniem.

Powłoka nie była jeszcze napełniona, ale sterowiec i tak prezentował się rewelacyjnie.

– Co to są te rurki? – Wędrowycz zajrzał pod spód gondoli. – Jak od siewnika wyglądają.

– A to ja zamontowałem, pomyślałem kiedyś, że można by pola czy sady opylać przeciw szkodnikom. Zostawmy to żelastwo, bo jest cholernie mocno przynitowane.

– Czytałem, że zewnętrzna powłoka była sztywna, a w środku znajdowały się mniejsze balony z gazem – odezwał się Piotruś.

– Widać to inny model. – Egzorcysta wzruszył ramionami. – I dobrze, będzie prostszy w obsłudze.

– Jak go napompujemy? – zapytał rzeczowo chłopiec.

– Wodorem – wyjaśnił kozak. – Tylko musimy go sami wytworzyć, bo carscy nie zostawili ani jednej butli. Żeby wytworzyć wodór, najlepsza jest elektryczność.

– Jednego razu w szkole nauczyciel pokazywał nam taki aparat... – przypomniał sobie Jakub. – Tylko że szkoła spłonęła. – Uśmiechnął się do swoich wspomnień. – Może gdyby pogorzelisko przekopać... Pamiętasz, jak ta maszynka wyglądała?

– Ech, ty durny – westchnął Semen. – Toż szkołę dawno temu założyli na nowo, tylko gdzie indziej.

– Co? – zdziwił się egzorcysta. – Tu jest szkoła? Jak to?

– A myślałeś, głupku, że dokąd dzieciaki co rano biegną z tornistrami?

– A patrz, nie pomyślałem... Ale jak jest nowa, to nawet lepiej dla naszych planów. – Popatrzył za okno. – Lato jest, nie? To znaczy wakacje. Zakradniemy się i zaiwanimy co trzeba. Po wakacjach oczywiście oddamy – zełgał, aby jego pomysł nosił choć ślad wartości pedagogicznych.

– Aparaturę do robienia wodoru mam – oznajmił Semen. – Jest jeden problem. To działa na prąd.

– No to gdzie problem? – Jakub wskazał gestem gniazdko na słupie. – Podłączymy i tyle.

Do tej pory uważał, że jego przyjaciel jest frajerem, skoro pozwolił sobie coś takiego jak elektryczność zainstalować, ale jeśli mogło się teraz przydać...

– Tylko że tam nie ma prądu – westchnął kozak. – Nie zapłaciłem kilka razy i odcięli.

– Jak to? – zdumiał się Jakub.

– Przychodziły jakieś pisma, ale druk taki drobny... Sam rozumiesz, do pieca poszły na rozpałkę.

– Trzeba skombinować gdzieś agregat – podsunął Jakub. – Może ze słupa odczepimy?

– Tam są transformatory, a nie agregaty – wyśmiał go Semen. – Ale wiem, gdzie jest dużo prądu. W latarniach ulicznych.

– Fakt, coś w nich świeci, to pewnie elektryczność. Ty, jedna stoi przed twoją chałupą!

– A wody jest pełna studnia. Trza tylko trzydzieści metrów kabla zorganizować.

– Ale to się nie uda – zaprotestował Piotruś. – Żeby zrobić wodór metodą elektrolizy trzeba użyć prądu stałego. W dodatku wydajność metody jest kiepska. Żeby napełnić balon, do tej waszej maszynki trzeba by podłączyć małą elektrownię.

– Nie mędź – ofuknął go kozak. – To najlepsza technologia pod słońcem.

– Też wymyślona przez carskich inżynierów? – zainteresował się chłopak. – Czy za granicą kupiliście?

– No niezupełnie. To akurat ukradliśmy z latającego talerza, który rozbił się na Syberii.

Zdezelowany fiacik zatrzymał się koło przystanku PKS na rynku w Wojsławicach.

– W zasadzie jesteśmy na miejscu – powiedział Lenin. – Trzeba tylko ustalić dokładny adres tego Wędrowycza i po rozejrzeniu się obmyślić plan likwidacji.

– Zapytam ludzi. – Krwawy Feliks wysiadł z auta. – Akurat kości trochę rozprostuję...

Podszedł do tłumu stojącego na przystanku. Miejscowi obrzucili go niechętnym spojrzeniem. Warszawska rejestracja malucha też nie zrobiła na nich dobrego wrażenia. Rozmowy ucichły i w powietrzu zawisło wrogie milczenie.

– Przepraszam, gdzie tu mieszka Jakub Wędrowycz? – zagadnął.

– Spierdalaj, bucu z miasta! – warknął tubylec w walonkach. – I to już!

– No co... – zaczął Dzierżyński.

I w tym momencie dostał piąchą w mordę, aż go obróciło. Odruchowo sięgnął ręką po broń, żeby natychmiast zastrzelić przeciwnika, ale dłoń, zamiast namacać kaburę mausera, trafiła na pustą kieszeń. No tak, od czasów rewolucji minęło siedemdziesiąt lat... Nagle jakiś staruszek zaczepił go laską pod kolano i wywrócił.

– Ludzie, no co wy?! – wykrztusił Dzierżyński. – Pogłupieliście? Nie wolno tak...

Kopniak w nerkę kompletnie go oszołomił.

– Kto Jakuba nachodzi, sam sobie szkodzi!!! – Dziadek zapamiętale okładał rewolucjonistę laską, a trzech czy czterech innych z zapałem kopało gumiakami.

– Czekajta, a ci co? Z nim są! – wrzasnął ktoś. – *Riezac* obezjajców!

Arek zawył, gdy polny głaz roztrzaskał przednią szybę malucha i wylądował mu na kolanach. Ktoś już wykręcał korek od baku, a stojący obok kurduplowaty typek po raz ostatni zaciągnął się petem, którego za chwilę zamierzał poświęcić w zbożnym celu puszczenia auta z dymem...

– No, spokój! – przez ciżbę przedarł się głos posterunkowego Birskiego. – Ludzie, tak nie można. Dwudziesty pierwszy wiek mamy. Za co go katujecie?

– O Jakuba pytał! – wydarł się ktoś.

– W normalnych, cywilizowanych wsiach, jak obcy pyta o drogę, to mu się fałszywy kierunek pokazuje, żeby pobłądził, a nie od razu bierze do bicia. Rozejść się, dzikusy!

Podniósł za kołnierz półprzytomnego Dzierżyńskiego i otworzywszy drzwiczki, popchnął go na siedzenie. Towarzysz krwawił jak zarzynana świnia.

– A wy tu co? Ocipieli? Guza szukacie? Szajba wam odbiła? – posterunkowy zwrócił się do Lenina i anarchisty. – Kazali się wam wynosić, to na co czekacie?

– Trzeba ich aresztować – wykrztusił Arek. – Napadli naszego kumpla, zniszczyli mi samochód...

– Policja ma ważniejsze sprawy na głowie niż niańczenie obcych, którzy wchodzą na nie swój teren – surowo pouczył go Birski. – Cieszcie się, że na tym się skończyło. Poprzedni, co pytali o Wędrowycza, tak łatwo się nie wywinęli. – Wskazał wypalony wrak mercedesa klasy E, zdobiący pagórek za kioskiem. – I radzę się pospieszyć.

Tubylcy właśnie rozbierali kawałek bruku, by zaopatrzyć się w amunicję. Mały fiat wypruł jak strzała, ale i tak kilka kamieni zdążyło rozwalić tylną szybę.

– Pożarzynam ich! – Feliks wypluł kilka zębów, parskając krwią. – Nie wiedżą, ż kim żadarli. Będą błagali o litoszcz, a ja się im w twarz rożeszmieję!

– Jaaasne – mruknął Lenin. – Popełniliśmy jakiś błąd. Widać ten koleś jest tu bardzo dobrze chroniony... To ktoś ważny w okolicy. Lider społeczności lokalnej do likwidacji – zacytował własne dzieła. – Bez jego eliminacji komunizm w tej gminie...

– Każda władża wywołuje mniej lub bardziej szkrywaną opożyczję. Proponuję żasztoszować tę taktykę czo żażwyczaj. Muszymy żnaleszcz jego wrogów, wydobycz od nich informaczje, a jeszcze lepiej poszczuć ich, żeby odwalili ża nasz mokrą robotę. W osztateczności szprowokować atak Jakuba na nich albo udzielić im finansowego wszparcia...

Trochę się już otrząsnął z szoku i zaczął mówić wyraźniej.

– To dokąd jedziemy? – zapytał anarchista. – Bo chyba nie ma co wracać do Warszawy, zanim...

– Do Chełma. – Lenin popatrzył na mapę. – Skombinujemy nowe szyby do auta i postaramy się zebrać informacje. A potem tu wrócimy. Nas się tak łatwo nie wyrzuca.

– Ale tym razem to ty będziesz gadał z wariatami. – Dzierżyński sprawdził w lusterku stan swojej twarzy. Wszystkie zęby z górnej szczęki wyleciały, wyglądał teraz dokładnie jak wtedy, gdy był szefem WCzK. Chociaż nie. Wtedy nie miewał tak straszliwie obitej gęby.

– Nie mogę z nimi gadać, bo to wy lepiej mówicie po polsku. – Lenin skulił się na tylnym siedzeniu. – Poza tym jako wódz tylko koordynuję wasze działania, a sam nie biorę udziału, co pozwala na większy obiektywizm w ocenie...

– Oto tajne instrukcje podpisane przez Seta. – Feliks wyjął z kieszeni zapieczętowaną papirusową kopertę. – Dał mi je na wypadek, gdyby twoje lenistwo i wygodnictwo zagroziło naszej misji. Chyba nie muszę wyjaśniać, co będzie, jeśli zmusisz mnie do ich otwarcia?

– To nie żadne lenistwo. – Wódz zbladł jak ściana. – Po prostu byłem przekonany, że lepiej sobie poradzicie, jeżeli nie będę wam przeszkadzał. Ale oczywiście jak sobie życzycie...

Lenin wparował do redakcji „Ziemi Chełmskiej" z miną starego dziennikarskiego wygi.

– Czy zastałem panią redaktor Loczkowską? – zagadnął siedzących za biurkiem pracowników.

Wskazano mu drogę. Redaktorka na widok gościa oderwała się od pracy.

– Jan Kowalski – przedstawił się na wszelki wypadek fałszywym nazwiskiem. – Reprezentuję „Dziennik Polski" z Nowego Jorku.

– Czym możemy służyć? – Kobieta uśmiechnęła się szeroko.

– Zamówiono u mnie artykuł o niejakim Jakubie Wędrowyczu z Wojsławic – wyjaśnił. – Sądzę, że tu, niejako w pobliżu miejsca pobytu tego ciekawego indywiduum...

– Zechce pan spocząć. – Dziennikarka wskazała mu fotel. – Znamy go aż za dobrze. Nasza gazeta niejednokrotnie opisywała na swoich łamach jego wyczyny... Podpowiem panu kilka tropów.

Po dwudziestu minutach Lenin zadowolony opuścił redakcję, trzymając w garści gruby plik odbitych na ksero artykułów. Na ryneczku, obok studni życzeń, siedzieli na ławce obaj jego wspólnicy.

– I jak poszło? – zaciekawił się Krwawy Feliks.

– Dziennikarz z dziennikarzem zawsze się dogada. Nawet adres zdobyłem. Tylko nie jestem pewien, czy to nasz ptaszek.

– Pokaż. – Dzierżyński wziął część kartek ozdobionych nagłówkiem „Kronika policyjna" i zaczął je studiować.

– Bimbrownik, hiena cmentarna, alkoholik, pasożyt społeczny, pirat drogowy, recydywista, podatków nie płaci, podejrzewany o szereg zabójstw... – zdziwił się anarchista, czytając Feliksowi przez ramię. – Faktycznie, dziwne. Sądziłem, że to jakiś były duchowny, może mag, chiromanta czy coś. A to zwykły menel.

– Raczej niezwykły. Zobacz, ile materiałów na niego zebrali. – Lenin potrząsnął plikiem. – Przejrzyj, o jakie zabójstwa jest podejrzewany, spróbujemy znaleźć krewnych domniemanych ofiar. To mogą być cenni sprzymierzeńcy.

– Co on, jakiś wariat? Wszyscy zaginieni albo zabici mają na nazwisko Bardak. – Dzierżyński wytrzeszczył oczy.

– A może alfabetycznie leci i tych na „A" już załatwił?

– Myślę, Fiedia, że tu chodzi o zemstę rodową. Wendetę, która ciągnie się przez pokolenia... Tak czy siak, to odpowiedni ludzie. Musimy ich odnaleźć, przekabacić na naszą stronę, zachęcić do współpracy...

– Czyli wracamy do tej koszmarnej wiochy? – zaniepokoił się Arek. – To niebezpieczne...

– Tak – zadecydował wódz. – Ukradnij nowe szyby i tablice rejestracyjne. Trzeba doprowadzić samochód do jakiego takiego stanu. Warto by też przemalować, ale nie mamy czasu...

Raport policyjny
W dniu dzisiejszym we wczesnych godzinach przedpołudniowych wraz z posterunkowym Rowickim udałem się do gospodarstwa ob. Nowaka przy ulicy Grabowieckiej celem przeprowadzenia ogólnego wywiadu i pogadanki uświadamiającej, dotyczącej szkodliwości nabywania

alkoholu niewiadomego pochodzenia (prawdopodobnie pochodzącego od Ukraińców).

Właśnie dokonywaliśmy kontroli szopy podejrzanego, gdy naszą uwagę zwrócił hałas dobiegający z zewnątrz pomieszczenia. Wybiegłszy na podwórze, ujrzeliśmy, iż w sąsiednim gospodarstwie, należącym do wielokrotnie notowanego i zatrzymywanego monarchisty ob. Korczaszki, dzieją się wysoce podejrzane rzeczy. Stodoła w/wym. recydywisty dziwnie napuchła, po czym jej ściany rozpadły się na boki, a dach osunął na ziemię i z jej miejsca wzniósł się balon sterowiec marki zeppelin z oznaczeniami carskorosyjskimi na bokach gondoli.

Wraz z posterunkowym Rowickim udaliśmy się biegiem w miejsce startu, by wylegitymować załogę oraz zakazać jej dalszego naruszania przepisów prawa lotniczego. Ponieważ sterowiec dopiero odrywał się od gleby podwórza i był nadal przytwierdzony do podłoża linami kotwicznymi, istniała spora szansa jego przechwycenia. Niestety, gwałtowny ogień z broni maszynowej, który otworzono do nas od strony zeppelina, zmusił nas do zajęcia pozycji ukrytej za cembrowiną studni.

Pragnąc kontynuować przewidziane przepisami działania, wykorzystałem chwilową przerwę w strzelaninie, by ostrzec słownie pasażerów pojazdu przed napaścią na funkcjonariuszy. W odpowiedzi usłyszeliśmy wypowiedź wygłoszoną podniesionym tonem: „Całujcie psa w nos". Po głosie zidentyfikowałem wołającego jako wielokrotnie notowanego pasożyta społecznego, kłusownika, przemytnika i hiennika cmentarnego Jakuba Wędrowycza. Dalszy dialog z załogą uniemożliwiła kolejna palba karabinowa, po czym sterowiec ostatecznie odcumował, nabierając wysokości.

Opuściliśmy nasze schronienie, zwłaszcza że wobec wznoszenia się wroga nie dawało nam już osłony optycznej. Raz jeszcze wezwałem załogę do lądowania, wzywając tym razem ob. ob. Korczaszkę i Wędrowycza po nazwisku. Uciekinierzy tym razem nie otworzyli do nas ognia, czym upewnili mnie, że amunicja do karabinu maszynowego już im się skończyła. Wobec tego wraz z Rowickim dobyliśmy broni służbowej i oddaliśmy strzały ostrzegawcze.

W odpowiedzi z zeppelina zrzucono dwie nieduże zapalające bomby lotnicze, z których jedna trafiła w rów melioracyjny, a druga całkowicie zniszczyła parkujący przed domostwem Nowaka radiowóz, którym przyjechaliśmy. Kontynuowaliśmy ostrzał, kierując go w stronę balonu nośnego, jednak po wystrzeleniu niespełna jednego magazynka, widząc, że sterowiec zawraca, i wobec faktu, że sterczące przez okna ręce załogi trzymają kilka kolejnych bomb, udaliśmy się pospiesznie do piwnicy na kartofle w kącie podwórza ob. Korczaszki, gdzie zabezpieczeni workami ziemniaków szczęśliwie przetrwaliśmy intensywne bombardowanie.

Nim wydostaliśmy się spod gruzowiska, zeppelin odleciał w niewiadomym kierunku, a według naszych konfidentów – na południe.

Anarchista powoli jechał przez wieś. Krwawy Feliks uważnie lustrował wzrokiem mijane gospodarstwa.

– Czego wypatrujesz? – zapytał Arek.

– Świeżych śladów zniszczenia – wyjaśnił rewolucjonista. – W gazecie pisali, że Wędrowycz lubi „zapuszczać czerwonego kura" tym, których nie lubi. – Tu chyba był niedawno...

Minęli wypalony wrak radiowozu. Za płotem widać było rozwaloną w drzazgi stodołę. Po rumowisku kręcili się jednak policjanci, więc młody nawet nie zwolnił.

– Tam – Lenin wskazał gospodarstwo na łuku drogi.

Zaparkowali koło furtki i wysiedli. Biały opar pary wodnej unosił się nad pogorzeliskiem. Pożar strawił doszczętnie szopę. Najwidoczniej strażacy zdążyli na czas, bo stodoła stojąca opodal była tylko trochę osmolona. Po obejściu kręcił się jakiś typek. Wyglądał raczej nieszczególnie.

– Przepraszam, pan Bardak? – zagadnął Feliks.

– Izydor Bardak – potwierdził. – A wy czego tu szukacie?

Na widok obcych jego prawa ręka sama wyciągała się ku sztachetom płotu.

– Jesteśmy wrogami Wędrowycza i mamy go ochotę definitywnie zlikwidować – powiedział Dzierżyński. – Jestem Feliks, a to Włodzimierz i Arek...

Gospodarz łypnął na niego przekrwionymi oczami, a potem naraz zrobiło mu się wesoło. Widywał w życiu różnych frajerów, ale ci pobili wszystkie rekordy naiwności.

– Wy? – prychnął i wybuchnął gromkim, szyderczym śmiechem. Rechotał tak, że mało mu głowa nie odleciała.

– Nie stójmy tak bezczynnie. – Lenin wyciągnął z torby litrową flaszkę „Finlandii". – Pogadamy, popracujemy.

Śmiech umilkł jak ucięty nożem. Izydor, błyskawicznie oceniwszy sytuację, uznał, że nieoczekiwanym sponsorom należy okazać choć minimum szacunku.

– W sumie to południe minęło – ucieszył się. – Napić się można. Gibajcie do mnie.

Usiedli w kuchni. Właściciel zakręcił się, zorganizował cztery szklanki i kiełbasę na zagrychę.

– Więc chcecie zaciukać Jakuba... – wysuszywszy pierwszą szklankę, wrócił do tematu.

– Zabić na śmierć – potwierdził Lenin. – I to najlepiej teraz, bo daleka droga dziś jeszcze przed nami.

– Moja rodzina od trzech pokoleń pracuje, żeby się gada pozbyć, a wy chcecie ot tak, na łapu-capu, w godzinę?

– A to aż takie trudne? – zdziwił się Lenin.

– Idź na cmentarz, na lewo od wejścia zobaczysz groby dwunastu Bardaków, którzy zginęli w walce z tą mendą. A ja wcale nie mam ochoty być tym trzynastym. Choć miejsce ładne, słoneczne...

– Trzynastka jest pechowa – zauważył anarchista. – To znaczy, że Wędrowyczowi nie uda się pana załatwić – dodał szybko, widząc, że tubylec przymierza pustą flaszkę do rogu stołu, by przekształcić ją w tulipana.

– I co z tego? – Izydor wzruszył ramionami. – Nawet jeśli, to i tak macie pecha. Wędrowycz dziś rano wybył.

– Dokąd? – zainteresował się wódz.

– Cholera go wie, ludzie gadali, że do Egiptu. Mieli u Semena Korczaszki schowany balon, napompowali go po cichu, rozwalili stodołę, poprztykali się z gliniarzami i odlecieli na południe... Ze trzy godziny temu będzie.

– Akurat jak byliśmy w Chełmie! – warknął Dzierżyński. – Rozminęliśmy się o włos.

– Trzeba go ścigać! – huknął Włodzimierz Iljicz. – Musimy wypełnić zadanie. Skąd, u diabła, ten balon? – Łypnął podejrzliwie na Bardaka.

– Wiecie, to jest wieś. Ludzie tu mają rozmaite różności pochowane – wyjaśnił ich nowy znajomy. – Zaraz po wojnie walało się tego, tylko wybierać i ukrywać. Tośmy i trochę rzeczy, i sprzętu pochowali na czarną godzinę. Jeśli poważnie chcecie go gonić, to coś by się u mnie znalazło... Dawajcie za mną.

Wyszli z chałupy, przez błotniste podwórze dotarli do drzwi stodoły. Gospodarz otworzył je i znaleźli się w ciemnym, pachnącym sianem wnętrzu.

– A ło. – Bardak wskazał wielką kupę słomy. – Weźta widły i rozgarnijta to trochę.

Po pięciu minutach odsłonili ogon samolotu. Reszta maszyny też tam oczywiście była.

– Co to jest? – wykrztusił Arek. – Skąd?

– Przed wojną hrabia miał takie maluśkie prywatne lotnisko. Jak Ruscy przyszli, mój tatko pomyślał, że jeszcze zabiorą samolot, żal mu się zrobiło, to i schował – wyjaśnił.

– I tak pięćdziesiąt lat stoi w słomie? – zdumiał się Dzierżyński. – Dawno już jest do niczego. Korozja...

– Jaka korozja, kiedy tu sucho? – zdziwił się gospodarz. – Zresztą to zostało wykonane z lakierowanego płótna. A silnik co jakiś czas zapuszczałem, żeby go rdza nie zjadła. Wszystko nasmarowane oliwą, tu nie ma prawa być żadnej korozji. Wsiadać i lecieć.

– Tylko kto poprowadzi tę maszynę? – zacukał się Lenin. – Żaden z nas nie był przecież pilotem.

– Latałem na rolniczych, mogę spróbować – zaofiarował się Bardak. – W celu dopadnięcia Wędrowycza trochę czasu mogę poświęcić. Tylko paliwo trza zdobyć.

– Będzie też potrzebna broń – trzeźwo zauważył Krwawy Feliks. – Najlepiej jakieś granatniki.

– Mam dubeltówkę. Na Wędrowycza i jego kumpli powinna wystarczyć.

– Yyyeah. – Jakub Wędrowycz zsunął zmętniałe od upływu czasu gogle i pozwolił, by ciepły południowy wiatr owiał jego czoło. – Trzy lata będzie, jak ostatnio tak ładnie popędziliśmy glinom kota. Wiali jak zające.

– Cienko zaśpiewamy, jeśli wyślą za nami samoloty – mruknął Piotruś, rozglądając się po mostku statku powietrznego. – Przed MIG-ami nie uciekniemy.

Musiał przyznać, że carska armia dbała o estetykę wyrobów. Palisandrowe tablice, oprawione w mosiądz wskaźniki, podłoga wyłożona antypoślizgową wołową skórą. Wyjął z kieszeni chusteczkę i zaczął polerować obudowę najbliższego zegara. Metal zabłysł ciepłą złotą barwą.

– Jakie samoloty? – Jakub wzruszył ramionami. – Ostatni samolot lądował w Wojsławicach w 1944 roku, a i to awaryjnie. Musieliby z Lublina ściągnąć.

– A nie ściągną – uzupełnił Semen – boby się musieli przyznać, że już prawie nas mieli, a myśmy wywiali. Trochę oberwaliśmy. – Popatrzył na dziury w powłoce. – Trza by wleźć i zaklajstrować. Mam tu specjalny zestaw do napraw.

– To ja wlezę i połatam – zaofiarował się Piotruś, odkładając szmatkę.

Perspektywa wspinaczki po cienkich linkach oplatających balon nośny specjalnie go nie przerażała.

– No to właź...

– Tylko nie spadnij, bo z dupy nogi powyrywam – pogroził mu surowo pradziadek, a sam zajął się artystycznym spluwaniem przez okienko.

Semen zerknął na busolę, a potem ujął ster i wykonał lekką korektę kursu. Ogromny sterowiec posłusznie wykonał manewr. Kozak dodał trochę gazu.

– Wypatruj samolotów wroga – polecił Jakubowi.

– Co?

– Zaraz przekroczymy granicę Austro-Węgier. – Stary puknął palcem w atlas. – Będziemy nad terytorium przeciwnika.

– Chyba cię pogięło! Tej granicy nie ma przecież od siedemdziesięciu lat!

– A jaką masz gwarancję, że tam pod nami w jakiejś stodole nie stoi samolot? I że jakiś stary piernik, widząc naszego zeppelina, nie wytoczy go i nie ruszy do boju? Jeśli ja mogłem tyle lat przechowywać sprzęt...

– Fakt – zgodził się Wędrowycz. – Daj lornetkę i naszykuj ze dwie bomby, jakby co, rozwalimy go od razu, jeszcze na pasie startowym.

– W powietrzu też można. Mamy karabiny maszynowe, to wystarczająca siła ognia.

Piotruś wspiął się po linkach aż na sam wierzch czaszy i dobrze się zaczepiwszy, chłonął widok błękitnego nieba nad swoją głową. Sterowiec sunął gładko, prosto na południe.

– Kurde, żeby tak koledzy z klasy mnie zobaczyli – westchnął boleśnie chłopiec.

To był wielki życiowy dramat Piotrusia. Po każdych wakacjach u pradziadka opowiadał o swoich przygodach i za każdym razem zamiast podziwu spotykały go kpiny i wyzwiska. Nie wiadomo, dlaczego żaden z kumpli mu nie wierzył.

– Ale teraz zdobędę dowody – mruknął mściwie i wyciągnąwszy z kieszeni mały aparat fotograficzny, zrobił sobie zdjęcie.

Zalepił ostatnią dziurę i ruszył ostrożnie na dół. Był już na dachu gondoli, gdy zorientował się, że coś jest nie tak.

– Jakub, uspokój się! – wydzierał się Semen. – To już czwarta stodoła, którą rozwaliłeś!

– No dobra – burknął Wędrowycz. – Ale przyznasz, że wyglądała podejrzanie. A sam wiesz, że nie możemy ryzykować!

– Idź się utop! Od tego mamy karabiny. Wypatruj wroga w powietrzu!

– E tam. Napijmy się lepiej. – Egzorcysta klepnął kanister z samogonem.

– W sumie można. – Kozak oblizał wargi. – Tylko za jakieś pół godzinki.

– Czemu nie od razu?

Kto jak kto, ale Semen wyłącznie robotę odkładał na później.

– Bo ktoś musi prowadzić – wyjaśnił. – Piotruś, chodź tu, podszkolę cię w pilotowaniu sterowca.

– Nauczę się w pół godziny? – zdziwił się chłopak.

– No pewnie.

Jakub ocknął się o szóstej rano.

– Uch, łyknąć by jakiegoś antykacolinu. Nie macie czasem serwatki?

– Nie – odpowiedział Semen stojący znowu za kołem sterowym. – Ale pewnie dałoby się kupić klina na dole.

– Tak? – zainteresował się Jakub i wyjrzał przez okienko. – A gdzie jesteśmy?

Pod sterowcem przesuwały się łagodne pagórki, pokryte gęsto winnicami. Nawet tu, na wysokości tysiąca metrów, wydało mu się, że czuje znajomy zapach dwutlenku siarki.

– Winogrona, winiak... Szukaj wytwórni koniaku! Zbombardujemy sukinsynów, wylądujemy, ostrzelamy, wysadzimy się jako desant i zrabujemy kilka beczek.

– No co ty? – Semen popatrzył na niego zgorszony. – To bardzo brzydko kraść.

– Jakie kraść? Uczciwie to zrabujemy, jako łup wojenny! Jesteśmy oddziałem floty powietrznej Cesarstwa Rosyjskiego, a tam w dole jest kraj wroga.

– Węgry – uściślił kozak.

– No. Austro-Węgry, czy jak tam ich zwali. No to powinniśmy robić bombardowania, dywersje, eksterminować ludność cywilną, żołnierzy brać do niewoli, oficerów wbijać na pale, popełniać ohydne zbrodnie, zostawić po sobie spaloną ziemię, ruiny zaorać i posypać solą, w zgliszcza wbić osikowe kołki... Ja mam cię uczyć, jak się wojnę prowadzi?!

– Wojna skończyła się dawno temu. A poza tym armia, zgodnie z konwencjami genewską i haską, nie powinna atakować celów cywilnych. Że o cywilach nie wspomnę.

– Ale gorzelnia ma znaczenie strategiczne – jęknął egzorcysta. – No niech ci będzie, pal diabli beczki. Zażądamy tylko stu butelek koniaku, a jeśli odmówią, zagrozimy bombardowaniem miasteczka – zaproponował.

– Ty to byś chciał wszystko w życiu mieć za darmo – prychnął Semen.

– Jak to za darmo? – obraził się Wędrowycz. – Co znaczy za darmo? Przecież życie ludzkie jest bezcenne!

– Przykro mi, jako dowódca podejmuję decyzję o zaniechaniu ataku. Zresztą nie widać tam nigdzie gorzelni – dodał.

To podziałało. Jakub wypił trochę wody ze zbiornika i nieco spokojniejszym wzrokiem patrzył na rozpościerający się u ich stóp kraj. Naraz zamarł tknięty nagłą myślą.

– Ty! – Zaczął tarmosić śpiącego prawnuka. – Węgrzy to Madziarzy? A Węgry to Hungaria?

– No... A o co chodzi? – Wyrwany z drzemki Piotruś tarł zaspane oczy.

– Zobacz to. Węgierski znaczek, nie? – Jakub wyciągnął z kieszeni wymiętoszoną kopertę.

– No...

– Semen, wpadniemy tu odwiedzić jedno miejsce?

– Gdzie?

– Dostałem list, jakieś dwa tygodnie temu, z Nagiegokutasa. Swoją drogą, musi to być rozrywkowe miasteczko. – Aż się oblizał. – Trza sprawdzić, czego chcą.

– Pokaż. – Kozak wyjął mu kopertę z ręki. – Nagykutas – odcyfrował nazwę z adresu zwrotnego. – Miałeś rację. Zaraz sprawdzę.

Zaczął wertować atlas.

– Trochę nadłożymy drogi – mruknął. – Ze sto dwadzieścia kilometrów. Kto to napisał?

– Jakiś Laszlo – wyjaśnił Jakub. – Nie wiem, kto to taki, nie znam faceta.

– A po cholerę jesteś mu potrzebny?

– No, polecimy, to się dowiemy.

– Nie napisał? – zdziwił się Piotruś.

– Napisał, ale po węgiersku. Nic to, będziemy na miejscu, to się na migi z nim dogadamy i sprawa się wyjaśni. A jak się nie wyjaśni, damy mu w mordę, zabierzemy wino i polecimy dalej.

– Mam nadzieję, że to nic poważnego. – Semen podrapał się po ciemieniu. – Cholernie daleka jeszcze przed nami droga.

– Furda. Wypijemy tokaju i ruszamy – uspokoił go Jakub. – A i zatankować by się pewnie przydało...

Korczaszko bez słowa ściągnął lekko ster, wchodząc na nowy kurs.

Lenin obudził się na potwornym kacu. Obok niego na sianie spoczywał trup Dzierżyńskiego. A może nie do końca trup? Pierś Krwawego Feliksa od czasu do czasu unosiła się lekko. Arek, zwinięty w kłębek, wymiotował pod ścianą.

Co to było? Wódz usiłował zebrać myśli. Wypili tę wódę, po dwie butelki na twarz... Nie, dwie flaszki litrowe na czterech. A potem ten cały Izydor przyniósł kanister czegoś, co nazwał karbidówką, potem jeszcze było... Tego już nie pamiętał tak dokładnie.

Jęknął i spróbował wstać. Okazało się to bardzo głupim pomysłem. Przed oczyma zawirowały mu zielone plamy, nogi załamały się w kolanach i Lenin ciężko runął na plecy.

– O kurde – jęknął. – Ostatni raz się tak pochlałem zaraz po rewolucji, jak w Pałacu Zimowym odkryliśmy w piwnicy carskie zapasy wina.

Dzierżyński otworzył oczy.

– Wody – wychrypiał.

– Dobry pomysł – przyznał wódz i znowu odpłynął w ocean zielonych cieni.

Rewolucja, Set, mumifikacja – to wszystko straciło znaczenie. Chciał tylko dwu rzeczy i jego jestestwo skoncentrowało się na tych prostych pragnieniach: żeby ktoś zatrzymał tę cholerną karuzelę i żeby kury na podwórzu przestały tupać.

Sterowiec powoli sunął nad senną mieściną. Ludziska wylegli z domów i pokazywali go sobie palcami. Dzieci machały rękami. Miasteczko leżało w dolinie. Miało niewielki brukowany ryneczek, otoczony przez piętrowe kamieniczki o kolorowych elewacjach. Obok wzniesiono całkiem okazałą katedrę. Na wzgórzu nad miasteczkiem pyszniły się dumnie ruiny zamku. Po drugiej stronie rzeczki, w głębi doliny, czerwieniały dachówkami niewielkie, rozrzucone po polach farmy.

– No i gdzie mieszka ten twój Laszlo? – zapytał Semen, zwalniając obroty śmigieł.

– A skąd ja mogę wiedzieć? – Jakub wytrzeszczył oczy. – Przecież nazw ulic stąd nie widać.

– Ale przez lornetkę da się odczytać z tabliczki – zauważył Piotruś. – Poza tym mógłbyś telepatycznie sprawdzić.

– Kurde, nic, tylko te nowomodne amerykańskie sztuczki. – Jakub zmrużył oczy i przyłożył dłoń do skroni. – Jak z kiczowatego filmu. To tamto gospodarstwo. – Wskazał niechętnie sporą posiadłość leżącą na skraju miasteczka.

Semen leciutko dodał gazu, korygując kurs. Zatrzymał się nad gospodarstwem. Budynki wzniesiono na planie kwadratu. Dostępu do podwórza broniła solidnie okuta brama, dom na wysokiej podmurówce miał małe okienka przywodzące na myśl strzelnice. Pośrodku brukowanego kocimi łbami podwórka znajdowała się studnia z kamienną cembrowiną i żurawiem.

– Rzucić cumy! – rozkazał kozak.

Piotruś zwolnił wszystkie trzy windy, kotwice uderzyły w powierzchnię dziedzińca. Zaraz też z domu wybiegło kilku Węgrów i starannie je umocowało. Semen zrzucił gutaperkową rurę do studni i włączywszy pompę, napełnił zbiorniki balastowe. Sterowiec wolniutko obniżył lot, aż płozy gondoli z chrzęstem amortyzatorów zetknęły się z ziemią.

– Przyjemnie poczuć wreszcie twardy grunt pod nogami – stwierdził Jakub, wysiadając. – Bo już od tego kołysania kota dostawałem.

– Kołysałeś się, pradziadku, bo jak zwykle za dużo wypiłeś – mruknął Piotruś.

Komitet powitalny już czekał.

– Jest takie przysłowie, że Polak i Węgier to dwa bratanki – powiedział Jakub, a potem głęboko zadumał się nad pochodzeniem swojego nazwiska.

– Tak mówią. – Semen też się zamyślił.

Węgrów było czterech. Postawny starzec z krótką, strzępiastą brodą oraz trzech młodszych, ale bardzo do niego podobnych. Do tego z domu wyroiło się bez liku kobiet i dzieci. Uwadze Piotrusia nie umknął fakt, że wszyscy byli uzbrojeni po zęby w spluwy wszelkiego rodzaju i kalibru.

Jego pradziadek zignorował broń palną w rękach gospodarzy. Bardziej zainteresował go intensywnie fioletowy nos starego, walające się pod nogami całe tony śliwkowych pestek oraz drobne czarne kropki drożdży pokrywające mury budynków i odzież ludzi.

– Laszlo? – zagadnął starca.

Ten dostojnie kiwnął głową, ale nie opuścił dwururki, którą celował w niespodziewanych gości.

– Aha – powiedział Jakub, niezbyt wiedząc, co dalej. – Mówisz po polsku? Pewnie nie, diabli nadali... Wysłałeś list, no to jesteśmy. Jestem Jakub Wędrowycz – przedstawił się, wyciągając dłoń.

– Chwała Bogu – starzec przeszedł na międzynarodowe bimbrownicze esperanto, znane tylko najwytrwalszym, należącym do cechu adeptom szlachetnej sztuki pędzenia trunków. – Czekamy od miesiąca na jakikolwiek sygnał... Już się zbieraliśmy jechać po ciebie do Polski.

– Przyjechałem tak szybko jak się dało. – Jakub wskazał unoszący się nad podwórzem sterowiec. – Sami rozumiecie...

Nic nie zrozumieli, ale pokiwali głowami. Egzorcysta przedstawił swoich towarzyszy, Węgier dokonał prezentacji rodziny, przy czym podróżnikom z miejsca poplątało się, kto jest kim. Czterej synowie, synowe, córki z zięciami, dzieci...

– A zatem, skoro już tu jestem – Wędrowycz pociągnął nosem, smakując zapach produkowanej w którymś z budynków gorzałki – czym mogę służyć?

– Pogadamy spokojnie wieczorem – odparł Laszlo z uśmiechem. – Na razie zapraszam na skromny poczęstunek.

Czyli i zagrychę tu mają, pomyślał egzorcysta i poweselał. Dobrze jest trafić między życzliwych ludzi.

Piotruś wędrował uliczkami ślicznego małego węgierskiego miasteczka. Uczta powitalna okazała się nadspodziewanie długa i obfita, wino lało się strumieniami, a on, słuchając kolejnych toastów, nudził się śmiertelnie. Wreszcie za zgodą pradziadka opuścił zgromadzenie i poszedł sobie pozwiedzać.

– Średniowieczna architektura, ani chybi – powiedział cicho, patrząc na wzniesione z kamienia domy. – Ładniej tu niż w Wojsławicach – dodał.

Czerwone dachówki i płytki z szarego łupku przyjemnie kontrastowały z bielą ścian. Małe sklepiki i winiarnie na parterach domów zapraszały jasno oświetlonymi wnętrzami. Z knajpki buchał zapach – a jakże! – leczo na kiełbasie. Choć żołądek był ciągle pełen, Piotrusiowi napłynęła ślina do ust. Powoli zapadał zmrok. Gdzieś z daleka wiatr przyniósł głos skrzypiec. Ktoś, fałszując niemiłosiernie, próbował grać „Serenadę" Schuberta. Chłopak, któremu w dzieciństwie słoń na ucho nadepnął, ruszył śladem dźwięków.

Na małym skwerku pełnym drobnych krzaczków i kwitnących kwiatów, obok masywnych murów kościoła, siedziała na ławeczce dziewczyna.

„Łoj" – westchnął w duchu zachwycony Piotruś.

Nieznajoma była mniej więcej w jego wieku. Miała gęste czarne włosy, grube brwi, piękne ciemne oczy okolone długimi rzęsami. Reszta też była niczego sobie.

– Oj, chyba się zakocham po raz pierwszy w życiu – mruknął do siebie chłopak.

Dziewczyna odłożyła skrzypce do wyściełanego aksamitem futerału i uśmiechnęła się.

– Witaj – powiedziała po angielsku. – Czy to nie ty jesteś jednym z tych Polaków, którzy przylecieli sterowcem? Widziałam wasze lądowanie.

– Zgadza się. – Wypiął dumnie pierś. – Nazywam się Piotr Wędrowycz, z tego słynnego rodu Wędrowyczów.

– Greta. – Uścisnęła jego dłoń. – Greta Mikozs.

Miała cudownie długie palce. W zasadzie wszystko w niej Piotrusia zachwycało.

– To musi być wspaniałe, tak wznieść się ponad ziemię i żeglować w powietrzu – westchnęła.

– Jeśli tylko masz ochotę – uśmiechnął się olśniewająco – pogadam z pradziadkiem i jego kumplem, może uda się zabrać cię na przejażdżkę.

– Byłoby wspaniale. A jeśli się nie zgodzi?

– To polecimy sami.

Hormony uderzyły mu do głowy tak silnie, że gotów był natychmiast wprowadzić szalony plan w czyn.

– Ojej – zdziwiła się. – To niezwykłe. Umiesz samodzielnie pilotować tak ogromną maszynę? Przecież to wymaga chyba kilku osób załogi.

– Gdzie tam. – Wzruszył ramionami. – Trzeba zgrać tylko ster, balans poziomu i kilka innych wskaźników, żeby nie kolebało na boki. Oba silniki napędowe muszą być idealnie zsynchronizowane, najmniejszy błąd i pierdut, wszystko się rozpada, a jak się jest kilometr nad ziemią, to sama rozumiesz... Każdy ruch kołem sterowym i zaworami balastowymi musi być precyzyjny i przemyślany. To nie to samo, co prowadzić na przykład auto czy traktor. Trzeba się uczyć wiele miesięcy – fantazjował. – A prawdziwą wprawę uzyskuje się po wielu latach. No, chyba że ktoś jest wybitnie zdolny. – Uśmiechnął się skromnie, dając do zrozumienia, kogo ma na myśli.

– Ojej, jaki ty jesteś mądry i odważny – zachwyciła się.

Usiadł obok niej na ławce.

– Zagraj coś jeszcze – poprosił.

Przyłożyła skrzypce do ramienia i wyczarowała spod smyczka, nawiasem mówiąc, znów fałszując, tęskną węgierską melodię.

– Dokąd lecicie? – zainteresowała się. – Pewnie daleka jeszcze droga przed wami?

– Do Egiptu – wyjaśnił z dumą. – Pradziadek musi zdjąć tam klątwę z jednego grobowca. Tysiące kilometrów w przestrzeni, samotni, tylko wśród chmur i ptaków...

„Kurde, jakby się dało ją zabrać ze sobą" – rozmarzył się. „Przydałoby się trochę prawdziwej muzyki, bo ileż można słuchać brzęku flaszek i pijackich piosenek tych starych pokemonów?"

– Wspaniała wyprawa. – Pokręciła z uznaniem głową. – Podoba ci się moje miasteczko?

– Bardzo...

Gdzieś daleko na kościelnej lub ratuszowej wieży zegar wybił dziesiątą.

– Muszę już iść – westchnęła. – Jutro cały dzień będę zajęta, a po południu mam lekcję gry na skrzypcach. Ale może spotkamy się wieczorem?

– Z największą przyjemnością.

– No to jesteśmy umówieni. Tutaj po zmroku. – Złapała go za ręce i nadstawiła policzek.

Musnął wargami jej chłodną aksamitną skórę i z rozkosznym zamętem w głowie wrócił na kwaterę.

Jakub, Semen i Laszlo akurat raczyli się winkiem w piwnicy. Na kominku skwierczały szaszłyki doprawione ostrą papryką.

– Coś ty taki rozanielony? – zdziwił się Jakub na widok prawnuka. – Palonką cię poczęstowali czy jak?

– Fajną dziewczynę spotkałem. – Chłopiec uśmiechnął się na samo wspomnienie.

– Hy, hy, Węgierki się podrywa – mruknął Semen i dolał sobie tokaju. – W sumie czemu nie, są śliczne i milutkie. Pamiętam, jak przed wojną...

– Moja krew! – Jakub oblizał się lubieżnie. – No to teraz do stodoły i na sianko.

– Dowiedziałeś się, pradziadku, po co cię tu chcieli ściągnąć? – zainteresował się Piotruś.

– Mają tu grubszy problem. – Egzorcysta spoważniał w jednej chwili. – Z wampirami.

– Pomożemy im?

– Oczywiście. – Semen wyszczerzył zęby. – Jutro bierzemy się do dzieła.

Zakwaterowano ich w pokoju gościnnym urządzonym chyba w dawnym spichrzu. Budynek miał bardzo grube mury i małe okienka, zaopatrzone dodatkowo w solidne okiennice, przecięte wąskimi otworami strzelnic. Na framudze wisiał sznur czosnku.

– Inaczej pleciony niż u nas – zauważył pogodnie egzorcysta. – Nasze babiny splatają warkocz z trzech łodyg, a tutaj aż z pięciu. Widać i wampiry mocniejsze...

– To są te różnice kulturowe, o których w telewizji mówili. – Semen nieco chwiejnym krokiem doczłapał do łóżka i runął na nie, zasypiając natychmiast.

– Słaba głowa. – Jakub się skrzywił. – Albo już lata nie te... Ja też nie mogę tyle wypić co kiedyś – pożalił się prawnukowi. – Bywało pięć litrów wina wypijałem. A teraz trzy flaszki jabola i zaraz w nogach czuję... Starość nie radość.

Piotruś uśmiechnął się tylko w duchu. Pradziadek, jak każdy hipochondryk, lubił sobie ponarzekać.

– Co z tymi wampirami? – zapytał.

– Jest ich kupa. Co najmniej kilkadziesiąt. Ale poradzimy sobie. Jutro zrobimy małe wykopki na cmentarzu.

– Myślisz, że tam mieszkają?

– Nie. Siedzą oczywiście w ruinach zamku, ale żeby je wykurzyć, musimy się odpowiednio uzbroić. Wiedzą już, że tu jestem, więc przykuję ich uwagę w czasie, gdy nasi przyjaciele będą robić co trzeba. – Wskazał gestem okienko wychodzące na podwórze.

Prawnuk popatrzył. Na dziedzińcu Węgrzy wyjmowali z gondoli skrzynki taśm karabinowych i znosili je do piwnicy.

– A konkretnie?

– Zobaczysz w odpowiednim momencie. Tak będzie ciekawiej.

Cmentarz za wsią był spory. Najstarsze groby ziemne, z kamiennymi nagrobkami lub drewnianymi krzyżami, już się pozapadały. Nowsze straszyły lastrykowymi i betonowymi płytami. Najnowsze biły po oczach różnymi barwami sztucznego marmuru. Jakub ruszył czujnym krokiem. Szedł od mogiły do mogiły, każdą obchodził wokoło, uważnie im się przyglądając. W podejrzane wbijał patyczek z papierową chorągiewką.

Podążający za nim węgierscy wieśniacy zabrali się szybko do roboty. Zamigały w powietrzu łopaty, zadudniły wieka odkrywanych trumien. Żaden z wykopanych nieboszczyków nie wyglądał wprawdzie na wampira, ale przybysz po obejrzeniu szkieletów wskazał kilka do przykołkowania. Osikowymi palikami przebito też truchła wszystkich miejscowych komunistów.

– Na wszelki wypadek – mruknął Wędrowycz. – Z nimi nigdy nic nie wiadomo.

Greta czekała w umówionym miejscu. Piotruś wręczył jej różę, która jeszcze dwie minuty wcześniej zdobiła jeden z miejskich klombów.

– Ojej, dziękuję – ucieszyła się i pocałowała go. – Jak ci minął dzień?

– A, naganiałem się jak głupi po tym cmentarzu – westchnął. – Pradziadkowi znowu się ubzdurało, że będzie walczył z wampirami szpadlem...

– Aha – zgodziła się. – A ty wierzysz w wampiry?

– Gdzie tam, to tylko zabobony. Pradziadek po prostu lubi grzebać w grobach i musiał jakoś to hobby zracjonalizować.

– Obiecywałeś mi przejażdżkę sterowcem – przypomniała. – Swobodni jak ptaki, tylko we dwoje...

– Zapomniałem Semena zapytać – stropił się. – A teraz, jak zaczęli wieczorny pochlaj, to już się nie dogadam.

Posmutniała. W kącikach oczu stanęły jej łzy. Wyglądała uroczo, gdy było jej przykro.

– Szkoda – szepnęła.

– Ależ, moja droga – uśmiechnął się – nie ma najmniejszego problemu. Przecież umiem prowadzić sterowiec niczym zawodowy werkmajster z czasów pierwszej wojny światowej. Chodź, polatamy sobie.

– Żartujesz?

– Ależ skąd.

Kilka minut później byli już obok gondoli. Piotruś otworzył drzwiczki, wysunął składane schodki i gestem zaprosił Gretę do środka. Uniosła lekko suknię, ukazując trzewiki z cielęcej skóry zapinane na perłowe guziczki i zgrabnie wkroczyła na pokład zeppelina. Chłopak wskoczył za nią.

– Czy to bezpieczne? – zaniepokoiła się.

– Stuprocentowo. – Błysnął zębami.

Z haczyka zdjął kluczyki i uruchomił oba silniki. Przesunął wajchę, woda balastowa popłynęła strumieniem do studni, potem rzucił cumy i zeppelin oderwał się od ziemi.

– Trzymaj się. – Piotruś lekko dodał gazu i sterowiec ostro ruszył do góry.

– Lecimy! – zachwyciła się Greta.

Zapalił lampkę, ściągnął ster. Po kilku minutach uznał, że wzlecieli na odpowiednią wysokość, i wyłączył oba silniki.

– Osiemset metrów – zameldował. – Wchodzimy w dryf, szkoda tracić benzynę. Wiatr trochę nas zniesie, przelecimy nad tymi pięknymi ruinami zamku, a potem zapuścimy motor, żeby wrócić nad miasteczko.

Ustawił stabilizator balastu. Zeppelin wyrównał lot. Jakub mógł sobie twierdzić, że huśta, ale gondola szła idealnie równo. Zwłaszcza że pogoda była prawie bezwietrzna.

– Zobacz, jaka piękna noc... – Gestem objął pogrążoną w mroku dolinę.

– Piękna – przyznała dziewczyna, podchodząc bliżej. W szybie, podświetlonej lekko karbidówką, odbijała się wyraźnie sylwetka chłopca. I tylko jego. – A do tego twoja ostatnia.

Nie okazał najmniejszego zdziwienia. Nadal wpatrywał się w rozrzucone na dnie kotliny światełka wsi i samotnych gospodarstw. Oddychał pełną piersią, chłonąc przesycone tajemniczymi woniami nocne powietrze.

– Zawsze się zastanawiałem, jak wy, wampiry, dbacie o wygląd – powiedział wreszcie, odwracając się w stronę dziewczyny.

Nie wyglądał na przestraszonego. Greta nie potrafiła zrozumieć dlaczego.

– Co masz na myśli? – Kły wyrosły jej takie, że mogła się nimi podrapać w brodę.

– No wiesz, jesteś zawsze ślicznie uczesana i kołnierzyk masz równiutko ułożony, a to chyba niełatwe, gdy się nie można przejrzeć w lustrze?

– Można. Spryskuję się wodą z rozpylacza. Zanim wsiąknie, widać zarys kropli na włosach.

– A ubranie? Gryzie mnie strasznie problem, jak to robicie, że też go w lustrze nie widać?

– E, zwykła magia. – Machnęła lekceważąco ręką.

– A jakbyś nie zaczarowała, to co? Sama kiecka i bluzka będą się odbijać w lustrach czy jak?

– No tak, jak nadmuchane wyglądają – potwierdziła. – Nie dość, że makabryczny widok, to jeszcze, co gorsza, rzucają cień. A to cholernie przeszkadza, gdy się chce zaatakować kogoś, kto akurat mizdrzy się przy toaletce...

– Fascynujące – przyznał.

– Zamknij oczy, to nie będzie bolało.

– Czekaj. – Powstrzymał ją gestem. – Załatwiłaś mnie wyjątkowo sprytnie, uciec już nie zdołam, bo niby jak, do ziemi jest kilometr, a spadochronu nie zabrałem... Ale mam chyba prawo do ostatniego życzenia przed śmiercią?

– Tak, jest taka zasada. My, wampiry, zazwyczaj atakujemy znienacka, więc nieczęsto jest okazja, prawie zapomniałam. Ale faktycznie, to twoje prawo. A czego byś sobie życzył? – zainteresowała się.

– No wiesz – westchnął i zaczerwienił się jak dorastająca panienka. – Pradziadek mówił, że młode wampirzyce mają z reguły nienasycony apetyt seksualny...

– O, to naprawdę fachowiec. Dużo o nas wie. – Kiwnęła głową.

– Wiesz, ja mam dopiero trzynaście lat, ale chciałbym przed śmiercią zobaczyć, jak to jest z tym całym seksem. A ty jesteś starsza, taka światowa dama z pewnością jest już mistrzynią arkanów sztuki miłosnej...

– Naturalnie. – Uśmiechnęła się z wyższością.

– Do tego taka piękna... Jesteś najładniejszą dziewczyną, jaką w życiu spotkałem...

– Rzeczywiście, jesteś trochę za młody – westchnęła. – Do tego, wiesz, my zazwyczaj nie uprawiamy seksu przy jedzeniu, bo to niekulturalnie i trochę niehigienicznie. Trzeba zachować pewne standardy przyzwoitego zachowania.

– Szkoda – westchnął.

– No dobrze, zrobimy wyjątek – zmiękła. – Tylko nikomu o tym nie opowiadaj. Zresztą co ja plotę, przecież nie będzie już okazji.

Jednym ruchem ściągnęła z siebie sukienkę. Miała białą koronkową bieliznę i pończochy.

– Takie majtki ze sznurkiem z tyłu to się nazywają stringi? – zainteresował się.

– Tak. Są bardzo wygodne. Zwłaszcza w niektórych sytuacjach. – Przeciągnęła się, prezentując wdzięki.

A miała co zaprezentować. Piotruś głośno przełknął ślinę i jęknął z zachwytu.

– Tu jest koja. – Odczepił haczyk i otworzył składane łóżko. – Przepraszam, warunki polowe, jak to na wojnie, będzie trochę twardo, tylko koc na gołych deskach...

– Ale chyba i tak przyjemniej niż na podłodze. – Uśmiechnęła się, badając dłonią sprężystość posłania.

– Poradzisz sobie z pilotowaniem, jak już będzie po mnie? – zaniepokoił się nagle. – Niby nie jest to przesadnie trudne...

– Wczoraj twierdziłeś co innego.

– No fakt.

– Zamienię się w nietoperza, a sterowiec niech leci w diabły. Twojemu pradziadkowi i tak nie będzie już potrzebny – zaśmiała się cicho. – Ta wieś stanie się jego grobem.

Piotruś zdjął koszulę i spodnie. Greta uśmiechnęła się zachęcająco.

– Jest was więcej? Przecież po dzisiejszej czystce na cmentarzu...

– Oczywiście. Zapomnieli o krypcie pod ruinami kaplicy zamkowej. Tam jest nasze gniazdo. – Ułożyła się wygodnie. – No chodź, mój śliczny nieletni chłopaczku. – Wyciągnęła do niego ręce. – Ciocia zaraz ci wszystko pokaże.

Wyglądała szalenie kusząco i prawnuk egzorcysty poczuł, że chyba wcale nie jest za młody.

– Sekundkę. – Otworzył apteczkę. – Założę tylko prezerwatywę, po co mają być z tego jakieś dzieci. Za młoda jesteś jeszcze, żeby zajść w ciążę.

– Nie przesadzajmy z tym wiekiem. Może nie wyglądam, ale mam dwieście dziewięćdziesiąt lat. Co do dzieci, nowe wampiry zawsze się przydadzą.

– Ale wyglądasz na czternastolatkę. Głupio by wyszło. A tak, sama rozumiesz, bezpieczny seks.

– Nie uważasz, że to trochę idiotycznie brzmi? – prychnęła. – Bezpieczny seks z głodną wampirzycą?!

– Rzeczywiście – zgodził się, wyjmując dużą puszkę. – To może obejdziemy się bez seksu?

– Skoro już zaczęliśmy, to szkoda byłoby przerywać. – Oblizała wargi języczkiem, a potem zaczęła rozpinać trzy małe perłowe guziczki zdobiące z przodu stanik. – Pospiesz się, sama nabrałam ochoty.

– Zrobię tylko trochę romantycznego nastroju, wiesz, jak na filmach, małe płomyczki i te sprawy. – Sypnął na nią obficie proszkiem z puszki.

Nie zdążyła się poderwać, gdy chlusnął wodą z dzbanka. Azotan srebra rozpuścił się i Greta momentalnie stanęła w płomieniach. Próbowała uciec z koi, ale chłopak rąbnął ją na odlew zaciśniętą pięścią. A potem obrócił się i jednym wprawnym ruchem przygwoździł dziewczynę nożem do posłania. Przez jej ciało przeleciał dreszcz, uderzyła potylicą w zagłówek, po czym oklapła i znieruchomiała. Płonęła nadal. Martwa. Koc pod nią już się zajął. Bielizna skwierczała i zwijała się, widać sporo w niej było sztucznego tworzywa.

Piotruś otworzył na oścież okienko, by dym mógł uchodzić. Przełknął nerwowo ślinę na myśl o tych straszliwych ilościach wodoru, które wisiały mu nad głową.

– Drobna nieszczelność i będzie bum, że w Irkucku usłyszą – szepnął. – A do ziemi kilometr. To tak daleko, że zdążę się pomodlić, zanim spadnę...

Ujął gaśnicę, ostrożnie polał pianą ścianę i podłogę. Samej wampirzycy nie gasił. Płomień stopniowo znikał, po chwili zwęglały się już tylko resztki ciała pomiędzy kośćmi.

Odpalił silniki, ujął stery i powolutku zawrócił nad wieś. Wampirzyca spłonęła do końca, został po niej tylko szkielet. Deski koi żarzyły się nadal, koc diabli wzięli. Zalał resztę pożaru pianą. W gondoli potwornie cuchnęło spalonym mięsem, wełną i plastikiem.

– Pierwsza w życiu dziewczyna, którą zobaczyłem gołą, chciała mnie zabić – zauważył filozoficznie młody Wędrowycz. – Co więcej, zabiłem pierwszą dziewczynę, z którą się pocałowałem. To z pewnością wywoła rozległy uraz psychiczny, w wyniku którego jak dorosnę, będę bał się kobiet i zostanę gejem. Choć z drugiej strony najpierw chciała mnie zabić, a potem dopiero się rozebrała, więc może nie będzie aż takich skutków ubocznych? – poweselał. – Swoją drogą, ładna była, tylko te zęby trochę efekt psuły. – Popatrzył na wyszczerzoną, okopconą czaszkę i wzdrygnął się. – Żadnego seksu, zanim nie skończę piętnastu lat – obiecał sobie. – A, pal diabli, czternastu – zmienił decyzję. – I tym razem najpierw się zakocham. A jeszcze wcześniej sprawdzę, czy moja wybranka jest na pewno człowiekiem, bo od istot bionekrotycznych to można i jakiegoś trupiego HIV-a złapać...

Przechylił ster i gondola leciutko dotknęła ziemi. Rzucił kotwice. Sterowiec bez napełnionych zbiorników balastowych trzymał się ziemi kiepsko i przy każdym podmuchu wiatru delikatnie podrygiwał. Otworzyły się drzwiczki.

– Aleś naświnił – mruknął Jakub, patrząc na plamy kopcia, walające się po kajucie kości i spaloną pryczę, pokrytą ciągle żrącą chemiczną pianą.

– Ja się chyba nie nadaję na egzorcystę – odparł chłopiec. – Dziwne jakieś zajęcie. Zdziczałe.

– Tak ciężko było?

– Nie, poszło gładko. Ale głupio tak jakoś, co innego podejrzewać dziewczynę, a co innego stanąć do walki twarzą w twarz ze świadomością, że cały czas mnie okłamywała i zależało jej tylko na naszej śmierci.

– Jak cię mdli, to nie krępuj się, tylko sobie rzygnij – poradził pradziadek. – To uspokaja.

Do wnętrza wskoczyli Semen i Laszlo. Chłopak ściągnął ster, zwiększył obroty silników. Zahurgotały windy kotwiczne i maszyna wolno wzbiła się w powietrze.

– O, w mordę – jęknął kozak, patrząc na zdewastowane wnętrze. – Nie dało się jakoś delikatniej? Tydzień będziemy to czyścili... Mogłeś wszystko puścić z dymem!

– Diabli nadali – warknął Węgier, podnosząc okopconą czaszkę z długimi zębiskami.

– Sprzątnij to do pudełka. – Jakub podał Piotrusiowi karton po butach i gumowe rękawiczki.

No i chłopak jednak puścił pawia przez okno. Zebrali, co było do zebrania, zawinęli w popalony koc i zapakowali w tekturę.

– Nie łam się. – Stary klepnął prawnuka w plecy. – Golnij sobie śliwowicy.

– Ale ja jestem za młody na picie. To dopiero nastolatki szukają w alkoholu i narkotykach rozwiązania szkolnych i międzygeneracyjnych konfliktów.

– Trzynaście lat to już naście – stwierdził Jakub, ale nie namawiał dalej. – Powiedziała coś ciekawego?

– Że ta wioska stanie się twoim grobem.

– Kurde, czy wszystkim wampirom rozdali ten sam tekst? – wkurzył się egzorcysta. – Od pięćdziesięciu lat to słyszę.

– Taka widocznie wampirza tradycja – wydedukował Semen. – Może do każdego tak mówią?

– Do tego jest ich więcej i siedzą w krypcie pod kaplicą zamkową – dodał chłopak.

– Tak właśnie sądziłem.

– Zamek pod nami – zameldował Laszlo.

– Tia... – Egzorcysta dłuższą chwilę przyglądał się budowli.

Zamek nie był duży, a z góry widać było, że jest znacznie bardziej zrujnowany, niż się to wydawało na pierwszy rzut oka. Z warowni pozostała tylko część murów zewnętrznych. Łuk bramy trzymał się już tylko cudem. Na rozległym plateau majaczyły w zapadającym zmroku zarysy fundamentów różnych budowli. Część ocalałych ścian tworzyła lekkie półkole.

– Absyda – zidentyfikował Semen. – Czyli kaplica będzie tam. A krypta pewnie pod ziemią.

– Yhym. – Jakub zastanawiał się moment. – Musimy opracować plan, jak tu rozłupać tę ostrygę. Można wywalić kilka dziur, a potem wrzucić bomby napalmowe...

– Nie mamy napalmu – zauważył Piotruś.

– ...ale to niehonorowo. Nie ma to jak osobisty kontakt z przeciwnikiem. A i pogadać przed egzekucją trzeba, bo z tego wynika największa przyjemność, jaką ma łowca. Nie mówiąc już o tym, że przeciwnikowi trzeba dać choć minimalną szansę.

– Szansę? – zdumiał się Laszlo.

– Walimy dwie bomby w ten koniec – wskazał Jakub. – Opuszczacie maszynę, ja z prawnukiem wkraczamy do krypty i robimy porządek z hołotą.

Węgier popatrzył na sprowadzonego fachowca z mieszaniną podziwu i zgrozy.

– A jak wam się nie uda? – zapytał.

– No to nas pomścicie.

Jeszcze przez chwilę egzorcysta podawał szczegółowe instrukcje. Dwa ładunki pomknęły ze świstem w dół. W podłodze dawnej kaplicy powstała bardzo zachęcająca dziura. Kozak rozwinął drabinkę linową, Piotruś z pradziadkiem uczepili się, zaterkotały zębatki i obaj śmiałkowie zjechali komfortowo niczym windą prosto do gniazda wampirów.

Krypta była całkiem spora. Obiegała ją nawa ukryta za rzędem filarów. Pod ścianą umieszczono ołtarz, widocznie odprawiano tu nabożeństwa za zmarłych, a może tylko msze pogrzebowe?

Trumny stały niemal wszędzie. Niektóre umieszczono w otwartych sarkofagach, inne leżały na posadzce. Były wśród nich zarówno drewniane, jak i metalowe.

Jakub przełączył się na telepatię.

– Wyłazić, nieumarłe ścierwa! – ryknął. – Łowcy wampirów po was przyszli.

Wieka co najmniej dwudziestu trumien odskoczyły i wampiry, zaciekawione, usiadły.

– Jestem książę Mikozs. A tyś co za jeden? – Najstarszy wampir, z diademem na głowie, wstał godnie ze swojego sarkofagu i stanął naprzeciw gości.

Piękna srebrzysta broda i zetlały czerwony płaszcz upodabniały go do świętego Mikołaja, tylko w ręce nie trzymał pastorału, a koszmarnie wyglądającą dzidę. Paskudne zacieki na brodzie odbierały mu wiele uroku.

– Jakub Wędrowycz, egzorcysta. – Przybysz wypiął dumnie pierś. – A to mój prawnuk Piotruś, też łowca. Proponuję, żebyście położyli się rzędem. Tak będzie łatwiej, no i mniej boleśnie. Załatwimy was szybko i sprawnie.

– On? – Książę, ignorując drugą część wypowiedzi Jakuba, popatrzył na chłopca i wyszczerzył zębiska. – Bez żartów, ten dzieciak ma z jedenaście lat. Nie może być łowcą. Za młody, za słaby, nawet z zaskoczenia nie dałby rady najlichszemu wampirowi!

– A tę znacie? – Chłopiec wyłowił spod kurtki czaszkę swojej niedawnej przyjaciółki i puścił, żeby potoczyła się po podłodze. – I silna była, i podstępem mnie wzięła, i uciec nie miałem jak. I ot co z niej zostało...

– Greta! – stary książę ryknął, aż ze ścian sypnął się kurz. – Wy wszawe pokurcze! Słowiańskie śmiecie! Załatwiliście moją ukochaną wnuczkę!

– Nie myśmy załatwili, tylko ja załatwiłem – prychnął Piotruś. – Samodzielnie. A należało jej się podwójnie, chciała ze mną uprawiać seks! Pedofilia to przestępstwo!

– Będziecie umierać przez tydzień! – syknął wampir. – Co ja mówię, przez miesiąc! Będziecie modlić się o szybszą śmierć. Wywleczemy z was flaki centymetr po centymetrze! Połamiemy każdą z kości, które macie w środku! W rany nasypiemy soli i pieprzu! Wyrwiemy...

– I wieś ta stanie się naszym grobem – uzupełnił Jakub z ponurym grymasem.

– Skąd wiesz? – Wampir popatrzył na niego podejrzliwie. A potem wzruszył ramionami. – Brać ich!

Nieumarli i nieumarłe wyskoczyli z trumien jak diabliki z pudełek.

– Teraz, Semen, odpalaj – szepnął Jakub w słuchawkę telefonu, złapał prawnuka, rzucił się na podłogę i przetoczył za masywną granitową chrzcielnicę.

Sterowiec opadł nie więcej niż dwa metry, tylko tyle, by przednie karabiny maszynowe gondoli znalazły się na wprost dziury. Ponury huk wstrząsnął murami. Oba kulomioty okryły się całunem pary. Dwa tysiące posrebrzonych zeszłej nocy pocisków pomknęło w głąb kaplicy, gruchocząc pozostałości ławek, sarkofagi, trumny i resztę wyposażenia. Zaledwie kilka wampirów zdążyło uskoczyć i schronić się w bocznej nawie. Semen, niczym Rambo, wyrwał z gniazda jeden karabin, zeskoczył na ziemię i ciągle strzelając, ruszył w ich stronę. Po chwili jakiekolwiek ślady życia w krypcie ostatecznie zanikły.

– Pracowita nocka była. – Jakub otarł pot z czoła.

A potem ruszył w obchód po lochu. Zaglądał do wszystkich zakamarków. Jeden wampir jeszcze się ruszał, został dobity ciosem w kark. Gdzieś z chrzęstem odpadła ze ściany kamienna płyta.

– Ale ekstra, całkiem jak w Matriksie – zachwycił się Piotruś, patrząc na łuski walające się wokoło.

– W czym? – Jakub jednym strzałem zdjął wiszącego na ścianie nietoperza.

– To ja rozumiem! – zachwycił się Węgier. – Ale daliśmy czadu. Dwadzieścia sekund i po wszystkim. To jest sprawność, to jest fachowość. To jest jakość usług płynąca z doświadczenia! Chylę czoła przed wami. W życiu czegoś takiego nie widziałem. Kiedyś było trzeba kilku łowców na wampira, bywało całą wsią szliśmy po jednego, a teraz w czterech...

– No, niby tak – zgodził się Jakub bez przekonania. – Ale jednak nowoczesna technika zabija cały siermiężny urok naszego starożytnego zawodu.

Zapadał ciepły letni zmierzch. Silny wiatr gnał ich na południowy wschód.

– A gdyby tak dodać gazu i ustawić sterowiec bardziej bokiem? – zasugerował Jakub. – Ten wicherek nie jest zbyt mocny, poradzimy sobie z nim.

– Nie ma sensu tracić paliwa na walkę z wiatrem. – Semen pokręcił głową. – Zniesie nas trochę, może aż nad Mołdawię, ale potem skorygujemy kurs i polecimy na południe.

Pod nimi ciągnęły się piękne dzikie góry. Od czasu do czasu w dolinie czerwieniały dachy domostw niewielkiego miasteczka. Piotruś wyjął sekstans ze skrzynki, zmierzył wysokość słońca nad horyzontem, sprawdził, która jest godzina, i podstawił uzyskane wartości do tabeli.

– Jesteśmy nad Siedmiogrodem – zameldował.

– Czyli Rumunia – wyjaśnił Semen Jakubowi.

– Tu już byłem – burknął egzorcysta. – Nie podobało mi się. Choć alkohol robią niezły i tani. – Popadł w zadumę. – To kraina wampirów, nie będziemy lądować. – Popatrzył spod oka na towarzyszy.

– Oczywiście, że nie – zapewnił Semen. – Zwłaszcza że noc już zapada.

– Popatrzcie, jakie fajne ruiny zamku! – Piotruś wskazał wieże majaczące na horyzoncie. – Może sobie jednak pozwiedzamy?

– Ty nie bądź taki turysta – warknął pradziadek. – Zamek to sobie możesz i w Sielcu, niedaleko Wojsławic, obejrzeć. Blisko i bezpieczniej... Drugi jest w Krupem. A i u nas był, ale rozwalili jeszcze w czasach Napoleona.

– I odpukaj w niemalowane drewno – syknął kozak. – Spada ciśnienie wodoru w balonie – zauważył.

– Do diabła! Grozi nam przymusowe lądowanie? – zaniepokoił się Jakub.

– Raczej nie, ale warto by niebawem uzupełnić zapas gazu. Zresztą paliwa i smarów też.

Słońce powoli osunęło się za horyzont. W zapadającym półmroku podróżnicy ujrzeli stado nietoperzy zbliżające się do sterowca.

– Nie podoba mi się to – mruknął egzorcysta. – Zamknijcie dokładnie wszystkie lufciki. Trzeba... – Ruszył w stronę karabinów.

W tym momencie nagle dociążona gondola zaczęła gwałtownie opadać.

– Nie radzę – rozległ się głos za ich plecami.

Obejrzeli się. Na końcu pokładu stał wysoki, przeraźliwie blady mężczyzna z automatem Kałasznikowa w dłoni. Czarny płaszcz łopotał na wietrze. Obok niego z cichym sykiem zmaterializował się kolejny podobnie wyglądający typek. Balon runął w dół jeszcze szybciej, ale nowy przybysz szarpnął wajchą, uwalniając część balastu, i zapobiegł katastrofie.

– Mam na imię Nicolae. – Ten pierwszy ukłonił się grzecznie. – Jestem majordomusem pobliskiego zamku. Miło mi powitać trójkę tak wspaniałych łowców na rumuńskiej ziemi. Mefiu, byłeś werkmajstrem na sterowcach – zwrócił się do swojego towarzysza. – Potrafisz poprowadzić ten model?

– Naturalnie, to technologia kradziona z niemieckiej, urządzenia wyglądają bardzo podobnie.

– Kradziona?! – ryknął Semen. – Chyba was pogięło! To Niemcy kradli przez całe stulecia nasze rosyjskie wynalazki! Cały zachodni postęp od wieków opiera się na plagiatowaniu rosyjskiej myśli technicznej!

Jakub ocknął się z szoku i sięgnął do plecaka, gdzie przechowywał kuszokołkownicę.

– Proszę nie robić głupstw. – Krwiopijca wycelował w niego karabin. – Nie macie najmniejszych szans ucieczki.

Piotruś spojrzał przez okno. Wokół latała cała chmara nietoperzy, inne usiadły na linkach mocujących gondolę do balonu. Przełknął ślinę, na karku poczuł zimny pot.

– No to jesteśmy udupieni – szepnął.

– Jesteście udupieni – przyznał wampir z automatem.

– Dobrze – mruknął Jakub. – Widzę, że nieźle was wyszkolili, transformacja w nietoperza obejmująca nie tylko ubranie, ale nawet broń. Trudne pierońsko, czyli musicie być inteligentni. To może się jakoś dogadamy? Na przykład wy puścicie nas wolno, a my darujemy wam życie...

– Przykro mi. Książę Vlad nakazał sprowadzić was do zamku żywych lub martwych i bez względu na straty własne, więc żadne targi nie wchodzą w grę.

– Książę Vlad. Znaczy się po naszemu hrabia Dracula? – upewnił się Piotruś.

– Nasz władca nie lubi tego określenia, woli przydomek Palownik – wyjaśnił z godnością Nicolae.

– Zamek pod nami – zameldował Mefiu. – Wysokość dwieście metrów. Opuszczam zeppelina.

– Steruj na północny dziedziniec. – Nicolae popatrzył przez okno. – Nasi już czekają.

– Zrób coś – syknął Semen do Jakuba.

Egzorcysta uczynił nieznacznie krok w lewo. Wampir, nie oglądając się nawet, pociągnął za spust. Pocisk z kałacha przedziurawił manierkę wiszącą przy pasku Jakuba, a potem wbił się w koję.

– Opór nie ma najmniejszego sensu – powiedział porywacz. – Stąd nikomu nie udało się uciec.

– A ten facet, co go Stocker opisał w swojej książce? – zapytał chłopiec.

– To tylko fikcja literacka.

Piotruś, choć nieco przestraszony sytuacją, podziwiał zamek, ku któremu się opuszczali. Wysokie, poharatane mury szczerzyły zęby blanek. Strzeliste wieże patrzyły czujnie zakratowanymi oknami. W dzień z pewnością warownia wyglądała znacznie mniej ponuro. Gondola rąbnęła o ziemię, aż szyby w oknach zabrzęczały.

– Ma się wprawę. – Mefiu uśmiechnął się, prezentując długachne zębiska. – Nie zapomniałem.

– Wysiadka. – Jego towarzysz wskazał lufą drzwi. – Ścisła rewizja! – rzucił do czekającej na dziedzińcu ekipy.

Kilka wampirów w gumowych rękawiczkach i maskach przeciwgazowych zręcznie spenetrowało kieszenie i zakamarki ubrań trójki Polaków. Wszystkie skonfiskowane przedmioty leciały do sporej skrzynki.

– Po co im te maski? – zdumiał się Piotruś.

– Czosnek wywołuje u nas bardzo silną reakcję alergiczną. A rękawiczki są na wypadek, gdybyście mieli wyroby ze srebra – wyjaśnił Nicolae. – Sprawdźcie jeszcze wykrywaczem metalu – polecił rewidującym.

Po chwili stosik w skrzynce wzbogacił się o linki hamulcowe, wydobyte ze szwów ubrań, oraz bagnet i granat, schowane w cholewie Jakubowego gumofilca.

– Czyści – zameldował jeden ze strażników. – W przenośnym sensie, oczywiście...

– Że się człowiek raz czy drugi nie umyje, to jeszcze nie znaczy, że brudas – warknął Jakub.

– Zapraszamy na pokoje. – Majordomus skłonił się i wskazał gościnnie uchylone drzwi prowadzące do jakiegoś rzęsiście oświetlonego pomieszczenia.

Sala balowa zrobiła wrażenie nawet na Jakubie. Ściany wzniesiono z nagiej cegły, surowa kamienna posadzka została wygładzona przez miliony stóp. Grube dębowe belki stropowe poczerniały ze starości. Złocone kandelabry płonęły setkami świec. Stoły nakryte obrusami uginały się od jadła. W powietrzu unosiła się woń pieczonego mięsiwa, wina, rozgrzanego wosku oraz zetlałych ubrań, które przez wiele stuleci spoczywały wraz ze swoimi właścicielami w trumnach. Wampirów było kilkadziesiąt. W głębi sali, na podwyższeniu, siedział ciemnowłosy mężczyzna. Na ich widok wstał z bogato zdobionego fotela. Ubrany był w coś, co Piotrusiowi wydało się żupanem.

– Ha! – ryknął. – Oto jeden z najpiękniejszych dni w moim życiu. Nareszcie wpadł w me ręce sam Jakub Wędrowycz, egzorcysta, na którego ponoć nie ma mocnych...

– Przynajmniej do tej pory. – Jakub skłonił głowę. – Świetnie mówi pan po polsku, panie Dracula. Niech zgadnę, szlifował pan nasz piękny język, żebrząc na Dworcu Centralnym w Warszawie?

Po sali przebiegł szmer zgrozy. Ale książę tylko się roześmiał.

– Myślałeś, że mnie sprowokujesz i dzięki temu zginiesz natychmiast? – parsknął. – Bez obawy, niewolniku. I tak zgładzimy was szybko i prawie bezboleśnie.

– To nie na palach? – zdziwił się Piotruś.

– Nie. Drewno deformuje ciało, a ja mam co do waszych zwłok inne plany. Ale to dopiero przed świtem. A na razie cieszcie się ostatnim balem w życiu.

Klasnął w dłonie. Muzykanci, ukryci dotąd we wnęce, zaczęli rzępolić na skrzypcach.

– Zapraszamy do stołu. – Nicolae wyrósł jak spod ziemi. – Jedzcie, pijcie i bawcie się... Aż do rana.

– No, napić się zawsze można – przyznał Jakub. – Choć z drugiej strony, sam nie wiem, zdrowie nieboszczyka mamy pić? – Łypnął na księcia.

– A i potańczyć po raz ostatni nie zawadzi. – Semen spojrzał na kilka bladolicych kobiet.

Usiedli przy stole. Jakub przerzucił z półmiska na talerz golonkę, Semen wolał podelektować się pieczoną gąską. Piotruś wcinał pizzę z salami. Jedzenie było bardzo dobre. Wampiry też zajęły miejsca i jadły z apetytem. Nicolae kręcił się między stołami, w dużym wiklinowym koszu roznosił butelki.

– Może winka? – zaproponował podróżnikom. – Mam tu na przykład Bordeaux rocznik 1812. Winogrona zrywano, gdy wokół winnicy toczyła się zażarta bitwa, ponoć czuje się w nim zapach prochowego dymu...

– Poproszę Saint Brieuc rocznik 1863 – polecił Semen. – Bardziej będzie pasowało do gęsiny.

– A jest coś mocniejszego? – zainteresował się Jakub. – I nie tak wykwintnego. Jako prosty człowiek ze wsi przywykłem do prostych trunków.

– Mamy mołdawski „koniak", tegoroczny.

– To poproszę.

Stuknęli się kieliszkami.

– Dobra – mruknął Jakub do Semena. – Mamy dwa zadania. Po pierwsze, uratować tyłki, po drugie, wytłuc tę hołotę do nogi. A może nawet odwrotnie, wykończenie gadzin jest ważniejsze niż dbanie o nasze zady.

– Weto – burknął kozak. – Tyłki uratować musimy, bo przecież jedziemy do Egiptu pomóc mojemu wnukowi.

– Faktycznie, prawie zapomniałem – przyznał egzorcysta. – Z drugiej strony, sam nie wiem, on jest jeden, a likwidując to gniazdo, wybawimy setki ludzi.

– Oż cholera! – Jego kompan rąbnął pięścią w stół. – To jakieś Rumuny, których nawet nie znasz, są dla ciebie ważniejsze niż wnuk najlepszego przyjaciela?

– Fakt. Przepraszam. – Wędrowycz położył uszy po sobie. – W takim razie ratujemy siebie, jeśli i ich przy okazji wykończymy, to dobrze, ale priorytetem będzie od tej chwili dotarcie do Egiptu.

– Tylko czy to w ogóle możliwe? – bąknął Semen. – Nie mamy broni. Nie mamy sojuszników.

– Najlepszym sojusznikiem człowieka jest jego rozum. A tego nigdy mi nie brakowało.

Kozak, słysząc to buńczuczne zapewnienie, lekko pobladł. Naraz poczuł, że życiowy optymizm go opuszcza.

– Broń niby jest – zauważył Piotruś. – Można przerobić butelki na tulipany.

– Samym szkłem ciężko zarżnąć wampira – odparł Jakub. – Zwłaszcza niepoświęconym. Mamy sterowiec... To może być świetna broń, o ile uda nam się go wysadzić w powietrze. To w końcu ponad tysiąc metrów sześciennych wodoru, powinno zamek zdmuchnąć z powierzchni ziemi.

– Niezupełnie – odparł Semen. – Wodór jako taki będzie się po prostu palił. Żeby wybuchło, trzeba by główny balon dopompować czystym tlenem. Dopiero mieszanka w odpowiednich proporcjach jest wybuchowa jak diabli.

– Palił... Da temperaturę na dziedzińcu rzędu tysiąca stopni Celsjusza – kalkulował egzorcysta. – To wystarczy, żeby puścić warownię z dymem. Podczas pożaru będzie łatwo w zamieszaniu wywiać, ale i większość wampirów zdoła uciec.

– Też nie. – Piotruś pokręcił głową. – Po pierwsze, to się wypali bardzo szybko, po drugie, te mury są zbudowane z kamienia. Wytrzymają. Trzeba coś innego pilnie wymyślić, bo czasu coraz mniej.

Orkiestra zmieniła muzykę na bardziej taneczną. Większość gości przyjęcia, podjadłszy, wstała od stołów. Jedne wampiry tańczyły z damami, inne snuły się po sali, plotkując, pijąc wino lub oglądając obrazy.

– Pora się tu trochę rozejrzeć. – Jakub odsunął talerz, na którym została tylko ogryziona kość. – I pogadać z naszym gospodarzem, jak tego grzeczność wymaga.

Ruszyli. Na ścianach pyszniły się malowidła przedstawiające najbardziej chwalebne czyny rumuńskiego oręża. Wisiała tu także niezła kolekcja broni, zarówno miejscowej, jak i zdobytej w walkach z Turkami. Podróżników zaswędziały palce, niestety, eksponaty zawieszono ciut za wysoko.

– Ty popatrz, jakaś znajoma gęba. – Jakub wskazał jeden z portretów. – Wygląda zupełnie jak ten, któregośmy zeszłej nocy zaciukali.

– Tak, tak, doniesiono mi już o tragicznej śmierci mego kuzyna księcia Mikozsa – powiedział Dracula, podchodząc do nich z kieliszkiem szampana w ręce. – Swoją drogą, zaskoczyliście mnie. Wprawdzie nie był wampirem wysokiej klasy – uśmiechnął się skromnie –

ale nie sądziłem, że ktokolwiek jest w stanie wybić jego klan do nogi.

– Jakoś się udało – mruknął Piotruś. – I nie boi się pan nas tak gościć?

Vlad ryknął śmiechem.

– A czego niby mam się bać? Jesteście w moim ręku, bez broni, a ja mam tu setkę sług i przyjaciół. Wystarczy, że strzelę palcami, i zostanie z was confetti.

– A tak właściwie to po co te ceregiele? – zainteresował się Semen. – Zamiast dać nam w łeb i do piachu...

– Bo dzięki tej małej zwłoce w egzekucji będę się mógł chwalić innym wampirom, że jako jedyny piłem ze słynnym Jakubem Wędrowyczem i przeżyłem.

– To się jeszcze zobaczy... – odparł egzorcysta.

W kącie sali, na niskim postumencie, stały trzy dębowe trumny wyściełane czerwonym aksamitem. Dwie duże i jedna nieco mniejsza.

– Yyyy... – Piotruś nerwowo przełknął ślinę.

– Tak, to dla was – potwierdził książę.

– A te dziury w dnie po co? – zdziwił się kozak.

– Przy procesie mumifikacji solą wydziela się dużo płynów – wyjaśnił książę. – A otwory pozwalają się ich pozbywać na bieżąco.

– Mumifikacji? – zdumiał się egzorcysta.

– Ach, racja, przecież nie pokazałem wam głównego eksponatu mojej kolekcji. – Vlad Palownik uśmiechnął się szeroko. – Pozwólcie za mną.

We wnęce obok podium z tronem wisiały na rzeźnickim haku wyschnięte zwłoki. Nieboszczyk ubrany był w zniszczony przez działanie soli skórzany płaszcz i białą niegdyś koszulę z żabotami. Talię mężczyzny opinał szeroki góralski pas, przy którym z jednej strony wisiał kord w skórzanej pochwie, a z drugiej, widać dla równowagi, zaczepiono na zawleczkach dwa granaty. Ich skorupy lśniły jak polerowane.

– Twarz tego kolesia wydaje mi się znajoma – zauważył Wędrowycz. – Zaraz, chyba film o nim był, plakat na domu kultury widziałem.

– Zawsze balsamuję i wypycham moich największych wrogów. To Arminius Vamblery alias Abraham van Helsing – potwierdził Dracula. – Interesujący typek. Ambitny, inteligentny, ale oczywiście wampirowi nie podskoczy.

Jakub zachichotał w duchu, wiedział dobrze, że Palownik złapał nie prawdziwego van Helsinga, ale jednego z jego marnych naśladowców.

– Piękne zdobienia, prawie jak huculskie. – Egzorcysta pochylił się, by obejrzeć tłoczenia pasa, a potem jednym nagłym ruchem wyciągnął kord nieboszczyka z pochwy i objąwszy wampira od tyłu, przystawił mu ostrze pod brodę.

Klinga zabłysła oślepiającą bielą najlepszego srebra. Nicolae już biegł przez salę, ale widząc, że Piotruś i Semen odczepili oba granaty i nawet wyrwali zawleczki, zahamował gwałtownie na śliskiej kamiennej posadzce.

– Czyś ty oszalał? – syknął Dracula. – Co ty wyrabiasz? Stu moich ludzi tu stoi.

– A wiesz, cwaniaczku, co teraz zrobię? – warknął stojący obok Semen. – Spuszczę ci spodnie i wpakuję ten granat przez dziurę w zadku, a twoi kolesie mogą się co najwyżej na to gapić.

– I co ci po setce ochroniarzy, jak mój pradziadek zrobi ci zaraz tracheotomię srebrnym ostrzem – dodał Piotruś. – Może nas potem zabiją, ale ciebie już między nimi nie będzie...

„Fajne słowo" – pomyślał Jakub. „To trachniecoś-tam. Trza zapamiętać".

A głośno powiedział:

– Proszę o uwagę!

Muzyka zamilkła. Wszyscy patrzyli z niedowierzaniem na władcę, który zadarłszy wysoko brodę, usiłował unikać kontaktów skóry z klingą.

– Mamy zakładnika! Jeśli będziecie coś kombinowali, moi kompani najpierw rzucą granatami. Potem dopiero, gdy książę nacieszy się widokiem waszej agonii, przyjdzie kolej na niego. A teraz prosimy o wolną drogę do drzwi i sterowca.

– Panie? – majordomus zwrócił się do Vlada.

– Róbcie, co każe ten wariat – wycharczał wampir.

Widać było, że trzęsie się ze strachu. Goście rozstąpili się potulnie. Egzorcysta ruszył przodem wraz z jeńcem, Piotruś i Semen ubezpieczali tyły.

– Oszaleliście – jęczał Dracula. – Jesteście w moim ręku, otoczeni, tak się nie robi...

– Jakbyś poczytał sobie w życiu trochę książek, wiedziałbyś, że Pizarro w podobny sposób załatwił Atahualpę. – Piotruś uśmiechnął się z wyższością.

– Kurde – zdziwił się Jakub. – Ja tego nie czytałem, a tak ładnie dopasowałem sytuację do historii? Czyli jednak miałem rację, że nie warto z książek czerpać wiedzy...

Wskoczyli do gondoli, zatrzaskując za sobą drzwiczki. Chłopiec, zwolniwszy część balastu, zapuścił oba silniki.

Sterowiec oderwał się od ziemi i pomknął w górę, ku rozgwieżdżonemu niebu.

– I tak wam się nie uda – warknął książę. – Dokąd niby chcecie uciec? Na co liczycie?

– Na przepustkę do raju i nieśmiertelną sławę, jak wszyscy terroryści biorący zakładników – odparł Jakub. – Nawet nie próbuj się transformować. – Dźgnął jeńca pod brodę.

– Dobra, dobra...

Pozostałe na dziedzińcu wampiry zaczęły się już przekształcać w nietoperze i wzbijać do lotu.

– W powietrzu czy na ziemi, zawsze podążą za mną moi słudzy. – Dracula uśmiechnął się drapieżnie. – Za chwilę podziurawią balon nośny i tyle...

– Takimi maciupkimi ząbkami i pazurkami? – zakpił chłopiec. – Chyba nigdy w życiu nietoperza z bliska nie widziałeś...

– Semen! Cały azotan srebra do zbiornika na wodę balastową! – rozkazał Wędrowycz.

– Cały? – zdumiał się kozak. – Przecież to prawie pięć kilogramów!

– Rób, co mówię.

Stary przyjaciel posłusznie wykonał polecenie.

– Piotruś, podnieś zeppelina w górę. Na trzy tysiące metrów. Jak się nie odczepią, cztery.

– Tak jest!

Nietoperze zostały w dole, na tej wysokości było dla nich za zimno.

– Nie uda wam się – syknął Dracula. – Nie tacy próbowali. Ta wieś stanie się waszym grobem.

– Dobra, dobra, wampirku – odparł Jakub. – Może się i nie uda, ale przecież spróbujemy. Semen? Przygotuj się. Wszystkie bomby w zamek. Albo zostaw kilka – zreflektował się. – Mogą być jeszcze potrzebne.

Kozak popatrzył w celownik i położył dłoń na wajsze luku bombowego.

– Kurs dwa stopnie w prawo – rzucił.

Piotruś delikatnie zakręcił kołem sterowym.

– Zdewastujecie mi dom! – ryknął wampir. – To zabytek klasy zero, bezcenna spuścizna i perła rumuńskiej architektury!

Bomby pomknęły w cel.

– Dobra, podłącz rozpylacz do cysterny i uruchom.

Po chwili pod sterowcem pojawiła się chmura toksycznej zawiesiny. Powolutku opadała ku ziemi. Całe stado nietoperzy zapłonęło niemal jednocześnie. Miotały się, usiłując uciec przed zabójczym oparem, ale mgła była zbyt rozległa. Nieliczne podjęły próbę ucieczki w dół, ale tam właśnie wybuchły bomby zapalające. Noc zamieniła się w dzień.

– Niezły pogrom – ocenił Piotruś. – Uratowało się nie więcej niż dziesięć procent.

– To broń masowej zagłady, zakazana wszystkimi konwencjami międzynarodowymi... – syknął Vlad. – To zbrodnia wojenna! Odpowiecie za to, wy mordercy!!!

– Dzięki za przypomnienie. – Jakub jednym pociągnięciem uciął mu głowę i przerzucił zewłok przez reling.

Jeszcze przez moment krew i fragmenty tkanki żarzyły się na powierzchni ostrza, a potem zgasły. Odetchnęli z ulgą.

– Uhetałem się. – Egzorcysta otarł pot z czoła. – Wszystkich pewnie nie wytłukliśmy, ale zastanowią się dwa razy, zanim znowu fikną komuś o nazwisku Wędrowycz. Teraz spływamy, zanim nas tubylcy posadzą za niszczenie zabytków. Ale golonkę mieli świetną – westchnął. – Dawno takiej dobrej nie jadłem.

– A i wina szkoda – zawtórował mu Semen. – Pewnie się potłukło, jak zrzuciliśmy bomby... Kurs na zachód – rzucił do Piotrusia. – Kierunek Bułgaria.

– Na wczasy? – zdziwił się chłopak. – Nie mamy czasu...

– Świt już blisko – zmienił temat egzorcysta. – Czas na podkurek... Zjedzmy coś.

Kozak wyciągnął zza pazuchy zaiwanione gęsie udko i zaczął je obgryzać. Jakub z cholewy gumofilca wydobył piersiówkę z jakimś rumuńskim produktem i pęto kiełbasy, odłamał kawał dla prawnuka i sam też się posilił.

Gdzieś daleko za nimi szkarłatna łuna znaczyła miejsce, gdzie wandale z Polski zniszczyli bezcenny rumuński zabytek.

Samolot zatoczył lekki łuk i osiadł na szosie.

– No, no, całkiem nieźle – powiedział Lenin, zeskakując na asfalt.

– Hy, hy, ma się wprawę – zarechotał Bardak. – Wprawdzie od wojny nie latałem, ale tego się nie zapomina... Dlaczego sądzicie, że on tu jest?

– Bo zapewne tak jak my leci najkrótszą drogą prosto na południe, do Egiptu. Nie zapominajmy, że to znany podpalacz i morderca – rzekł wódz. – A ten dym widać z odległości dobrych czterdziestu kilometrów.

– Myślę, że ma co najmniej kilkanaście godzin przewagi. – Krwawy Feliks popatrzył na wznoszący się nad zamkiem obłok. – Chyba nie ma się co tam pokazywać... Strasznie dużo miejscowej policji się tu kręci.

Strażacy ciągle jeszcze penetrowali ruiny.

– Do licha – powiedział Izydor z mimowolnym szacunkiem w głosie. – Od dawna wiedziałem, że ten człowiek to wcielony demon zniszczenia, a tu widzę, że to, co wyrabiał u nas we wsi, to pikuś w porównaniu z tym, co wyczynia, jak się naprawdę zerwie z łańcucha... Ciekawe, dokąd poleciał.

Słaby jęk dobiegający z krzaków przykuł ich uwagę. Lenin i Dzierżyński zaczęli myszkować po chaszczach i po chwili natrafili na niewielką niszę w ścianie skalnej.

– U, la, la – mruknął Krwawy Feliks. – Wampir ani chybi.

– Skąd wiesz? – zdumiał się Lenin. – Przecież wampirów nie ma!

– Mieliśmy kilka takich na Łubiance. Wpadły nam w ręce po rewolucji. Sądziłem, że da się z nich zrobić komunistów, posiadały odpowiednią krwiożerczość. Niestety, arystokratyczne pochodzenie zbyt skutecznie zaimpregnowało ich mózgi, nie dali się przekonać o wyższości ideologii marksistowskiej, no i trzeba było reakcjonistów zakołkować. – Znacząco przeciągnął dłonią po gardle.

– Dlaczego nic o tym nie wiem?

– Bo prezentacja pierwszych wampirów-komunistów miała być prezentem na twoje urodziny, a że się nie udało, to wstydziłem się przyznać, że daliśmy plamę...

Wódz patrzył na dogorywającą istotę. Ciało zachowało z grubsza formę człowieka, tylko u ramion wisiały poszarpane błony lotne, jak skrzydła nietoperza. Skóra naznaczona była dziesiątkami ran ciętych i rozległymi polami zwęglonej tkanki.

– Wygląda, jakby ktoś go polał płonącą naftą, a potem zrzucił z bardzo dużej wysokości - ocenił. – Fiedia, przesłuchaj go, tylko ostrożnie, żeby nie wykitował, zanim złoży zeznania.

– Imię, nazwisko! – ryknął Feliks, kopiąc wampira w żebra. – Gadaj, ścierwo!

Trzasnęły łamane kości.

– Nicolae Ceauşescu...

– Zawód?

– Sekretarz generalny Komunistycznej Partii Rumunii, obecnie majordomus księcia Vlada Palownika zwanego Draculą...

Obaj rewolucjoniści zamarli.

– Czyli da się zrobić z wampira komunistę. – Włodzimierz Iljicz poskrobał się po wciąż jeszcze łysej czaszce. – Dlaczego w takim razie wam się nie udało? Za mało się przykładaliście! – Oskarżycielskim gestem wycelował palec w Feliksa.

– Bo tu było chyba odwrotnie. – Dzierżyński zadumał się głęboko. – Najpierw był komunistą, a potem został wampirem. Popełniliśmy błąd wtedy, w 1918 roku. Trzeba było użyć tych arystokratycznych krwiopijców jako swojego rodzaju stada zarodowego i infekować wampiryzmem towarzyszy, którzy już byli zagorzałymi marksistami. No trudno. Tego się już nie naprawi. Kontynuujmy przesłuchanie.

– Zdradziłeś klasę robotniczą! – Lenin kopnął wampira, gruchocząc mu kolejne żebra.

– Czekaj. – Krwawy Feliks powstrzymał go gestem. – Sam mówiłeś, że ma dożyć końca przesłuchania, więc zostaw sprawę fachowcowi. Rozumiem twoje wzburzenie, ale tu potrzeba profesjonalisty...

– Przepraszam – bąknął Włodzimierz Iljicz.

– Co tu się stało? – Dzierżyński wyjął z kieszeni obcęgi i jednym ruchem przyciął leżącemu ucho.

– Wędrowycz... – zaczął wampir i stracił przytomność.

– No, zaczyna mówić z sensem! – Wódz zatarł dłonie. – Docuć go. Może jeszcze coś z niego wydusimy.

– Już się robi. – Jego towarzysz wlepił wampirowi kopniaka w przyrodzenie. Majordomus z jękiem otworzył oczy.

– A więc Wędrowycz rozwalił wam zamek, ciebie załatwił jak wieprzka w rzeźni i gdzie jest teraz?

– Księciu głowę uciął – wychrypiał.

– Odpowiadać tylko i wyłącznie na pytania! – Feliks celnym ciosem wybił mu oba kły.

– Polecieli – wychrypiał. – Jeszcze nocą. Na zachód... Nie wiem dokąd.

– Wystarczy. – Krwawy Feliks złapał wampira za nogi i wywlókł z groty. Słoneczko po chwili zrobiło co trzeba.

– Dużo nie powiedział – mruknął wódz.

– Ale i to cenne. – Dzierżyński wzruszył ramionami. – Sądziliśmy, że leci prosto do Egiptu, a tymczasem skręcił na zachód.

– I co to oznacza?

– Albo mu się kończy paliwo, albo smar, albo wodór, albo ma jakieś defekty urządzeń wymagające naprawy. Zrobił korektę kursu i gna do Bułgarii.

– Ale po co? – Lenin wytrzeszczył oczy.

– W czasie pierwszej wojny światowej była tam baza sterowców. Myślę, że chcą uzupełnić braki i zrobić przegląd. Sterowce to potęga. Pamiętam, jak w latach dwudziestych Niemcy zorganizowali regularne połączenia z Ameryką, teraz pewnie setki linii lotniczych są przez nie obsługiwane. Baza wojskowa z czasów pierwszej wojny światowej na pewno zdążyła się rozrosnąć do rozmiarów ogromnego międzynarodowego portu lotniczego. A miejsce z takimi tradycjami z pewnością dba o najwyższy możliwy poziom usług.

– Hm... – zamyślił się Lenin. – Powiedz no, mój drogi, ile sterowców widzieliśmy po drodze? Albo nad Warszawą?

– Eeee...

– A ile samolotów?

– No, trochę ich było – przyznał. – Sugerujesz, że zeppeliny są dziś rzadkością? To chyba niemożliwe. Cały przemysł lotniczy i przewóz pasażerski się na nich opierały. To przecież najlepszy i najtańszy środek transportu... Nie mogli z niego ot tak zrezygnować.

– Kto ich tam wie, kopanych burżujów. Może stać ich, żeby się samolotami po świecie rozbijać. Tak czy inaczej, trzeba tę bazę w Bułgarii sprawdzić.

– Mamy problem – powiedział Semen, patrząc na manometr. – Cały czas tracimy gaz.

– Powłoka zetlała przez te wszystkie lata – zauważył Jakub. – Nic dziwnego, że przepuszcza. Żaden impregnat nie będzie trzymał w nieskończoność.

– To swoją drogą, ale myślę, że tym razem nie chodzi o powłokę. – Kozak pokręcił głową. – Jak lądowaliśmy na zamku Draculi, musieli dranie spuścić część wodoru i uszkodzili jeden z zaworów. Tamtędy się ulatnia. Tak to jest, jak się dyletanci dorwą do precyzyjnej maszyny...

– I co robimy? Damy radę sami to uszczelnić?

– Niby tak, wystarczy zaczopować wylot, ale to doraźne rozwiązanie. Potrzebujemy tych zaworów do regulacji wysokości i stabilizacji przy starcie i lądowaniu...

– W takim razie trzeba rozejrzeć się za jakimś hydraulikiem czy mechanikiem – podsunął Jakub.

Przez następną godzinę lecieli nad dziwnie pustą połacią kraju. Okolica była jakby zamieszkała. Od czasu do czasu widzieli stada owiec czy drogę o dziurawej nawierzchni. Minęli także dwie wioski leżące w górskich dolinach, ale nigdzie nie wypatrzyli choćby najprostszego warsztatu.

Piotruś wdrapał się na czaszę i zaczopował wylot, zmniejszyło to ubytek gazu, ale balon faktycznie z godziny na godzinę robił się coraz mniej sterowalny.

– Popatrzcie, co wy na to? – Egzorcysta, lustrujący okolicę przez lornetkę, wskazał im grupę ludzi na przełęczy. – Tabor cygański ani chybi! Jaki wielki! Ze trzydzieści wozów.

– Hm... Cyganie, trzeba uważać na portfele. – Semen złapał się odruchowo za kieszeń.

– Przesadzasz – burknął Jakub. – Ale dobrze się składa, bo właśnie cygański kotlarz jest nam potrzebny. Lądujemy.

Zatoczyli łuk. Mieszkańcy obozowiska pomachali im wesoło. Z góry wszystko wyglądało bardzo kolorowo. Prawdopodobnie akurat był dzień przepierki, bo wzorzyste suknie łopotały na sznurach między wozami. Wśród zdezelowanych samochodów ganiały dzieci i psy. Kobiety gotowały coś w kociołkach zawieszonych nad ogniskami.

– Jest – mruknął egzorcysta, który wyraźnie czegoś wypatrywał. – Ląduj na tej łączce po lewej.

– Co? – naburmuszył się kozak.

– Kotlarz! Prawdziwy cygański fachowiec od lutowania kotłów i reperowania patelni, jakiego ja nie widziałem w Wojsławicach już dobre czterdzieści lat. Naprawi nam zawór!

– Na twoją odpowiedzialność...

Przerzucił wajchę i z trudem osadził aerostat na ziemi. Cyganie zbiegli się całą gromadą powitać nieoczekiwanych gości. Jakub znalazł kotlarza oraz taborowego bimbrownika, który znał tajny międzynarodowy język, a zatem mógł służyć za tłumacza. Rzemieślnik obejrzał mechanizmy i uznał, że zdoła to naprawić. Zaraz też na skraju obozowiska rozpalił ogień w przenośnym piecu, naszykował formy, młoty i kowadło.

– A mnie się ten pomysł i tak nie podoba – wycedził przez zęby Semen i ruszył pozwiedzać.

Piotruś mimo negatywnych doświadczeń sprzed kilku dni zaczął flirtować z Cyganeczkami, a one szybko go namówiły, by dał sobie powróżyć.

Powiodły więc chłopca do staruszki, która siedziała w namiocie, tasując na zdezelowanym stole talię starych, przetłuszczonych kart. Na widok klienta odłożyła je i wskazała mu miejsce na taborecie.

– Pokaż mi dłoń. – Mówiła po polsku niezbyt wyraźnie, ale zrozumiale.

Podał lewą rękę. Spojrzała na zdobiące ją linie.

– Uuuu... – westchnęła. – Dużo to ja ci nie powiem.

– Co się stało? – zaniepokoił się.

– Twoje przeznaczenie jest niezdeterminowane – nieoczekiwanie użyła fachowej terminologii. – Przyszłość większości ludzi jest zapisana raz na zawsze. A ty osiągniesz to, co zechcesz. Jesteś kowalem własnego losu. Jeśli cię wcześniej nie zabiją, zdobędziesz bardzo wiele albo stoczysz się nisko... Musisz na siebie uważać. Egipt nie jest zbyt przyjaznym miejscem. Ostrzą tam już na ciebie skalpel...

– Czy powiedzie nam się nasza misja?

Przetasowała karty i rozłożyła je.

– I tak, i nie – mruknęła. – W pewnym sensie zrealizujecie swoje plany, ale jednocześnie nie wszystko pójdzie po waszej myśli.

– A, tu jesteś! – odezwał się za plecami Piotrusia Jakub. – Jak chciałeś, żeby ci powróżyć, to trza się było do mnie zgłosić. – Błysnął zębami. – A zresztą, skoro już tu jesteśmy, to i ja skorzystam z okazji.

Usiadł przed staruchą i podał jej dłoń. Rzuciła tylko okiem w gmatwaninę linii i blizn, które ją zdobiły, i odruchowo przeżegnała się po trzykroć.

– Jedynym niebezpieczeństwem, jakie ci grozi, jest marskość wątroby – sapnęła. – Co do reszty, sam chyba wiesz, że czeka cię jeszcze długie, ciekawe i pełne przygód życie, a spędzisz je głównie w stanie głębokiego zamroczenia...

– Uf, a już się bałem, że impotencja się zbliża. Pora lecieć – zwrócił się do prawnuka. – Uszkodzenie naprawione.

– Szkoda, że tak szybko – westchnął Piotruś.

Ruszył za Wędrowyczem w stronę zeppelina. Zebrane wokół namiotu Cyganeczki odprowadziły go powłóczystymi spojrzeniami. Semen też już był na miejscu.

– I jak tam twój portfel? – zakpił egzorcysta.

– O dziwo, ciągle go mam – stwierdził kozak. – To widać taki wyjątek, który potwierdza regułę.

– I nawet nas tu nie zarżnęli. A co to za pakunek?

– A, to skórę z wilka kupiłem – pochwalił się Semen. – Ładna cholernie, a przy tym nie była droga. Startujemy?

– Jasne.

Zawór działał jak złoto. Po chwili byli już wysoko. Cygańskie obozowisko malało, aż wreszcie znikło za horyzontem. Semen rozłożył skórę na pryczy. Faktycznie prezentowała się rewelacyjnie. Słońce zaszło powoli.

Jakub polał do szklanek kupionego w obozie cygańskiego bimbru, zagryźli szaszłykami. Na niebo powolutku wypełzł okrągły, pyzaty księżyc.

– Pełnia dziś – zagaił egzorcysta. – Dobrze, że jesteśmy kilometr nad ziemią, bo w tych bałkańskich krajach masa jest rozmaitej gadziny, co tylko czeka na takie noce... A i okna może warto zamknąć, bo jeszcze coś znowu wleci.

– Ale futerko piękne. – Kozak gładził nabytek. – Nieczęsto dziś takie można zdobyć. Ile to już lat wilka w wojsławickich lasach nie widziałem? Będzie ze trzydzieści...

– Wilki są pod ochroną, nie powinieneś tego kupować – wtrącił Piotruś.

– Ty nie bądź taki ekolog – parsknął Jakub. – Wilki są po to, żeby je widłami zaciukać, i tyle.

– Ale mało ich zostało.

– Wampirów mniej, a jakoś ręka ci nie drgnęła.

– Typowa podwójna moralność – zdiagnozował kozak surowo. – Szkodniki się tępi i tyle.

– Ale wilki są potrzebne w ekosystemie! A przez takich jak wy niedługo w ogóle wyginą... – tłumaczył chłopiec.

– To i dobrze, bezpieczniej będzie po lasach drewno nocami kraść i krowy na lewo wypasać. A i sarenek do skłusowania dla nas więcej zostanie – zarechotał Jakub.

W tym momencie blady promień księżycowego światła liznął posłanie. Coś trzasnęło. Sierść wylazła momentalnie z futra i teraz fruwała w postaci kłaków po wnętrzu gondoli.

– O kurde – sapnął kozak, widząc rozciągniętą na pryczy skórę, zdartą ewidentnie z człowieka. – Co to jest, do diabła?!

– Ale cię w jajo zrobili – chichotał jego przyjaciel. – Futro z wilkołaka ci wcisnęli.

– Co?!

– Nie łam się, rano znowu będzie wilcze!

– Do diabła! – Semen otworzył okno i wywalił nabytek. – A mówiłem, żeby tej zakichanej nacji nie ufać. Toście się od razu z nimi pobratali, a ja durny też uwierzyłem, że są w porządku. Ocyganili mnie jak trzeba, dranie! Całe szczęście, że przynajmniej zapłaciłem im fałszywą dziesięciorublówką...

Piotruś i jego pradziadek ryknęli serdecznym śmiechem.

Jakubowy prawnuk obudził się lekko zmarznięty, na tej wysokości nawet pod grubym polarowym kocem było zimno. Semen w skórzanej lotniczej kurtce stał za sterem.

– Gdzie jesteśmy? – wymamrotał chłopiec.

– Nad Bułgarią. Przeskoczymy za tamtą górkę, tam jest baza sterowców, zatankujemy paliwo i uzupełnimy wodór, bo jednak coraz więcej ucieka.

– Baza sterowców?!

– Co więcej, niemiecka... Odczep oznaczenia i zastąp nowymi. – Wskazał Piotrusiowi skrzynkę.

Chłopak otworzył i na widok spoczywających w pudle przedmiotów szczęka opadła mu lekko. W ciągu następnych dwudziestu minut w miejsce carskiego orła pojawił się pruski. Semen założył błękitny niemiecki mundur i przyozdobił głowę pikielhaubą.

– Sądzisz, że ta baza ciągle istnieje? – powątpiewał Piotruś. – Minęło sporo czasu.

– Na mojej mapie figuruje jako obiekt militarny w stanie wieczystej gotowości. Ktoś z obsługi powinien czekać. Stań za sterem.

Zaraz też obudził się Jakub. Semen wyjął sekstans, przeprowadził obliczenia, potem pochylił się nad mapą.

– Dwa obroty w lewo – polecił kozak. – Dodaj trochę gazu.

– Paliwa została już tylko rezerwa – zaraportował chłopiec, patrząc na mechaniczny wskaźnik. – Z olejem też kiepsko, lewy silnik coś się grzeje.

– Spokojnie, to nie więcej niż kilka kilometrów. Nawet siłą rozpędu dociągniemy...

Niebawem ich oczom ukazała się niewielka, leżąca w dolinie wioska. W jej środku sterczała ku niebu zrujnowana kamienna wieża. Na stoku wzgórza widniały fundamenty kilkunastu hangarów.

– Trochę to zapuszczone – stwierdził Jakub. – Chyba dawno nikt nie wpadł tu na inspekcję.

– To maskowanie. – Semen pogardliwie wydął wargi.

Zręcznie przybił gondolą do zdezelowanego pomostu. Piotruś wyskoczył i założył cumy na kamienne pachołki. W dole pod wieżą zebrała się już chyba cała wieś.

– Zostań tu na straży – polecił kozak. – Ja z Jakubem pójdziemy pogadać. Zbiorniki mamy nieduże, więc pilnuj wskaźnika, żeby nie przelali, jak zaczną pompować benzynę. Przy napełnianiu balonetów wodorem ci pomogę. – I ruszyli po wyszczerbionych, krętych schodkach na dół.

– Nie podoba mi się to – mruknął Jakub. – Powinni wysłać od razu techników na górę, rozwijać węże, puścić w ruch wytwornicę wodoru... A oni stoją jak kołki.

– Osiemdziesiąt lat minęło – uspokoił go przyjaciel. – Nic dziwnego, że rutyny brak. Zdążyli to i owo zapomnieć. Z pewnością od bardzo dawna nie widzieli sterowca...

– Chyba raczej nigdy w życiu – Jakub bywał czasem nieco sarkastyczny.

– Spokojnie, zaraz im wszystko przypomnimy...

Semen wyszedł na podest przed wieżą.

– Kto tu dowodzi?! – krzyknął po niemiecku, biorąc się pod boki. – Baczność!

Odpowiedziało mu zdumione spojrzenie kilkudziesięciu par brązowych bułgarskich oczu. Miejscowi wieśniacy, ubrani w lniane koszule lub koszulki polo, palili papierosy w fifkach i wymieniali między sobą uwagi w tubylczym narzeczu.

– Jestem sołtysem. – Przed gromadę wystąpił zażywny mężczyzna w garniturze. – Kim jesteście i w czym możemy pomóc? – Mowa Goethego w jego ustach brzmiała jak odtwarzana ze zdartej płyty, ale od biedy dało się zrozumieć.

– Musimy zatankować sterowiec – wyjaśnił Semen. – Trzysta litrów benzyny lotniczej i około pięciu tysięcy metrów sześciennych wodoru. Potrzebujemy też ze dwadzieścia litrów oleju silnikowego. Czy macie może azotan srebra?

– Eeee... – uczenie odpowiedział lokalny dygnitarz. – To ja zadzwonię do siedziby okręgu.

– Nasza misja jest ściśle tajna, w dodatku spieszy nam się! – huknął Semen. – Przez waszą opieszałość nasze cesarstwo może przegrać wojnę... – tu spostrzegł, że ciut się zagalopował, i zamilkł.

Sołtys wyjął komórkę i wystukał jakiś numer. Przez tłum przepchnęli się dwaj bułgarscy milicjanci. Jakub skrzywił się w duchu: z mordy przypominali jako żywo Birskiego i Rowickiego.

– Okażcie dokumenty, obywatele – zażądał wyższy po rosyjsku.

– *Paszoł, durak*!

– Ten ich sterowiec widziano w nocy, jak przekraczał nielegalnie granicę. – Sołtys zakończył konsultacje i wyłączył telefon. – Aresztować ich.

– Wała! – zawył Jakub i wyrwawszy z rękawa łańcuch krowiak, zakręcił nim artystycznego młynka.

Bułgarzy ryknęli zgodnie i ruszyli na polskich turystów, zaczęła się bitwa. Skończyła się raczej szybko.

– I Herkules dupa, kiedy ludzi kupa – stwierdził filozoficznie Semen. – Zdaje się, że w tym starciu zajęliśmy zaszczytne drugie miejsce.

– Ale na punkty wygraliśmy – uspokoił go Jakub.

Obaj starcy leżeli skuci na pylistej glebie placyku przed wieżą. Lekarz opatrywał kilkunastu poturbowanych miejscowych. Obu pechowych podróżników zaraz też postawiono na nogi i powleczono do aresztu.

– Może wylądowaliśmy nie tam, gdzie trzeba? – mruknął Jakub, rozglądając się wokoło. – Powitanie zgotowali nam tu średnio przyjazne...

– To na pewno właściwe miejsce. – Semen pokręcił głową. – Zobacz, tamta fabryczka to była wytwórnia wodoru, obok są jeszcze betonowe podstawy pod zbiorniki z paliwem... Z góry widzieliśmy fundamenty szop do trzymania sterowców. I drogi jakie równiutkie, takie tylko Niemcy budowali...

– No fakt – zgodził się Jakub. – Tylko czemu nas zamykają? Zapomnieli, że mają nas obsłużyć, czy ki diabeł?

– Normalka. Pojawił się prawowity właściciel, to na złodzieju czapka gore.

– Co?

– Baza tu była, nie? Rozszabrowali ją do fundamentów! Baraków nie ma, paliwa nie ma, w wytwórni gazu zrobili chyba gorzelnię. – Nos Semena uchwycił zapach rakii. – Zagospodarowali całe mienie armii i siedzieli zadowoleni, a tu nagle zjawiamy się my. To spanikowali i próbują się pozbyć kłopotu.

– Może trzeba było jednak powiedzieć, że jesteśmy Rosjanami? – zastanowił się egzorcysta. – Może by nas lepiej potraktowali?

– No co ty, przecież w czasie wojny byliśmy ich wrogiem. Choć z drugiej strony, pod wodzą Aleksandra Drugiego pogoniliśmy stąd Turków. Wyzwoliliśmy ich spod jarzma. Powinni odczuwać elementarną wdzięczność...

– To było ponad sto dwadzieścia lat temu!

– Tak? Ależ ten czas szybko leci...

– Tak właściwie – Jakub spojrzał spod oka na Semena – ile ty masz lat? Jak byłem szczeniakiem, ty już...

– Dajcie ich do aresztu – zażądał sołtys. – Sterowiec trzeba dobrze przycumować, żeby nie odleciał. Po południu będzie tu policja z Warny i wszystko wyjaśnią.

– Jest przycumowany... – jeden z policjantów spojrzał do góry i urwał w pół słowa.

– Już odleciał – ktoś zauważył. – Chyba tam na pokładzie było ich więcej.

Sterowiec wolniutko płynął nad wsią. W tym momencie dobiegł ich głos Piotrusia, wzmocniony przez mosiężny rezonator:

– To jest napad – zahuczało po rosyjsku. – Dostarczcie na wieżę pięćset butelek rakii. Macie trzy minuty!

– A o! – Policjant wykonał ręką „międzynarodowy znak pokoju".

W odpowiedzi z niebios dobiegł szczęk zwalnianej blokady. Cztery małe bomby pomknęły w stronę ziemi i urząd gminy zamienił się w stos gruzów.

– To było absolutnie ostatnie ostrzeżenie!

– My cię zaraz... – Mundurowy wyciągnął pistolet, a kilkunastu jego pobratymców poleciało do domów po strzelby.

– Jak sobie chcecie. – Kolejna bomba uderzyła w kadź fermentacyjną wioskowej gorzelni.

Krople zacieru spadły na ziemię jak deszcz. Następny pocisk trafił w budynek straży pożarnej, jeszcze następny rozniósł na kawałki sołtysowego mercedesa. Sterowiec wolniutko zawrócił nad wytwórnię gorzałki.

– Czego on chce? – Sołtys potrząsnął Jakubem.

– Napić się. – Więzień wzruszył ramionami. – Mój prawnuk jest straszliwym opojem...

– Pięćset butelek to wszystko, co mamy – jęknął komendant posterunku. – A zacier diabli wzięli. Zostaniemy bez kropli, a kupować u sąsiadów... – Aż się wzdrygnął na myśl o takiej hańbie.

– Jak nas wypuścicie, spróbujemy mu to wyperswadować – zaproponował kozak.

Jeńców wyprowadzono przed areszt. Piotruś zrzucił drabinkę linową i obaj starcy zręcznie zaczęli wspinać się do gondoli.

Sterowiec odleciał, kierując się na zachód.

Minęło może pół godziny, gdy mieszkańcy wioski spostrzegli na niebie szybko rosnący punkt. Coś się do nich zbliżało.

– Samolot – zidentyfikował sołtys. – Stary jak świat. Nie wygląda na wojskowy.

– Może kolejna wataha świrów. – Komendant policji zarepetował sztucer. – Pozwalamy im wylądować, czy może lepiej zestrzelimy od razu?

– No nie wiem. – Już było za późno na podjęcie decyzji, poobijany aeroplan zszedł do lądowania i osiadł na szosie. Obaj urzędnicy ruszyli na spotkanie z załogą.

Z samolotu wygramolili się trzej przybysze. Pierwszy wyglądał trochę jak Lenin, tylko jego czaszkę pokrywały odrastające włoski. Gęba drugiego także wydała się jakby znajoma. Trzeci przybysz nie przypominał nikogo.

– Kto tu dowodzi? – zapytał po rosyjsku ten podobny do Lenina.

– Ja – bąknął skołowany sołtys.

– Ścigamy zeppelina lecącego z Polski do Egiptu – wyjaśnił jego towarzysz. – Dedukujemy, że jego załoga złożyła wam wizytę? – Gestem objął dymiące jeszcze ruiny.

– A jakże! – Komendant posterunku otarł dłonią usta.

– Kiedy odlecieli?

– No będzie z pół godziny temu. W tamtą stronę zwiewali. – Policjant wskazał odpowiedni kierunek. – Chyba chcą przeskoczyć nad górami do Macedonii.

– Mamy ich – zatarł ręce niby-Lenin. – Już nie uciekną. Do samolotu! – polecił swoim towarzyszom.

– Nie mamy prawie paliwa – bąknął trzeci.

– Cholera! Sprzedacie nam ze sto litrów benzyny? – Leninopodobny zwrócił się do Bułgarów.

– Damy wam za darmo. – Sołtys z żalem popatrzył na wypalony wrak swojej limuzyny. – Ale musicie obiecać, że wlepicie im kilka kopów i w naszym imieniu!

– Umowa stoi. – Uścisnęli sobie dłonie.

Kilka minut później stary aeroplan wystartował w dalszą drogę.

– Koniec paliwa! – Semen ze złością uderzył w tablicę rozdzielczą. – Nie mamy też oleju, straciliśmy dobre dwadzieścia procent wodoru...

– Bomby zostały tylko dwie, amunicji do karabinów trzy taśmy – zameldował Jakub.

– Skoro nie mamy benzyny... – zaczął Piotruś.

– Morza Śródziemnego nie przeskoczymy, w dodatku wiatr znosi nas w złym kierunku – powiedział ponuro kozak. – Przelecimy może jeszcze kilkadziesiąt kilometrów i trzeba będzie porzucić lub ukryć gdzieś maszynę.

Nieoczekiwanie Jakub drgnął i popatrzył przez tylne okienko gondoli.

– Samolot za rufą! – krzyknął. – Na naszym kursie! To pościg!

– Alarm bojowy! – zarządził Semen, otwierając skrzynkę z ostatnimi taśmami do karabinów.

Raport:
W dniu dzisiejszym około godziny dziesiątej rano podwładni poinformowali mnie, że w stronę granicy nadlatuje niezidentyfikowany pojazd latający. Przekonany, że to balon meteorologiczny, wyszedłem przed stanicę uzbrojony w lornetkę. Przy jej pomocy rozpoznałem obiekt jako nieduży sterowiec bojowy z okresu pierwszej wojny światowej. Ponieważ radar nie wykazywał jego obecności, skłonny byłem uznać jego pojawienie się za halucynację spowodowaną wczorajszym nadużyciem rakii, na wszelki wypadek jednak kontynuowałem obserwację. Sterowiec szedł w stronę granicy niesiony wiatrem, jak mogłem stwierdzić, śmigła silników nie obracały się. Na wszelki wypadek nakazałem, by szeregowy Penszo podjął próbę nawiązania łączności radiowej z załogą.

Łączność udało się nawiązać, załoga podała tylko informację, że lecą z Polski do Egiptu. Na pytania uściślające, mające prowadzić do identyfikacji, odpowiedzieli pogróżką, że zbombardują nas w razie prób zatrzymania.

Po dalszych trzech minutach zaobserwowałem nadlatujący śladem sterowca samolot typu rolniczego (jak do opryskiwania pól). Samolot był najwyraźniej przeciążony – przez lornetkę widziałem w jego kokpicie kilku ludzi, w tym jednego uzbrojonego w broń myśliwską. W chwili gdy samolot zbliżał się do zeppelina, ścigający otworzyli ogień, celując w balon nośny. W odpowiedzi załoga sterowca oddała w ich stronę serię z broni maszynowej w postaci dwu sprzężonych karabinów.

Samolot nie został trafiony, zmienił jednak pozycję, aby znaleźć się poza zasięgiem skutecznego ognia. Ponieważ oba obiekty kontynuowały lot w stronę granicy, zarządziłem odpalenie flar ostrzegawczych i podjęcie przygotowań do strącenia samolotu przy użyciu rakiet ziemia-powietrze (wykaz obiektów, które należy zestrzelić w razie próby przekraczania, nie obejmował sterowców). Załoga samolotu, widząc flary, wykonała korektę kursu i zawróciła w głąb kraju, sterowiec przeszedł na drugą stronę granicy, stając się tym samym problemem służb macedońskich.

– Ale nas, obezjajcy, podziurawili – jęknął Jakub, patrząc na otwory, które w powłoce spowodował ostrzał śrutem.

– Klajstruj – polecił Semen Piotrusiowi. – Straciliśmy prawie jedną czwartą wodoru. I ciągle ucieka. Muszę zmniejszyć pułap...

Chłopak wdrapał się na czaszę i następną godzinę spędził, zaklejając dziury. Niewiele to pomogło. Sterowiec nieubłaganie opadał ku ziemi. Przeskoczyli jeszcze kolejną granicę, tym razem niezauważeni. Na horyzoncie pojawiła się ciemniejsza kreska – brzeg morza.

– Nic z tego – stwierdził Jakub. – Trzeba będzie lądować.

– Ale tu nie ma bazy...

– Na ziemi lądować – wyjaśnił egzorcysta. – Najlepiej w jakiejś przyjaznej wsi. Kupimy benzynę i uzupełnimy brakujący gaz.

– Niby jak?

– Najlepiej, jak w Wojsławicach. Potrzebna nam tylko latarnia stojąca blisko rzeki – zakpił.

Piotruś zlazł do gondoli.

– Syzyfowa robota – powiedział. – Jest tam kupa maluśkich dziurek, w dodatku materiał zetlał trochę przez te wszystkie lata i strasznie się siepie przy krawędziach otworów...

– Wioska – Jakub wskazał ręką. – Wygląda przyjaźnie.

– Obyś się nie mylił, bo jak wylądujemy, nie ma już szans poderwać się do góry. Jesteśmy w Albanii. Musimy bardzo uważać... Szczególnie ty. – Popatrzył surowo na Jakuba.

– A co?

– Coś ci ostatnio zabijanie weszło za bardzo w nawyk – warknął kozak. – Niby okoliczności były po temu...

– To wszystko obrona własna – zaprotestował z godnością egzorcysta.

– Wiem. Tylko że tu, gdzie lądujemy, mają jeden paskudny zwyczaj – mruknął. – Mianowicie jak ktoś kogoś zabije, to się mszczą...

– Naturalny, zdrowy odruch. A u nas w Wojsławicach to niby inaczej?

– Trochę inaczej. Tu mszczą się nie tylko na sprawcy, ale i na członkach jego rodu. A potrafią tak przez całe wieki, kilkanaście pokoleń mija, a wojna trwa i trwa...

– Honorowi. – Jakub z uznaniem pokiwał głową. – I historyczne podejście mają. My z Bardakami dopiero od trzech pokoleń wojujemy, niby też tradycja rodzinna, ale nie tak wspaniała. – Posmutniał.

– Tak czy inaczej, trzeba cholernie uważać, żeby nikogo nie zabić – pouczył go kozak.

– No to uważajmy.

– Przygotowuję się do lądowania – powiedział Piotruś. – Na przykład na tamtym pagórku między wioską a zatoką?

– Siadaj – rozkazał Semen.

Chłopak przesunął dźwignię i gondola uderzyła o ziemię.

– Dziwnie – mruknął. – Coś jakby miękko. Krzaki zgniotłem czy ki diabeł? I krzywo trochę stoimy.

– Rzucaj kotwice, przypalikujemy je solidnie i dopiero zobaczymy, co jest grane – zadecydował Semen.

Wyskoczyli z gondoli, by wbić solidniej zaczepy w jałową glebę. I wtedy zobaczyli.

– O kurde! – jęknął Piotruś. – No to mamy na dzień dobry totalnie przerąbane...

Spod kosza wystawały nogi w spodniach od dresu i kamaszkach. Stopy kilka razy kopnęły w ziemię i znieruchomiały. Od strony wsi biegła ogromna gromada miejscowych. Najwyraźniej przymusowe lądowanie zeppelina wzbudziło ich zainteresowanie.

– Startujemy? – zaproponował Jakub.

– Nie mamy już ani wodoru, ani paliwa – odparł kozak. – Choć może się uda...?

Wskoczyli do gondoli i zapuścili silnik. Bezskutecznie. Sterowiec uniósł się na dwa metry w powietrze i zaraz opadł z powrotem tuż obok rozgniecionego na miazgę mężczyzny.

– Żywcem nas nie wezmą! – Egzorcysta sięgnął do spustu karabinów maszynowych.

– Ale nie mamy już amunicji – bąknął jego prawnuk.

Tubylcy nadbiegli i zatrzymali się nad wprasowanymi w glebę zwłokami. A potem skoczyli ku przybyszom, wyciągnęli ich z gondoli i wśród niemilknących okrzyków radości oraz wystrzałów na wiwat ponieśli do wioski.

– Zdaje się, że mamy więcej szczęścia niż rozumu – mruknął Jakub. – Tylko czego tak zęby suszą?

– Może dawno nie robili uroczystej zbiorowej egzekucji, a teraz jest dobra okazja – westchnął Semen.

We wsi błyskawicznie wyniesiono z domów kilkanaście stołów i zaczęła się balanga. Jeden z miejscowych trochę dukał po angielsku, Piotruś rozmawiał z nim dłuższą chwilę.

– Z tego, co zrozumiałem, wynika, żeśmy zabili kolesia, którego przodków zamordował ktoś z tej wsi pięćset lat temu – wyjaśnił. – Od tamtej pory jego ród co jakiś czas na nich polował. I oczywiście z wzajemnością. A ten akurat, co nam wpadł pod gondolę, był szczególnie na nich cięty. I miał karabin snajperski.

– Czyli nie dość, że zakłóciliśmy delikatną równowagę sił i wtrąciliśmy się w cudze sprawy rodzinne, to jeszcze narażamy się na wielopokoleniową zemstę jakichś albańskich świrów... – zafrasował się Semen.

– Dlatego powiedziałem, że jesteśmy Niemcami. – Piotruś się uśmiechnął. – Jakby co, na nich będzie.

– Brawo, moja szkoła – pochwalił go pradziadek i aż pokraśniał z dumy, że tak wiele ideałów swej partyzanckiej młodości zdołał potomkowi wpoić.

– Ustal, czy mają wodór i paliwo lotnicze – polecił Semen. – Przydałby się też impregnowany jedwab...

– Już pytałem. Nie dadzą rady zrobić wodoru, mają w wiosce tylko jeden agregat prądotwórczy, włączają go raz dziennie na dwie godziny, bo w całym kraju brakuje paliwa i benzyna jest strasznie droga. Lotniczej nie widzieli od lat. O jedwab nawet nie pytałem, widać, że tu nędza...

Wreszcie impreza się skończyła. Podróżnicy podziękowali wylewnie za poczęstunek i odprowadzeni przez niewielką delegację wrócili do sterowca.

– Dupa blada – stwierdził Semen, oglądając w świetle latarki wnętrze balonu nośnego. – Nawet gdybyśmy zdobyli wodór, pokrycie i paliwo, już nie polecimy.

Metalowe wręgi pogięły się, tu i ówdzie konstrukcja w ogóle przestała istnieć. Zapach gazu dławił, odbierał oddech.

– Może to się da wyklepać, pospawać... – zasugerował Jakub.

– Metal nabiera masy. – Stary kozak pokręcił głową.

– Co to znaczy? – wytrzeszczył oczy chłopiec.

– Na skutek uszkodzeń struktury przestaje być lżejszy od powietrza. No i, niestety, materiał jest w fatalnym stanie. Już w tej chwili mamy dziur jak w szwajcarskim serze... A łaty nie bardzo jest do czego przyszyć. Wszystko zetlało. Drze się przy każdym mocniejszym pociągnięciu. Trza by wymienić wszystko, kilka tysięcy metrów bieżących jedwabiu spadochronowego. Z tydzień na zszycie, a i to pod warunkiem, że pomogą nam wszystkie kobiety z wioski. Do tego oczywiście trzeba by to zaimpregnować i naciągnąć.

– To znaczy, że koniec podróży? – zdenerwował się egzorcysta. – Co robimy?

– Koniec sterowca, ale nasza misja trwa. Gondola i silniki są w zasadzie sprawne, sprzedamy je Albańczykom, a oni w zamian przerzucą nas na drugą stronę Adriatyku, do Włoch.

– Co z bronią?

– Została jedna bomba, karabiny bezużyteczne, nie ma już amunicji i nie da się też jej dokupić, bo od osiemdziesięciu lat się takiej nie produkuje.

– Rób, jak uważasz – westchnął egzorcysta.

Semen z Piotrusiem odczepili linki od gondoli. Powiał wiatr i balon, wlokąc za sobą wolno tlący się lont, wzniósł się nad morze.

– Zobacz, znowu ten samolot, co się snuje za nami. – Prawnuk pokazał Jakubowi aeroplan, który wynurzył się zza horyzontu i leciał w ich stronę.

– Mam ich w dupie – ziewnął Wędrowycz. – A zresztą niech atakują. – Uśmiechnął się wrednie.

– Mamy ich. – Bardak z radością zatarł ręce.

– Gdzie? – Lenin wyjął lornetkę i dłuższą chwilę przepatrywał niebo. – Są – zlokalizował wreszcie balon. – Nieźle zasuwają. Fiedia, jesteś w stanie trafić ich z tej odległości?

– No pewnie. – Dzierżyński uśmiechnął się zimno. – Ale może lepiej podlećmy bliżej...

W tym momencie sterowiec rozkwitł kulą ognia. Kilka sekund później resztki strzaskanej konstrukcji wewnętrznej i płachty płonącego poszycia balonu z sykiem zatonęły w morzu.

– Wyrwaliśmy chwasta – ucieszył się Lenin.

– Nie wy, tylko jakiś błąd zrobili i sami się wykończyli – zauważył Bardak.

Dzierżyński zadziałał instynktownie. Złapał bluźniercę za gardło i wywlókłszy z kokpitu, wywalił za burtę.

– Lenin nie myli się nigdy – krzyknął w ślad za nim.

A potem w ostatniej chwili przejął stery i zawrócił w stronę lądu.

– Coś wyrzucili – zauważył Jakub, patrząc, jak od samolotu odrywa się podłużny kształt i z pluskiem uderza w powierzchnię zatoki jakieś dwadzieścia metrów od brzegu.

– Sądzę, że to był trup – powiedział Piotruś.

Obaj starcy roześmieli się.

– Jesteś przewrażliwiony – odparł Semen. – Za dużo było przygód i kociołek się przegrzał. – Puknął chłopca w czoło.

– Zaraz zobaczymy, co to. Prąd znosi w naszą stronę. – Jakub obserwował wodę z miną prawdziwego wilka morskiego.

– Może to bomba? – zaniepokoił się Semen. – Może chcieli nas załatwić w ten sposób?

– To czemu nie zwalili nam na głowy? – Egzorcysta wzruszył ramionami.

Dziwny tłumok podpłynął bliżej i w zapadającym zmroku spostrzegli, że to rzeczywiście człowiek, kto wie, może nawet jeszcze żywy.

– Ratujcie – wyjęczał domniemany nieboszczyk po polsku.

Semen wraz z Piotrusiem weszli w wodę po pierś i po chwili wywlekli półżywego topielca na piasek.

– Dziękuję, dobrzy ludzie – wysapał, a potem zamilkł przerażony.

– Izydor! – rozpoznał Semen.

– O kuźwa, jeszcze żaden Bardak nie nazwał mnie dobrym człowiekiem. – Jakub wyciągnął kabel ze spodni i zręcznie splótł szubieniczną pętlę. – Tę hańbę natychmiast trzeba zmyć krwią! Wieszać każdy może, jeden lepiej, drugi gorzej – zanucił fałszywie, sprawdzając, czy węzeł prawidłowo się zaciska.

– Miało już nie być zabijania – przypomniał Piotruś.

– Mieliśmy nie zabijać tubylców – warknął jego pradziadek. – Zresztą dla Bardaka zawsze zrobimy wyjątek.

– Toż nie ciebie nazwał, tylko nas – mitygował go Semen.

– To co, nie liczy się? – Wędrowycz popatrzył z żalem na perfekcyjnie wykonany stryczek.

– Ano nie liczy się. W dodatku, skoro już drugi raz ratujemy mu życie, widać los postanowił, że ma żyć.

– To może chociaż coś mu urżnę? – zaproponował Jakub. – Tak na pamiątkę? Albo na kolację...?

– Obejdzie się. A ty gadaj, skąd się tu wziąłeś? Co? Bardak mówił powoli i nieskładnie, dopiero gdy egzorcysta, pomstując na czym świat stoi, pozwolił napoić go łykiem bimbru, zaczął nieco przytomniej odpowiadać na pytania.

– Dwaj kolesie, jeden łysy i podobny do Lenina, drugi kudłaty i podobny do Dzierżyńskiego – zadumał się Jakub. – Znaleźli samolot w stodole i zmusili cię, żebyś pilotował. Ciekawe. I wykończyć mnie chcieli. Coś niezbyt mi się chce w to wierzyć. Wydaje mi się raczej, że tych dwóch killerów było wynajętych przez plemię Bardaków, a ciebie przydzielono im jako przewodnika.

Izydor oblał się zimnym potem. Spojrzenie wodnistych oczek Jakuba przewiercało go na wylot. Nieomal fizycznie czuł, jak Wędrowycz telepatycznie sonduje jego pamięć.

– To nie mógł być prawdziwy Lenin – uspokoił przyjaciela Semen. – Przecież on nie gada po polsku.

– Fakt. Zresztą dobrze drania przykołkowałem... – Egzorcysta nie bardzo wiedział, jak rozwikłać tę zagadkę.

– A Bardaki, gdyby mieli forsę na killera, to by go już dawno temu wynajęli – dodał Piotruś. – Poza tym dlaczego teraz? Tyle razy zachodziłeś im za skórę, mieli ze sto lepszych powodów. Ostatnio był między wami pokój.

– Nie żaden pokój, tylko krótkotrwała przerwa w działaniach wojennych – sprostował Wędrowycz. –

Ano nie ma sobie co łba łamać. Skoro w Albanii mieliśmy nie zabijać, to trudno. Dokopmy mu i idziemy spać.

– Po co dokopywać? – zdziwił się prawnuk. – Przecież wszystko powiedział.

– W imię zasad – upierał się Jakub. – Bardakowi żyć nie dopuścisz – zacytował starożytną maksymę rodu.

– Wiesz co? – powstrzymał go Semen. – U nas w kraju tobym cię nie powstrzymywał, wiadomo, wroga trza pod but, ale tu, na obcej ziemi, Polacy powinni trzymać się razem.

– No fakt – zasępił się Jakub. – Jest taki zwyczaj.

– No. I dlatego ja mu dokopię, bo jestem, było nie było, rosyjskim kozakiem.

– A nie prościej uznać, że jest Szkopem? Wtedy i dowalić mu można, i patriotyczny uczynek będzie...

Ale wroga już nie było. Zwiewał, aż się za nim kurzyło. Nikomu nie chciało się go gonić. Trzej podróżnicy starannie przejrzeli bagaże, przepakowali się. Najmniej potrzebną część wyposażenia, to znaczy puste już butelki, po prostu porzucili.

– No, jakoś się zabierzemy – mruknął egzorcysta, patrząc na dwie walizki, kanisterek i plecak.

Następnie ruszył na szczyt pagórka, gdzie spoczywał trup rozgniecionego tubylca.

Pod nieboszczykiem, też wgnieciony częściowo w glebę, leżał kałasznikow z celownikiem optycznym. Wędrowycz odżałował odrobinę bimbru i dokładnie zmył posokę.

– Broń może nam się przydać. We Włoszech są faszyści. A Niemców to ja nie lubię...

– Po pierwsze, nie są, tylko kiedyś byli – westchnął Semen. – A po drugie, włoscy faszyści to co innego niż hitlerowcy, no i nie są Niemcami...

– Coś podobnego? – zdumiał się Jakub. – Zresztą wszystko jedno. – Sprawdził magazynek.

– Bardziej, moim zdaniem, powinniśmy obawiać się włoskiej policji i mafii.

– Aha – zgodził się i zarepetował broń.

Otworzył puszkę sardynek, wyjadł ryby, a oliwę wylał na kawałek onucy i zaczął starannie czyścić mechanizm.

O świcie Jakub i jego towarzysze stanęli na brzegu. Przy pomoście chwiał się na wodzie nieduży ponton desantowy z silnikiem. Przyszło też sporo miejscowych. Goście dostali kanapki na drogę oraz butelkę wina, po czym rzucono cumy.

– Mili ludzie – powiedział Jakub. – Szkoda tylko, że nie gadają w żadnym ludzkim języku.

– Jak to nie? – zdziwił się Piotruś. – Przecież wczoraj z nimi rozmawiałem.

– Uhum – mruknął Wędrowycz, po czym ułożył się wygodnie na dnie pontonu i nakrywszy twarz dłonią, zapadł w sen.

– Morze przesławne, Bajkale ty nasz... – zaintonował Semen, wybijając korek z flaszki.

Chłopiec zapuścił silnik i ujął ster w dłoń. Fale zrobiły się większe.

– Jesteś pewien, że z tym pontonem to dobry pomysł? – zapytał kozak ciut zaniepokojony.

– Mówili, że w ten sposób nielegalnie uciekają do Włoch.

– A, to w porządku... – Uspokojony, znowu zaśpiewał: – Lata katorgi mijały w milczeniu, wierny przyjaciel odmienił mój los, dopomógł w ucieczce z więzienia.

– Wujku?

– Tak?

– Byłeś na zesłaniu?

– Dwa razy – wyjaśnił z dumą Semen. – Przez pomyłkę oczywiście, chyba nie sądzisz, że mógłbym być dekabrystą.

– A, ci kumple Mickiewicza, co ich car Mikołaj Pierwszy kazał powiesić – chłopiec przypomniał sobie wiadomości ze szkoły. – Kiedy to było?

– W grudniu. – Semen zmarszczył brwi. – Zimno było jak cholera.

Dochodziła druga po południu, gdy na horyzoncie pojawiła się czarna kreska lądu.

– W samą porę. – Starzec klepnął kanister, w którym niewiele już zostało paliwa. – I miasto jakieś widać.

– Jak się nazywa? – zaciekawił się Piotruś.

– A skąd niby mam widzieć? – Wzruszył ramionami. – Może Neapol, może Wenecja. Zresztą czy to ważne?

– No, jakby to był Rzym, to można by iść na papieża popatrzeć – powiedział Jakub, budząc się z drzemki. – A może by nas i pobłogosławił, ostatecznie jedziemy walczyć z pogańską klątwą, to prawie jak krucjata...

– Rzym leży w głębi lądu. – Jego przyjaciel pokręcił głową.

– No to nie pobłogosławi – westchnął egzorcysta. – Ech, biednemu zawsze wiatr w oczy wieje...

Godzinkę później dobili do granitowego nabrzeża. Zacumowali akurat między dwoma luksusowymi jachtami.

– Może by z nimi zagadać? Podrzuciliby nas do Afryki – zastanawiał się Wędrowycz, patrząc na smukłe sylwetki stateczków. – Ale najpierw coś zjemy. Jak stoimy z pieniędzmi?

– Do tej pory żyliśmy jak w komunizmie – westchnął Piotruś. – Wszędzie częstowali nas za darmo...

– Co? – zdumiał się Semen.

Pierwszy raz słyszał, żeby komuniści kogokolwiek nakarmili.

– U mnie pusto. – Młody wywrócił kieszenie.

– U mnie kiepsko. – Semen wygrzebał garść polskiego bilonu i zapomnianego srebrnego rubla.

– U mnie też nienadzwyczajnie – stwierdził Jakub, oglądając jeden przetarty banknot pięciodolarowy. – Mam wprawdzie trochę międzynarodowej waluty – klepnął bidonik z samogonem – ale to oszczędzam na kocią godzinę.

– Chyba na czarną... – poprawił chłopak.

Semen przeciągnął się, aż mu w kościach trzasnęło.

– W mieście jesteśmy, no nie? – Rozejrzał się po ulicy. – To daje podobno ogromne możliwości wzbogacenia się.

– Tak? – zamyślił się Jakub.

W zasadzie zarabiał głównie wtedy, gdy ludzie przyjeżdżali do niego po pomoc. W mieście do tej pory jakoś wyłącznie wydawał pieniądze.

– Można by otworzyć sklepik albo działalność usługową – zastanowił się Piotruś. – W Unii jesteśmy, to pewnie mogą tu działać firmy z Polski... Ale trzeba by skombinować trochę kapitału na początek.

– Karabin niby mamy, może napadniemy na bank? – zaproponował Jakub.

– Przecież nie wolno kraść – zgromił go prawnuk.

– Piłsudski z kumplami napadł na pociąg, a teraz jest bohaterem narodowym.

– Zresztą karabin i tak został w pontonie – dopowiedział chłopiec.

– A gdyby tak... – Kozak powiódł wzrokiem po deptaku. – Tam jest fontanna. A w fontannie zazwyczaj leżą pieniądze, które ludzie powrzucali. Wyłowimy je.

– No to do roboty. – Jakub zatarł ręce.

Faktycznie, gdy stanęli przy szerokiej cembrowinie, ujrzeli, że na dnie basenu leży cała masa monet.

– To mi się podoba – powiedział Piotruś i wsadziwszy ręce po łokcie w wodę, zaczął zgarniać je na kupkę.

Trzej przypakowani osobnicy pojawili się nagle, jakby wyleźli spod ziemi. Jeden niósł siatkę na kiju. Najwyraźniej mieli w planach to samo co przybysze z Polski. Najwyższy warknął coś po włosku. Semen, westchnąwszy, wdał się z nim w krótką polemikę w śpiewnym języku Dantego.

– Oni są z mafii – poinformował. – Mówią, że to ich fontanna i żebyśmy spadali, bo nas zastrzelą...

Piotruś odruchowo zamknął oczy, nie chcąc oglądać po raz setny, jak jego pradziadek wypruwa komuś flaki, ale, o dziwo, Jakub tylko uśmiechnął się bezradnie.

– Powiedz im, że prawa własności to rzecz święta – poprosił Semena. – I wynosimy się.

Nieznacznym ruchem wrzucił do basenu małą szarą pastylkę. Gangsterzy, widząc, jak konkurencja posłusznie odchodzi, uśmiechnęli się nawet na pożegnanie.

Podróżnicy zdążyli oddalić się może pięćdziesiąt metrów, gdy dobiegły ich głośne krzyki, gwałtowna palba, a potem dziki skowyt, zakończony nieludzkim charkotem.

Semen i Jakub odwrócili się akurat w porę, żeby zobaczyć, jak macki wciągają trzech pechowców pod wodę.

– Ośmiornica musi – zauważył kozak.

– Ano coś w tym guście. – Jakub pokazał mu pustą fiolkę ozdobioną etykietką „Cthulhu w tabletce". – Trzeba uważać z takimi miejskimi fontannami, woda w nich aż roi się od różnego syfu...

W mijanym kantorze wymienił ostatni banknot, po czym poszli do lokalu, z którego dochodził całkiem sympatyczny zapach, i Semen kupił pizzę na wynos.

Siedli na nabrzeżu, podzielili się potrawą.

– Niezła – ocenił egzorcysta. – Ale jednak nie ma to jak prawdziwa pizza robiona w Chełmie, bo te zagraniczne podróbki to jednak nie to samo.

– To w Chełmie ją wymyślili? – zdziwił się kozak. – A ja byłem pewien, że w Rosji.

– Polacy nie gęsi i swoich wynalazców mają – mruknął filozoficznie Wędrowycz. – Jasne, że wszystkie najważniejsze wynalazki powstały u was, ale i my mamy swój znaczący wkład w rozwój cywilizacji... Dobra, podjedliśmy, to idziemy nad morze i szukamy transportu do Afryki. Nie ma się co zasiadywać.

Leżeli na nagrzanym słońcem kamieniu. Zapadał wieczór. Jakub wyciągnął z kieszeni piersiówkę.

– Strasznie wielkie to morze – westchnął Piotruś. – Dlaczego sądzisz, że tutaj przybiją?

– To proste – odpowiedział Jakub. – Zobacz, jaka tu zatoka. Morze przez tysiące lat ją wyżłobiło, bo prąd morski bije tu w ląd. A przemytnicy w nocy nie chcą pewnie hałasować silnikami, no to skorzystają z prądu morskiego, żeby dobić cicho do brzegu.

– Jaki ty, pradziadku, jesteś mądry – zachwycił się chłopiec.

Semen nic nie powiedział, ale uśmiechnął się w duchu. Musiał jednak przyznać, że miejsce było niegłupio dobrane. Piaszczysta plaża umożliwiająca dogodny desant, parking i szosa pozwalające szybko przerzucić nielegalnych gości w głąb kraju. Niedaleko spora aglomeracja miejska, gdzie imigranci mogą znaleźć nielegalną robotę u swoich pobratymców...

– Nastaw budzik na czwartą rano – rozkazał Jakub prawnukowi. – O tej godzinie ludzie śpią najmocniej, to pewnie właśnie wtedy ci przypłyną.

– Dobra. – Chłopak bez zbędnych dyskusji nastawił precyzyjny plastikowy chiński zegarek.

Rozciągnęli kawał brezentu na kilku żerdkach i po chwili spali już głębokim snem. Piotruś obudził się o czwartej rano. Wypełzł spod zadaszenia. Nad zatoką wstawał już świt.

– I gówno – stwierdził pogodnie. – Przecież jak jest jasno, nikt już nie przypłynie...

– Fakt, teoria z czwartą rano nie była do końca przemyślana – stwierdził Semen, którego też poderwało pikanie budzika. – Idź nałowić ryb na śniadanie, a ja ognisko przygotuję.

Młody zszedł na brzeg morza. Zdjął spodnie, wszedł po pas w wodę i wyciągnąwszy z kieszeni górniczą petardę, rzucił ją z rozmachem w fale. Rąbnęło mocno. Morze jednak okazało się jakieś oszukane. Zamiast ogłuszonych ryb wypłynęły tylko meduzy. Jakub usiłował zrobić z nich szaszłyki, ale spływały z patyka. Przemytnicy przypłynęli o dziesiątej, gdy przyjaciele właśnie zbierali się do odejścia.

– Lepiej późno niż wcale – ucieszył się Semen.

Straszliwie zardzewiały kuter rzucił kotwicę kawałek od brzegu. Nieduży ponton z silnikiem obrócił trzykrotnie, za każdym razem przewożąc kilku smagłolicych typków i ich plecaki.

– Teraz – polecił Jakub. Zbiegli na brzeg morza i mijając zaskoczonych nielegalnych imigrantów, wskoczyli do pontonu.

– My do Egiptu – wyjaśnił Jakub przemytnikowi siedzącemu za sterem.

Semen i Piotruś złapali za wiosła i po paru minutach wdrapywali się już na pokład kutra.

– Diabli nadali – powiedział przemytnik Musa, patrząc na niespodziewanych pasażerów. – Co to za jedni?

– Nie wiem – westchnął jego wspólnik Selim. – Wleźli nam do łajby jak na swoje podwórko i płyną tam, skąd wszyscy uciekają... Rozumiesz coś z tego?

– Tylko tyle, że nie zapłacili za przewóz i chyba nie mają takiego zamiaru. Tylko ropę na darmo tracimy... Ale potem się zastanowimy, na razie trzeba wiać, zanim nas straż przybrzeżna namierzy.

– I tak musimy przepłynąć morze po kolejną partię uchodźców – trzeźwo zauważył jego wspólnik.

– To co innego.

– Więc co z nimi robimy? Wywalamy za burtę czy jak? A może niech pokład odszorują?

– A co tu szorować, mocniej potrzesz szczotką, zejdzie farba, a pod spodem już prawie blachy nie ma, czysta rdza... Sam wiesz, że ta krypa trzyma się tylko na słowo honoru.

– No to nie mam pomysłu, jak mogliby zapłacić za przewóz.

– A mi coś świta. Popatrz na tego chłopaczka.

– No... – Selim zerknął na Piotrusia stojącego na dziobie łajby.

– Znasz szejka Muhameda? Tego, co ma pałacyk na zachód od Aleksandrii?

– Pewnie. Niezłą forsę zarobił na fałszywych działkach roponośnych...

– Z tego, co mi się obiło o uszy, szejk ma niezły haremik i od dość dawna przepytywał, czy ktoś nie ma młodego, pracowitego eunucha do sprzedania.

– Niewolnictwo? Do tego z wytrzebieniem? To nielegalne jak cholera...

– A przemyt naszych do Włoch to niby legalny? – prychnął Musa. – Tak sobie myślę, że za tego chłopaczka dałby nam niezłą kasę. A jak nie on, to ktoś inny może się skusi?

– Ale to nie jest eunuch. Chyba żeby go samemu zoperować. Niby wprawę mam. Pamiętam, jak kiedyś kastrowałem wielbłądy, jeden tak mnie kopnął...

– To już szejk niech sobie sam załatwi. Zresztą do tego potrzeba fachowca.

– A tych dwóch dziadków? – zadumał się Selim. – Na niewolników za starzy. Może damy im w łeb i niech nakarmią sobą ryby? Albo...

– Może ich kupi doktor Ahmed. Robi ostatnio sporo operacji i potrzebuje dużo narządów do przeszczepów.

– No, to załatwione. – Zatarł ręce. – Walniemy im wódy z prochami, obudzą się za trzy dni... – Popatrzył na nieoczekiwanych pasażerów nieomal z czułością.

Jakub Wędrowycz załatwiał potrzebę fizjologiczną, wypiąwszy tyłek za rufę.

Semen wypatrywał delfinów.

– Świat nie jest taki zły – stwierdził pogodnie stary kozak. – W tym tempie niebawem będziemy w Afryce.

– O ile będziemy. Ci dwaj Arabowie chyba coś niedobrego knują – zauważył Piotruś. – Mają taki podejrzany wyraz twarzy... I źle im z oczu patrzy.

– Ty głupi, wstrętny, obrzydliwy rasisto – syknął pradziadek. – Że ktoś odrobinę inaczej wygląda, to ty już od razu musisz go podejrzewać cholera wie o co!

– Nie można ludzi oceniać po wyglądzie – przytaknął jego druh. – Miałem kiedyś kumpla, uczciwy Żyd z dziada pradziada, a hitlerowcy uznali, że jest Ormianinem, i rozstrzelali biedaka.

Nad błękitnymi wodami Morza Śródziemnego zapadał późny letni zmierzch. Wiatr wiejący z południa niósł woń Afryki. Musa podszedł do pasażerów.

– Zapraszam na kolację – powiedział w swoim języku.

Widząc, że nie rozumieją, ponaglił ich gestem. Weszli do mesy. Stół nakryty obrusem, wódka rozlana już w kieliszki, pośrodku piętrzyły się w misce figi i daktyle.

– Słodkim zagryzać? – zdumiał się Wędrowycz.

– Nie rób wiochy, tylko pij – warknął Semen. – Taki tu widać zwyczaj.

Zasiedli za stołem naprzeciw przemytników.

– A ja co będę pił? – Piotruś popatrzył na swój kieliszek. – Za młody jestem.

– Z nami się nie napijesz? Z własnym pradziadkiem? A może ci towarzystwo Arabów nie odpowiada, skinheadziku za dychę. – Jakub już zaczął wyciągać kabel przewleczony przez szlufki spodni.

– Czekaj. – Semen powstrzymał go gestem. – Po co tak nerwowo? Nikt ci nie każe pić całego litra – powiedział do Piotrusia. – Golnij sobie tak symbolicznie, jeden malutki kieliszeczek dla towarzystwa i wystarczy.

– Kieliszeczek!? Z pół puszki coli by się tu zmieściło – Piotruś wyraził swoje wątpliwości.

– Trzynaście lat masz, kawał chłopa z ciebie. Ja w twoim wieku pijałem już spirytus – rzucił Jakub. – No już, bo panowie przemytnicy grzecznie czekają, nie wkurzaj ich, bo to nieładnie.

– No dobra, to trochę spróbuję... – ustąpił chłopak. – Ale to ostatni raz.

Ujął kieliszek w dłoń.

– Przyjaciele! – Jego pradziadek wzniósł nabożne spojrzenie ku straszliwie zardzewiałemu sufitowi. – Zebraliśmy się oto na pokładzie tego pięknego statku, by zrealizować swoje marzenia o podróży do lepszego świata...

– To nie my, tylko ci, co płynęli w drugą stronę, do Europy – burknął Semen.

– Na pokładzie statku, który nas, ubogich wieśniaków z Polski, przewiezie do miejsc, gdzie nacieszymy nasze oczy wykwintnymi dziełami sztuki naszych przodków...

– Ale Polacy nie pochodzą od Egipcjan – zauważył trzeźwo jego prawnuk.

– Jak umiecie ładniejsze toasty wznosić, to zaraz będziecie mieli okazję – zdenerwował się egzorcysta.

Arabowie czekali cierpliwie.

– Niech żyje odwieczna przyjaźń polsko-arabska, której więzy zacisnął Sobieski, gdy wraz ze swymi przyjaciółmi muzułmanami poszedł wysiekać Wiedeń. *Prosit*. – Wychylił swój kieliszek.

Wszyscy poszli za jego przykładem.

– Uuuukh... – wykrztusił Piotruś. – Daktylówka.

– Zagryzaj figami – poradził pradziadek i opadł na krzesło tak ciężko, aż się stateczek zakolebał.

– A teraz wypijmy... – zaczął Semen, ale Piotruś już nie zdążył usłyszeć kolejnego toastu. Zakręciło mu się w głowie i zapadł w głęboki sen.

– No i po problemie. – Musa zatarł ręce. – Pośpią po tym ze dwie doby.

Paliwo do samolotu skończyło się tuż pod Warszawą. Dzierżyński zarył artystycznie maszyną w pole kartofli, a potem, gdy już wygrzebali się z wraku, podreptali na stację PKP. Pociąg też zaraz podjechał, jak na zawołanie.

– Wędrowycz uziemiony, teraz neutralizujmy archeologów i zadanie wykonane. – Wódz zatarł dłonie z uciechy. – Chodźmy na kwaterę, odeśpimy trochę, a potem bierzemy się do roboty. Od jutra zajmiemy się na poważnie rewolucją światową.

Nim dotarli do znajomej budy na działkach, było już popołudnie. Zapukali i weszli.

– O, dziadki wróciły – ucieszyła się Gośka na ich widok. W samej halce nastawiała właśnie wodę na makaron. – Arek w miasto poszedł coś uzbierać, ale bez was to kiepsko idzie.

– To od jutra znowu mu pomożemy – odparł Lenin z niejakim roztargnieniem.

Strój dziewczyny, a raczej jego niedostatki wywołały w nim przypływ bardzo burzliwych uczuć.

– Siadajcie, zaraz parówek ugotuję – obiecała.

Obaj rewolucjoniści usiedli na kanapie i zaczęli wodzić za nią cielęcym wzrokiem.

– No więc, jak by to powiedzieć... – Lenin obciągnął tużurek, a jego obleśne spojrzenie oblizało dekolt dziewczyny. – Ponieważ fizjologia i naturalne potrzeby biologiczne w pewnym sensie określają świadomość...

– I w związku z tym... – zaplątał się Dzierżyński. – Jeśli odrzucimy ostatnie przeżytki burżuazyjnej moralności...

– Ech, wy wykopaliska... – rzekła Gośka z uśmiechem. – Powiedzcie po ludzku, że macie ochotę trochę pociupciać. Dobra, obiad potem może być. – Wyłączyła kuchenkę.

Młody anarchista przyszedł godzinę później i krytycznym wzrokiem spojrzał na rozkopany barłóg. Zasiedli do stołu.

– No, teraz kwestie formalne. – Arek podał wodzowi musztardę. – Przespałeś się z moją dziewczyną, to zapłać.

– Prawdziwi rewolucjoniści wszystkim powinni się dzielić – zaprotestował Włodzimierz Iljicz. – Własność prywatna kobiet to burżuazyjny przesąd.

– Patrząc dialektycznie – młody skrzywił się wrednie – jestem zdecydowanym zwolennikiem wspólnej własności. Proponuję zatem podzielenie waszych pieniędzy na nas czworo.

– Cwana bestia – cmoknął z uznaniem Lenin. Wyjął portfel i odliczył dwie setki. – Jeśli chodzi o dialektykę, jesteś moim najzdolniejszym uczniem – pochwalił.

Dzierżyński posmutniał. Pamiętał, że kiedyś to jego Lenin nazwał najzdolniejszym. Zaraz jednak przypomniał sobie innych „najzdolniejszych" oraz to, jak skończyli, i uśmiechnął się pod wąsem. Wyjaśniwszy punkty zapalne, w nieco już lepszych humorach usiedli sobie po obiedzie do pogawędki.

– Diabli nadali – mruknął Feliks, przeglądając rocznik statystyczny. – Co to za kraj idiotyczny...

– Co ci się nie podoba? – zaniepokoił się Arek.

– No tylko popatrz. Z poziomu życia niezadowolone dziewięćdziesiąt procent populacji, co trzeci żyje poniżej poziomu nędzy, a jednocześnie prawie każda rodzina ma samochód, połowa jeździ na wczasy za granicę... Lodówek i pralek mają więcej niż kiedykolwiek, magnetowidów i odtwarzaczy DVD na głowę najwięcej w Europie, w telefonii komórkowej też przodują...

– Furda! – Włodzimierz Iljicz machnął ręką. – Niech sobie będą bogaci, ważne, że są niezadowoleni. Nie znasz przysłowia, że apetyt rośnie w miarę jedzenia?

– Ale mamy za małą bazę społeczną. – Jego przyjaciel wrócił do studiowania księgi. – Przecież zawsze opieraliśmy się na lumpach. A tu mało ich. Najbardziej zdegenerowała się ludność w byłych PGR-ach, ale ona z kolei mieszka za daleko od miast.

– Rewolucji na wsi nie zrobimy – westchnął Arek. – Przewieźć ich jakoś do miasta?

– A skąd forsa na bilety?

– Zdobyć transport i...

– Dobra, przyjmijmy, że przyjechali. I co dalej? – prychnął Dzierżyński. – Muszą przybywać niedużymi grupami, żeby sprawa się przed czasem nie wydała. Należałoby ich gdzieś zakwaterować, karmić, zanim zdobędziemy arsenały i magazyny, trzeba kilkaset karabinów na początek.

– A po co karmić? Niech idą do supermarketów i wezmą żywność siłą – zaproponował anarchista.

– Ty chyba nigdy nie byłeś w środku – parsknął wódz. – Strażnicy wielcy jak dęby, kamery, alarmy. Tylko zaczną zamieszki, przyjedzie więcej ochrony i po sprawie. W dodatku broń... Tu nawet myśliwskiej nie można kupić bez pozwolenia.

– Gdzie myśmy trafili? – westchnął gorzko Feliks i popadł w zadumę. – Rezygnujemy? – Spojrzał pytająco. – Archeologów zneutralizujemy i możemy wracać. Będzie nudno, ale przynajmniej spokojnie.

– Musielibyśmy znaleźć fachowca od mumifikacji...

– No co wy? – zdumiał się Arek. – Wiecie, ile możemy we trzech zarobić? Chrzańmy tę całą rewolucję i zajmijmy się gromadzeniem forsy.

– Brzmi to reakcyjnie, ale z dialektycznego punktu widzenia coś w tym jest – odparł Lenin. – My dwaj wracamy na tamten świat. Nic tu po nas. Lusterko do łączności z Setem zostawimy. Zgromadź kapitał, jak stworzysz bazę ekonomiczną i społeczną, wrócimy ci pomóc.

– Kapitał? Niby jak?

– Załóż nową religię, ogłoś się jej arcykapłanem i kasuj datki od wiernych – podsunął Lenin. – Set ci pomoże, dostaniesz trochę mocy, zrobisz parę publicznych cudów i dalej samo się potoczy.

– Potrzebowalibyśmy jednak kilku rzeczy... – Krwawy Feliks zamyślił się. – A przede wszystkim odpowiedniego schronu, w którym nasze mumie...

– Mumie – wszedł mu w słowo wódz. – Sami się nie zmumifikujemy.

– Chodzi wam o to, żeby zwłoki nie zgniły? – upewnił się młody. – A może wystarczy wam zanurzenie w formalinie?

– Chyba tak – powiedział Lenin. – Tylko, żeby na tamtym świecie gołym zadem nie świecić, trzeba nam jeszcze trochę darów grobowych. W takim razie masz lusterko w prezencie, a w zamian wymyśl, jak zdobyć na to forsę. Ty, Fiedia, też rusz głową. – Spojrzał surowo na Dzierżyńskiego.

– A co tu myśleć. – Rewolucjonista wzruszył ramionami. – Zrobię tradycyjnie.

– To znaczy jak? – zaciekawił się ich młody przyjaciel.

– Ukradnę kasę płonącego burdelu... Ale najpierw obowiązki. Jeszcześmy nie zastopowali archeologów. A czas ucieka...

Doktor Ahmed popatrzył na nieprzytomnych starców, nie kryjąc niechęci.

– No, bez przesady – powiedział. – Do niczego ten materiał. Narządy do przeszczepów powinny być nieco bardziej świeże.

– Toż oni jeszcze żyją – zdziwił się Selim. – Jak szybko wytniesz i szybko wszyjesz klientowi, to...

– Miałem na myśli ich wiek – burknął konował. – Ci dwaj mają ze sto lat.

– No to co? – nie zrozumiał przemytnik.

– Nerki mają tyle lat, ile człowiek, z którego się je wycina – uściślił. – Ile taka wytrzyma? Dwa, trzy sezony, nie więcej.

– No to co? Klient zapłaci i nawet jeszcze lepiej będzie, bo za dwa lata musi się zgłosić po kolejne...

Lekarz popatrzył na niego zaskoczony.

– Ty to masz łeb – powiedział z uznaniem. – Dobra, trzeba ich rozebrać i przygotować do operacji.

Pochylił się nad nieprzytomnym Jakubem i ściągnął mu lewego gumofilca. Bagnet brzęknął o podłogę, a z żółtobrązowej onucy zionęło ze straszliwą siłą. Lekarz i przemytnik bez słowa osunęli się na ziemię. Fala odoru owionęła szafkę, ukryte w niej lancety pokryły się korozją, szyba w oknie rozsypała się z brzękiem i trująca żółta chmura wypłynęła z wolna na zewnątrz.

Jakub i Semen ocknęli się jakieś piętnaście minut później.

– Gdzie my, u diabła, jesteśmy? – Wędrowycz uniósł głowę i rozejrzał się wokoło. – Szpital jakiś czy co?

– Buta załóż, bo capi niemiłosiernie – zażądał Semen.

– No, trochę zalatuje. Ale to nie moja wina. Nie było okazji przewietrzyć od początku wyprawy. A że zimno, to się sypia w gumofilcach dla bezpieczeństwa. W moim wieku byle katar może zabić.

Egzorcysta zeskoczył z noszy i posłusznie naciągnął obuwie. Upiorna woń odrobinę zelżała.

– Jacyś dwaj tu leżą – zauważył. – O, ten to ma mordę jak nasz znajomy z łódki.

– Chyba ten sam. A ten to lekarz jakiś czy ki diabeł? – Kozak trącił stopą ciało odziane w biały fartuch. – Tylko skąd, u licha, się tu wzięliśmy? Film mi się urwał po raz pierwszy w życiu?!

Egzorcysta wyjrzał oknem.

– Chyba dojechaliśmy – zauważył. – Zamiast morza tu jest piasek. Znaczy pustynia...

– No, to by się zgadzało – pokiwał głową Semen. – Na mapie też się pustynie na żółto maluje.

Pochylił się nad konowałem i zbadał mu puls.

– Jeszcze żyje – stwierdził. – Ma krwawe wybroczyny z nosa, sądzę, że to podduszenie.

– Ten też. – Jakub obszukał kieszenie drugiego. – Ciekawe, co tu się stało. Może jakiś gaz wyciekł z instalacji i ich oszołomił? A my leżeliśmy niżej i nas nie ogarnął.

– To możliwe – zgodził się jego przyjaciel. – Tylko czemu, do cholery, jesteśmy w tej przychodni?

– Czekaj, pamiętasz, co było? Wypiliśmy z tymi na łódce i... – Zmarszczył brwi.

– Cholera, to pewnie było tak – zastanawiał się kozak – wypiliśmy ciut za dużo, a nie jesteśmy przyzwyczajeni do daktylowego, to nam zaszkodziło. Ci się przestraszyli, że kipniemy, więc nas odwieźli do szpitala.

– O kurde! To przecież mój portfel! – Jakub, przeszukujący w tym czasie kieszenie nieprzytomnych, wyciągnął pugilares.

– Zaiwanił ci znaczy? – oburzył się Semen. – No ładnie. Hm, wiesz, co myślę?

– No?

– To łódzkie pogotowie. Wykończyć nas chcieli.

– Łódzkie pogotowie w Egipcie?! – zdumiał się Wędrowycz. – Chociaż idee są zaraźliwe, to mogą i faktycznie naszych łowców skór naśladować.

Chrupnął skręcany kark, po chwili drugi.

– Kurde, Jakub, przesadzasz trochę! – Semen spojrzał na ciała, jeszcze bijące nogami w agonii.

– No co? Przecież już nie jesteśmy w Albanii, to myślałem...

– Ja wysuwam hipotezę roboczą, a ty, zamiast poczekać na jej potwierdzenie, od razu bierzesz się do mordowania. Powinniśmy ich docucić, potorturować, przesłuchać, a potem dopiero...

– Przecież na torturach i tak by się przyznali – nie zrozumiał Jakub. – Zresztą zabić to zabić, czysto i humanitarnie, a tak znęcać się to nieludzkie. Co robimy dalej?

– Ano rozejrzyjmy się, gdzie nasze pozostałe graty...

Spenetrowanie kliniki nie zajęło im dużo czasu. W kuchni znaleźli solidnie wypakowaną lodówkę i uzupełnili zapasy, z laboratorium zakosili niewielki kanisterek spirytusu. Jakub zabrał jeszcze kolekcję cudem ocalałych od korozji skalpeli. Swoje plecaki też znaleźli, leżały w śmietniku.

– No co za granda – obraził się egzorcysta. – Nawet ich nie wybebeszyli.

Wyszli przed ośrodek. Wokół, jak okiem sięgnąć, rozciągała się pustynia. Tylko asfaltowa szosa przecinała piaski.

– Piotruś! – wrzasnął Jakub. – Chodź tutaj, zbieramy się.

Prawnuk się nie odezwał.

– Cholera by go wzięła – zdenerwował się kozak. – Gdzieś się szlaja, a czas ucieka.

– Trudno, ruszamy bez niego – zadecydował pradziadek. – Wie, dokąd jedziemy, dołączy do nas.

Z okna na pierwszym piętrze buchnął ogień.

– Podpaliłeś? – zdziwił się Semen.

– Lubię czasem poczuć się jak Neron palący Rzym – jego przyjaciel błysnął erudycją zaczerpniętą z puszczanego niedawno serialu. – Idziemy. Może gdzie Piotrusia po drodze spotkamy.

I pomaszerowali na wschód, do Egiptu.

Minister kultury i dziedzictwa narodowego wsadził klucz kodowy w czytnik drzwi swojego gabinetu. Coś zgrzytnęło.

– Do diaska! – warknął. – Mówiłem, że te zamki po sześć tysięcy za sztukę muszą być gówno warte. Niska cena zawsze oznacza tandetę... – Kopnął w drzwi, a te stanęły otworem.

Dygnitarz ruszył po grubym perskim dywanie. Miał rację, że kazał go położyć w swoim gabinecie, po cholerę ma się w muzeum kurzyć? Naraz zatrzymał się jak wryty. W jego fotelu, za jego biurkiem, wygodnie rozparty spoczywał jakiś łysol. Nogi w niemodnych trzewikach oparł wygodnie o intarsjowany blat, na kolanach położył sobie gazetę, a przewracając kartki, pociągał niewielkimi łyczkami prosto z flaszki.

Minister zaniemówił z dwu powodów. Zagadkowy przybysz czytał nie co innego, tylko „Nieletnie Ślicznotki" – miesięcznik wydawany wyłącznie dla VIP-ów. Żurnal nie dość, że kosztował tysiąc euro za numer, to w dodatku z racji „prokuratorskiego" wieku sportretowanych dziewcząt nigdy nie powinien wpaść w niepowołane ręce.

„Odciski palców" – przeleciało dygnitarzowi przez głowę. „Na tym są moje odciski palców!"

Co będzie, jeśli opozycja dowie się o jego „zainteresowaniach"? Ale niemal natychmiast pierwszy problem zbladł w porównaniu z drugim.

Flaszka, z której tak niefrasobliwie popijał intruz, zawierała najlepszy trzydziestodwuletni koniak, tak pierońsko drogi, że nawet w barze parlamentu europejskiego mieli tylko jedną butelkę. Nawiasem mówiąc, eurodeputowani od dziesięciu lat nie otwierali jej, bo nie było odpowiednio ważnej okazji... Minister, żeby zaoszczędzić na sprowadzenie swojej, musiał zamknąć sześć prowincjonalnych muzeów i obciąć dotacje dla dwudziestu bibliotek.

Widząc, że ktoś wszedł, łysy odłożył pisemko i wstał. Teraz dopiero wszechwładny przedstawiciel nomenklatury go poznał.

– O Boże! – jęknął, choć był ateistą. – Wodzu, wróciłeś?

– Tak – powiedział Lenin. – I widzę, żeście zrobili w tym kraju niezły burdel.

Dygnitarz, który na szkoleniu w Moskwie doskonale poznał przepowiednię proroka Zoofiłowa, poczuł, jak kropla zimnego potu pełznie mu przez kark. Krwawy Feliks, dotąd ukryty za szafą, z trzaskiem odbezpieczył atrapę spluwy.

– Ale... – zaczął urzędas.

– Na przykład sprawa z doktorem Korczaszką – wycedził Lenin. – Klasa robotnicza klepie nędzę, milion polskich dzieci głoduje, a wy trwonicie tysiące dolarów na poszukiwanie grobu jakiegoś tam faraona, o którym nie wiadomo nawet, czy kiedykolwiek istniał!

– Ale ja... – jęknął minister.

– Milczeć. Natychmiast cofnijcie mu dotację! – huknął wódz. – Najpierw trzeba się o kraj troszczyć, potem jakichś tam Egipcjan sponsorować!

– Tak jest, już natychmiast blokuję im konta – zaskamlał i podbiegłszy do biurka, uruchomił komputer.

Dwadzieścia minut później Lenin stanął opodal gmachu ministerstwa i uruchomił lusterko. W tafli polerowanego brązu pojawiła się znajoma sylwetka.

– Melduję, że ostatni punkt umowy wypełniony – powiedział. – Archeolodzy nie będą wam już bruździć.

– Brawo, świetna robota – pochwalił Set. – To co, chłopaki, wracacie do nas od razu czy wolicie najpierw narobić trochę dymu na ziemi?

– Jeśli nie będzie to problemem, to niebawem wracamy, natomiast tu zostawiamy agenturę – dopowiedział Feliks. – Sprawa rewolucji nie wygląda najlepiej, ale kto wie. A na razie trzeba zdobyć forsę – zwrócił się do Arka. – Gdzie w Warszawie jest największy dom publiczny?

Piotruś ocknął się związany i zakneblowany. Otworzył oczy i zorientował się, że leży w bagażniku jakiegoś zdezelowanego pojazdu.

„Zachciało się pić starym pokemonom" – pomyślał. „A ja głupi się skusiłem i widać Bozia pokarała..."

Samochód podskoczył jeszcze ze dwa razy i się zatrzymał. Ktoś uchylił tylną klapę. Sądząc po kolorze nieba, było późne popołudnie. Nad bagażnikiem pochylił się facet z łódki, ten przemytnik z blizną.

– Mmm! – Piotruś miał ochotę od razu powiedzieć, co o nim sądzi, ale knebel skutecznie mu to utrudnił.

– Cicho, niewolniku – warknął typek. – Naucz się trzymać język za zębami. Szejk nie lubi wrzasków.

Wyciągnął chłopaka. Stali na dziedzińcu otoczonym z trzech stron wysokim, pobielonym murem. Widniała w nim brama, drewniana i dość szeroka. Dwaj wartownicy z kałachami właśnie zakładali ryglującą ją belkę. Powierzchnię podwórza wyłożono kamienną mozaiką. Od czwartej strony dziedziniec zamykała ściana dwupiętrowego pałacu. Przy drzwiach z jasnych cedrowych desek stał kolejny strażnik z automatem. Przemytnik popchnął chłopaka w kierunku szerokiego holu. Gruby jak mech chodnik tłumił odgłos kroków.

– Wow, pewnie prawdziwy perski dywan – zachwycił się młody Wędrowycz. – Jakby trochę przyciąć i obrębić, byłaby idealna derka pod siodło...

Jego spojrzenie czujnie omiatało wnętrze. Zawczasu notował wszelkie szczegóły mogące mu pomóc w rychłej ucieczce. Kolejne drzwi rozsunęły się bezszelestnie i weszli do salonu. Pomieszczenie, z pięć razy większe niż obora na Starym Majdanie, tonęło w półmroku. Szejk spoczywał wygodnie rozparty na otomanie, w towarzystwie kilku skromnie odzianych kobiet. Jednym ramieniem przyciskał do siebie szamoczącą się młodziutką Murzyneczkę. Cmokał przy tym z ustnika fajki wodnej.

Przemytnik ukłonił się możnowładcy i wygłosił dłuższą tyradę po arabsku. Szejk pokiwał głową, a potem z kieszeni pikowanego szlafroka wyciągnął plik dolarów i odliczywszy kilkanaście banknotów, wręczył mężczyźnie z blizną.

– A zatem, chłopcze – powiedział po polsku – jesteś od dzisiaj moim niewolnikiem...

– No, nareszcie ktoś, kto gada po naszemu – ucieszył się Piotruś. – Co?! – Dopiero teraz dotarł do niego sens wypowiedzi.

– Sam rozumiesz, do pilnowania haremu niezbędne są duże ilości eunuchów. A tak się składa, że ja mam tylko jednego. Normalni strażnicy, nawet jeśli założymy im pasy cnoty, nie są tak do końca pewni...

– To pomyłka – powiedział chłopiec. – Nie mogę być eunuchem, bo nie jestem wykastrowany. Nie mogę być też pańskim niewolnikiem, gdyż z tego, co wiem, niewolnictwo zostało zniesione.

– Owszem – zgodził się szejk. – Jednak sam rozumiesz, nasz kraj jest wolny i niepodległy, a to oznacza, że możemy bez przeszkód kultywować nasze odwieczne zwyczaje i tradycje.

– Na przykład? – Piotruś zawsze interesował się etnografią.

– My, Arabowie, lubimy gromadzić niewolników różnego koloru. – Puścił Murzynkę, a ta szybko odskoczyła. Niedaleko, bo kostkę jej nogi obejmowała ciasna obręcz. Dziewczyna została przykuta na łańcuchu. – Oczywiście prawdziwa kolekcja powinna mieścić wszystkie podstawowe odcienie skóry.

– Aha – zgodził się chłopak. – Świetnie pan mówi po polsku – pochwalił.

– Studiowałem na uniwersytecie w Warszawie – wyjaśnił szejk. – I bardzo się cieszę, że wpadłeś mi w ręce, będzie okazja przypomnieć sobie język.

– A co pan studiował?

– Marksizm.

– To już rozumiem, skąd to dziwaczne i anachroniczne przekonanie o konieczności przywrócenia ustroju niewolniczego – domyślił się prawnuk egzorcysty.

– Wracając zaś do kastracji, jestem jej ogromnym zwolennikiem. To wręcz rewelacyjny w swej prostocie zabieg, niosący liczne korzyści społeczne.

– Korzyści? – zdumiał się Piotruś.

– Sam pomyśl. Jeśli ja mam pięć żon i jeszcze do tego z dziesięć niewolnic, więc dla czternastu facetów zabraknie kobiet. Będą chodzili sfrustrowani albo i zaczną kombinować, jak się dostać do mojego haremu. A tak jedna prosta operacja i ich problemy znikają. Mogą skoncentrować się na pracy, nie muszą troszczyć się o kobiety ani martwić o to, że ich dzieci zejdą na złą drogę. Odpada im problem złośliwych teściów czy awantur domowych...

– To brzmi faktycznie niegłupio – przyznał Piotruś. – Ale co robić, jak nie zechcą poddać się takim zabiegom?

– Marks uczył, że ludzie często nie rozumieją, co jest dla nich naprawdę dobre. Więc czasem trzeba wprowadzać rewolucyjne rozwiązania bez oglądania się na ich zgodę. A co do ciebie, pomyśl sam. Nie tylko nigdy nie zaznasz pragnienia seksu, ale i w bójkach ci się przyda. Jak cię ktoś kopnie poniżej pasa, to nawet nie poczujesz. Przestaniesz się bać, że ktoś mógłby to obciąć. No i wygodniej będzie ci chodzić.

– Ale mi się już wygodnie chodzi, a seksem się nie interesuję, bo jestem za młody – zaprotestował Piotruś. – Poza tym nie nadaję się na niewolnika, jestem paskudnym, bezczelnym, wyszczekanym typkiem, a do tego, gdy podrosnę, to jak wszyscy moi przodkowie będę alkoholikiem i pasożytem społecznym.

– Nasze metody wychowawcze pozwolą bez problemu poprawić twój charakter. Biciem i głodzeniem można dokonać prawdziwych cudów – uspokoił go Arab. – Wytresujemy cię starannie, będziesz służył na dwóch łapkach. Picia alkoholu zabrania religia, którą zaczniesz wyznawać od jutra. Co do pasożytnictwa społecznego, w tej okolicy zajmuję się tym ja, więc sam rozumiesz...

Z kieszeni wyciągnął telefon komórkowy i wystukał numer. Przyłożył słuchawkę do ucha.

– Doktor Ahmed jest świetnym chirurgiem. Wytnie ci co trzeba w trzy minuty. To nie będzie bolało – zapewnił. – No, może trochę będzie, ale za to sam pomyśl, ile korzyści zaznasz później.

Wybrał numer jeszcze raz i z frasunkiem popatrzył na wyświetlacz.

Potrząsnął aparatem.

– Dziwne – mruknął. – Nie odbiera. Widać wypadła mu jakaś ważna operacja. Trudno, wpakujcie chłopaka do piwniczki – zwrócił się do strażników. – Wykastrujemy go jutro. Co się odwlecze, to nie uciecze. A ja sobie trochę pogwałcę przed snem... – Popatrzył na czarną niewolnicę i oblizał się obleśnie. – Zabrać chłopaka!

„Ażebyś się udławił, małpiszonie” – pomyślał Piotruś, a potem złożył palce tak, jak kiedyś nauczył go pradziadek.

Gdy dał się wlec korytarzem, z salonu dobiegła wyjątkowo wymyślna wiącha arabskich przekleństw. Młody egzorcysta uśmiechnął się złośliwie. Ten urok trzymał minimum tydzień i nie pomagała na niego nawet prawdziwa, nieukraińska viagra.

Jakub po cichu ukręcił kłódkę. Weszli do grobowca i starannie zatrzasnęli za sobą drzwi.

– Jak w muzeum. – Stary kozak oświetlił ściany pokryte starożytnymi freskami.

– Może. – Jakub krytycznym wzrokiem obrzucił malowidła. – Trudno ocenić, dawno w żadnym nie byłem.

– A jak już byłeś, to w nocy i po ciemku? – Jego przyjaciel wyszczerzył zęby.

Egzorcysta wzruszył ramionami.

– Ciekawe, czy jest tu elektryczność – mruknął. – Szkoda latarki zużywać.

– No co ty, w egipskim grobowcu?

– A co? Założyć mogli. Jak drzwi wprawili, to i żarówki potrafili wkręcić.

– No fakt.

– O, skrzynka na umrzyka, taka starożytna. – Wędrowycz kopnął końcem buta w marmurowy sarkofag. Reszta wyposażenia, niestety, dawno wyparowała. – Kiedyś miałem okazję przespać się w takiej i głupoty mi się śniły.

– Ja też nie skorzystam. – Semen aż się wzdrygnął.

Rozsiedli się wygodnie. Jakub rozłożył na krawędzi sarkofagu pitę, pokroił ukradzioną w klinice wędlinkę. Semen z przepastnej kieszeni wyciągnął piersiówkę z resztką węgierskiej palonki.

– A Piotruś się szlaja – westchnął Jakub. – My się zamartwiamy, a on się w turystę pewnie bawi.

– Znajdzie się. Jego nie tak łatwo się pozbyć. – Semen rzucił na posadzkę płaszcz i zwinął papachę, żeby mogła służyć za poduszkę. – Zjemy kolację i spać. Jutro czeka nas ciężki dzień.

– Dlaczego?

– Skoro jest tu egipski grobowiec, to do Egiptu niedaleko. Ale mimo wszystko trzeba będzie tam dojść... Chyba że zdobędziemy jakiś niedrogi transport.

Krwawy Feliks zapukał do szarych drzwi starej willi na skraju centrum miasta. Otworzył mu ochroniarz.

– Khym? – Obrzucił rewolucjonistę uważnym spojrzeniem. – Czym możemy służyć?

– Chciałem skorzystać. A to podobno największy burdel w Warszawie...

– Nie żaden burdel, tylko uczciwa agencja towarzyska – obraził się wykidajło. – To porządny lokal!

– Cholera! To najmocniej przepraszam, pomyliłem się. – Feliks odwrócił się na pięcie.

– Panie – huknął ochroniarz – co pan, niedzisiejszy?! Po polsku nie rozumiesz? Właź pan, zaraz przyjdą dziewczyny. Pociupciasz pan sobie do woli, póki forsy i sił starczy.

– To w ramach towarzystwa jest też seks? – Dzierżyński zgłupiał kompletnie.

Albo obyczaje się zmieniły, albo język zwariował do reszty, pomyślał z melancholią.

– No jasne, że jest.

Rewolucjonista przeszedł do salonu. Całą jedną ścianę zajmowało lustro. Za barem siedziała obwieszona złotem burdelmama.

– Dwieście za godzinę – oznajmiła. – Płatne z góry. Viagra w cenie. – Podała mu błękitną tabletkę i szklankę wody.

Skołowany Feliks łyknął medykament i zaklął w myślach. Liczył, że zdąży obrobić kasę lokalu, zanim przyjdzie do płacenia. Na szczęście Lenin dał mu trochę pieniędzy na koszty. Odliczył dwie setki i podał kobiecie.

– Trzecia godzina gratis, francuski bez. – Uderzyła w dzwonek.

– Francuski bez? – Klient rozejrzał się po pomieszczeniu, ale nigdzie nie dostrzegł wazonu z kwiatami.

O co jej, do licha, chodziło? Choć bywał w życiu w niejednym takim przybytku, poczuł się naraz potwornie zagubiony.

Na dźwięk dzwonka do salonu wmaszerowało sześć dziewczyn. Wszystkie były skąpo ubrane, każda wyglądała trochę inaczej. Jako ostatnia weszła pielęgniarka w śnieżnobiałym fartuchu. Przez ramię miała przewieszoną torbę ozdobioną znakiem czerwonego krzyża.

Kurde, to tu taki syfilis panuje, że od razu na miejscu pomoc medyczną świadczą? – zamęt w głowie gościa się pogłębił.

Dziewczyny przedefilowały przed nim, zawróciły i przespacerowały się raz jeszcze.

– Proszę sobie wybrać, śmiało, przecież nie gryzą. – Burdelmama zachęciła klienta uśmiechem. – Oj, widzę, że pan nie przywykł do tak bogatej oferty. A może to trema? A może małego drinka dla kurażu potrzeba? Bo na prawiczka to mi pan nie wygląda...

Kiwnął głową. Kobieta nalała martini do kieliszka, wyciągnęła flaszeczkę z afrodyzjakiem i hojnie kapnęła najmocniejszych kropelek. Wypił jednym haustem.

– Już wybieram – pisnął cienko.

Pierwsza dziewoja wydała mu się niebezpieczna. Miała na sobie czarną skórzaną bieliznę nabijaną ćwiekami, w ręce trzymała bat. Druga, wbita w błyszczący jednoczęściowy, chyba plastikowy kombinezon, wydała mu się zbyt trudna do rozebrania. Trzecia, odziana w zwiewne szale, zanadto kojarzyła się z zesłaniem, w czasie którego nabawił się paskudnej choroby wenerycznej. Pielęgniarka odpadała, przecież przyszedł tu figlować z prostytutkami, a nie z personelem medycznym. Zostawała ostatnia, ubrana w dziwny strój z pomponem na tyłku i opaskę z długimi różowymi uszami.

– To ja poproszę tego zajączka – wyjąkał.

– To królik, a nie zając – pouczyła go surowo burdelmama. – Sandra, zajmij się gościem.

– Mnie tam wszystko jedno, jak chcesz, to możesz mnie uważać za zajączka – rzekła prostytutka z uśmiechem. – No chodź, mój wilczku. – Złapała rewolucjonistę za krawat i poprowadziła w głąb budynku. – Zostaw ten kanister, nikt ci go nie ukradnie...

Lenin i Arek siedzieli w samochodzie zaparkowanym po drugiej stronie ulicy. Czas wlókł się niemiłosiernie. Z minuty na minutę byli coraz bardziej zaniepokojeni.

– Coś poszło nie tak – powiedział wódz, patrząc kolejny raz na zegarek. – Trzy godziny mijają, a lokal nie tylko się nie pali, ale i naszego towarzysza nie widać. Pewnie go złapali, jak zaczął ogień podkładać...

– I zaciukali – dodał ponuro Arek.

W tej chwili drzwi się otworzyły i Dzierżyński wyszedł z willi. Poruszał się dziwnie, na ugiętych nogach.

– Chłopaki – zagadnął, dotarłszy do auta – nie macie pożyczyć jeszcze czterech setek?

– Fiedia! Co z naszym genialnym planem? – zapytał ostro Włodzimierz Iljicz. – Dlaczego nie podpaliłeś burdelu? I co to za głupie pytanie o forsę, skoro to ty miałeś nam ją przynieść?

– Bo to nie burdel, tylko agencja towarzyska. – Z twarzy ich przyjaciela nie znikał wyraz rozmarzenia. – Chłopaki, chodźcie ze mną, poszalejemy do rana. Nawet nie wiecie, ile ciekawych pozycji wymyślili przez ostatnie osiemdziesiąt lat... I takie fajne niebieskie tabletki dają...

– Nie mamy forsy! – huknął Lenin.

– Może na kredyt pozwolą? – Dzierżyński spojrzał z nadzieją na podświetlone czerwono okna.

Lenin wysiadł z wozu i dał mu w zęby. Poczekał, aż Feliks wstanie, i poprawił z drugiej strony.

– Oprzytomniałeś wreszcie? – huknął.

– Yhym. – Dzierżyński wypluł dwa zęby. – A cycusie miała jak melony. Mówiła, że to od silikonu...

Wódz spojrzał bezradnie na anarchistę.

– Żeby tam wrócić i znowu sobie pofiglować, potrzebujesz pieniędzy – powiedział Arek łagodnie. – My nie możemy ci pożyczyć, bo nie mamy ani grosza.

– Cholera! – Feliks zalał się łzami. – Teraz, gdy odkryłem najpiękniejsze miejsce na świecie...

– Ależ, przyjacielu, możesz tam wrócić za najdalej godzinkę. – Młody uśmiechnął się krzepiąco. – Musisz tylko zdobyć kasę. Jest tu niedaleko nocny monopolowy... A dziś ludzie brali wypłatę. W sklepie na pewno mają spory utarg.

– Gdzie ten sklep?!

Dwadzieścia minut później Dzierżyński z plikiem banknotów znikał w drzwiach ukochanego lokalu. Lenin i Arek liczyli pozostałą część łupu.

– Po trzy tysiące na łba. – Wódz z zadowoleniem zatarł ręce. – A widziałeś, jak tłukł pięściami tych ochroniarzy i sprzedawcę? Zawsze powtarzałem, że grunt to odpowiednia motywacja.

Alarm w zegarku obudził Piotrusia punktualnie o drugiej w nocy. Piwnica, wiązka słomy na podłodze, za małym zakratowanym okienkiem cudownie wygwieżdżona lewantyńska noc. Podmuchy wiatru niosły szum palm, woń pustyni, wielbłądów i starożytnych grobowców.

– Kurka wodna, łódź podwodna. Trzeba się brać poważnie do roboty, bo jeszcze mnie kopani muzułmańce faktycznie wywałaszą... – stwierdził Piotruś.

Cela była niewielka, może trzy na trzy metry. Ściany odlano z betonu. Drzwi wyglądały na wyjątkowo solidne. Chłopak obmacał je, a potem z podeszwy buta wyciągnął „żydowski włos” – złodziejską piłkę.

– Araba zwalczajmy arabskimi wynalazkami – mruknął, patrząc na widoczne w świetle księżyca wężyki obcego alfabetu zdobiące wyślizgane ostrze.

Pozbycie się kajdan zajęło mu nie więcej niż pięć minut. Uwolnił nogi, przeciągnął się, a potem zabrał za piłowanie rygli w drzwiach. Niebawem droga na wolność stanęła otworem.

Po kilkunastu schodkach wdrapał się na górę. Znalazł się w znajomym holu. Drzwi z cedrowego drewna prowadziły na zewnątrz. Chłopak uśmiechnął się tylko parszywie i minął je bez słowa.

– Wędrowyczowie nigdy nie szli na łatwiznę – rzucił półgłosem. – To i ja nie mogę się tradycji przodków sprzeniewierzać...

Strażnik w służbówce drzemał w fotelu przed telewizorem. Obok na podłodze poniewierały się dwie puszki po piwie i duża gumowa gruszka.

– Tia, pić alkoholu nie wolno, to sobie pewnie piwną lewatywę zrobił. – Piotruś wyszczerzył zęby. – Sposób niezły, pewnie nawet alkomat nie wykaże...

Z szafki wziął kałacha, zabezpieczył i przyładował wartownikowi kolbą w głowę. Mocno, ale tak, żeby nie zabić. Następnie skuł go starannie kajdankami, na wypadek gdyby Arab się jednak obudził, i zakneblował.

– Szejk twierdził, że wygodniej byłoby mi chodzić, ale coś mi się widzi, że sikać byłoby jakby trudniej... – Postanowił ulżyć sobie do doniczki z palmą.

Kończył już, gdy nieoczekiwanie poczuł na ramieniu czyjś mocny uścisk. Odwrócił się, wyprowadzając jednocześnie kolanem mocny kop między nogi przeciwnika. Trafił bezbłędnie. Wroga aż lekko podrzuciło do góry, ale wbrew oczekiwaniom nie stracił przytomności ani nie zaczął wyć z bólu.

– O kurde, eunuch. Faktycznie, szejk miał rację, brak tego i owego przydaje się w bójkach...

Zapewne poczyniłby jeszcze dalsze spostrzeżenia natury filozoficznej, ale przeciwnik jednym uderzeniem wybił mu karabin z rąk. Pierwszy cios rzucił młodego Wędrowycza przez całe pomieszczenie. Chłopak uderzył plecami w ścianę. Popękała, a w powietrzu uniósł się kurz.

– Coś podobnego, nawet tutaj znają płytę gipsowo-kartonową? – mruknął pod nosem.

Wróg szedł na niego jak rozpędzona lokomotywa. Piotruś oparł się mocno plecami o mur i kopnął obunóż, celując w pępek przeciwnika.

Eunuch sapnął tylko i ponownie walnął na odlew. Piotruś poleciał w drugi kąt stróżówki, po drodze prawie rozgniatając na miazgę doniczkę z palmą.

– Znaczy się żołądek też ci wycięli? – zdziwił się.

Kafar uniósł rękę do finalnego ciosu.

Chłopak w ostatniej sekundzie zasłonił się ciągle grającym telewizorem. Pięść uderzyła w kineskop, roztrzaskała go i uwięzła w elektronicznych bebechach. Kolorowe iskierki wyglądały niezwykle widowiskowo, ale Piotruś niedługo cieszył się tym widowiskiem, bowiem wróg, tracąc przytomność, runął na plecy i przerwał obwód.

– Chwała telewizji! – Pogromca zatarł dłonie. – A tatko mówi, że nie warto płacić tym złodziejom abonamentu...

Przy powalonym znalazł cudny kindżał. Sprawdził opuszką palca ostrze.

– Hy, hy, jak brzytwa – ucieszył się. – No to do roboty. Po pierwsze, odnaleźć sejf, gdzie szejk trzyma petrodolary. Po drugie, skoro jednak mnie nie wykastrowali, można by wdepnąć do haremu i pofiglować... Nie, cholera, mam trzynaście lat – zreflektował się. – Jeszcze by te biedne kobitki ciągali po sądach za molestowanie nieletniego. No ale wstąpić można, przynajmniej kumplom będzie co opowiadać. Po trzecie i najważniejsze, sprawa honorowa. Nikt nie będzie bezkarnie fikał Wędrowyczom.

Wsunął sztylet za pasek, do kałacha dokręcił tłumik i ruszył przez uśpiony pałacyk.

Szejk Muhamed ocknął się w środku nocy.

„Co, do szejtana" – pomyślał i chciał przetrzeć oczy, ale okazało się, że ręce ma przywiązane do słupków w rogach łóżka.

Nogi też! Podniósł powieki. W półmroku dostrzegł kupionego wczoraj niewolnika. Chłopiec siedział wygodnie rozwalony w jego ulubionym fotelu i liczył grubachny plik dolarów. Wzrok Araba przesunął się w lewo i spoczął na obrazie Picassa. Młody Polak nie zdołał odczepić ramy od ściany, zatem aby dobrać się do sejfu, wychlastał w płótnie wielgachną dziurę.

– Trochę ci uszczknąłem bogactw, ale sam rozumiesz, ta pani chce wracać do domu, więc muszę ją zaopatrzyć na podróż – wyjaśnił niedoszły eunuch.

Wzrok szejka spoczął na czarnej niewolnicy. Była ubrana, między kolanami trzymała walizkę. Złoty łańcuch, na którym była przykuta, został przecięty w dwu miejscach. Spory kawałek zwisał dziewczynie z kieszeni.

– Zabraliśmy trochę fantów. Kiepsko rozumiem po waszemu, ale skoro próbowałeś ją zgwałcić, to doszedłem do wniosku, że należy jej się jakieś odszkodowanie za straty moralne – kontynuował koszmarny dzieciak.

Arab szarpnął się potężnie, ale tylko przeciął nadgarstek sznurem. Krzyknąć też nie mógł. W ustach tkwił knebel. Spróbował go wypchnąć językiem, ale się nie udało.

– Nie męcz się – niewolnik dostrzegł wysiłki bogacza. – Wsadziłem ci knebel tylko dlatego, że nie lubię hałasu. Ochrona nie przyjdzie. Obawiam się, że po tak solidnym łomocie co najmniej przez tydzień będą na zwolnieniach lekarskich.

Muhamed rozejrzał się po pomieszczeniu i zauważył roztrzaskaną gablotę. Włosy stanęły mu dęba. Jeszcze wieczorem zawierała kolekcję brylantów. Jego rodzina zbierała je przez sześć pokoleń... Chłopak zauważył jego zaskoczenie.

– Biżuterię z tej szafki rozdałem dziewczynom – wyjaśnił. – I doradziłem, żeby wracały do domów. Tu już nie będą potrzebne. W sumie nie było wczoraj okazji, żeby powiedzieć, ale też jestem wielkim zwolennikiem, a wręcz entuzjastą kastracji...

Szejk zamarł i popatrzył na nakrywający go koc. Brzuch, jedna noga, druga, a pomiędzy nimi... No właśnie, przecież coś powinno tam być, a tymczasem pod pledem rysowała się niepokojąca pustka... Tym razem zdołał pozbyć się kneblującej go szmaty. Wył jeszcze, gdy Piotruś i jego nowa przyjaciółka odpalili silnik terenowego mercedesa i wyłamawszy bramę, wyjechali z pałacu.

Piotruś, wygodnie rozparty za kierownicą, wdusił gaz do dechy. Samochód pędził szosą przez pustynię, wzbijając za sobą tuman złocistego kurzu.

– Kurde, ekstragablota ze skórzaną tapicerką i klimatyzacją, palmy za oknami, pełna kieszeń dolarów, jeszcze ślicznotka. – Spojrzał spod oka na niewolnicę. – No, prawie ślicznotka na sąsiednim siedzeniu. – W myśli zatarł ręce. – Jestem po prostu żywym symbolem sukcesu i kapitalizmu!

– Gę gę gę gę – zachwycona dziewczyna najwyraźniej przyznawała mu rację.

– Ech, żebym tak jeszcze rozumiał, co ty mówisz. Choć z drugiej strony na seks i tak jesteśmy oboje nieco za młodzi... Ale może gotować umiesz, to nam się przydasz na wykopaliskach.

– Gę gę gę – wyglądało na to, że Murzynka nie ma nic przeciwko.

– Teraz trzeba tylko znaleźć mojego pradziadka. Ciekawe, gdzie się szlajają te stare pokręty.

Wjechał na wzgórze i zatrzymał auto. Rozejrzał się. Gdzieś na wschodzie nad horyzontem unosiła się smuga dymu.

– To pewnie tam – domyślił się.

Niebawem podjechał pod klinikę. Budynek właśnie się dopalał. Piotruś wysiadł z samochodu i obejrzał starannie ruiny. Znalazł ciało lekarza.

– Tia... Pradziadek tu był – rozpoznał *modus operandi*. – I najwyraźniej wybył.

Wrócił do wozu. Jak się domyślał, w skrytce leżała mapa. Rozłożył ją sobie na kolanach.

– To niebieskie to pewnie morze – wydedukował. – Mnie wysadzili wcześniej, a pradziadka i Semena tutaj. Tylko jak to znaleźć na mapie?

– Ej, ty! – zagadnął dziewczynę. – Gdzie jesteśmy?

– Gę gę gę gę. Gę gę szejk gę harem gę gę – wyjaśniła, pokazując palcem. – Gę gę. – Pokazała inny punkt i zatoczyła dłonią krąg obejmujący ruiny kliniki.

– OK. A ty gdzie mieszkasz? Dom, *your home*, *verstehen*?

– Gę gę...

– Kurde, to na nic – zasępił się. – Trzeba odnaleźć pradziadka, on się z nią porozumie telepatycznie. Do Egiptu jest na wschód. To i oni pewnie poszli na wschód... A jak ich nie znajdę po drodze, to pewnie będą czekać pod piramidą Cheopsa w Gizie, bo to charakterystyczny punkt i pewnie pomyślą, że tam będę ich szukał. A jak tam się nie spotkamy, to na miejscu, w Luksorze...

– Gę gę! – Precyzja jego rozumowania wprawiła Murzyneczkę w głęboki zachwyt.

– A co! – Uśmiechnął się. – Główka pracuje, choć i lekarze, i szkolny psycholog twierdzili co innego. No to w drogę...

Rozwinął sobie mapy do końca i znalazł Egipt. Chwilę potem znowu wdepnął gaz do dechy.

Jakub i Semen wypełzli z grobowca. Egipskie słoneczko przyjemnie przygrzewało.

– Uaaa... Chłodnawo tam było – mruknął egzorcysta. – To co dalej? W prawo, w lewo?

– Szosą na wschód. Tam musi być jakaś cywilizacja – zażartował kozak.

– Jaka cywilizacja? – nie zrozumiał jego kumpel.

– Egipska.

– A, chyba że tak... Kurde, prawnusia coś nie widać. Szlaja się znaczy...

– Spotkamy go pewnie w Egipcie – powiedział Semen. – Dedukuję, że tam na nas zaczeka. Myślę, że schodkowa piramida Dżesera w Sakkarze to charakterystyczny punkt i pewnie pomyśli, że tam będziemy go szukać. A jeśli się nie spotkamy, to na miejscu, w Dolinie Królów...

I pomaszerowali poboczem szosy. Szli i szli, a słoneczko coraz bardziej przygrzewało...

– Łapiemy stopa – zadecydował Semen, machając ręką.

– Upał, że zdechnąć można. Bierzemy tylko auta z klimatyzacją – zasugerował Jakub. – Inne przepuszczaj.

Jakieś dwadzieścia minut później dogonił ich terenowy mercedes. Pojazd zahamował z piskiem opon.

– No nareszcie! – wykrzyknął Jakub na widok prawnuka. – Już się zaczynałem niepokoić. Co tak długo ci zeszło? Nie pomyślałeś wcześniej, że twój stary pradziadek drepcze tu w upale po piachu... Zaraz, zaraz, a skąd ty w ogóle umiesz prowadzić?

Piotruś uśmiechnął się tajemniczo.

– Musiałem tę dziewczynę ocalić z niewoli jednego wrednego typka – rzucił.

– W sumie to nie takie głupie – powiedział Semen, zezując na Murzyneczkę rozpartą wygodnie na przednim siedzeniu. – Z tego, co pamiętam, na początku XIX wieku, jak archeolog przyjeżdżał z Europy do Egiptu, zaraz sobie kupował niewolnicę do gotowania i robienia zakupów.

– Marnowanie siły roboczej – obruszył się Jakub i wyciągnąwszy z kieszeni pudełko z viagrą, zaczął liczyć tabletki.

– No, do innych celów też się ich oczywiście używało. – Jego przyjaciel zajrzał do kieszeni, gdzie przechowywał swoją ulubioną prezerwatywę firmy Prowodnik z Rygi, model z 1909 roku, z wytłoczonym carskim orłem. – Ech, pamiętam, jak kiedyś carowi się nudziło, poczekał, aż caryca zaśnie, wymknęliśmy się z pałacu tylnym wyjściem, zadzwoniliśmy po Griszkę i pojechaliśmy we trzech do... – widok kondomu zaraz obudził wspomnienia.

– A to prawda, że Rasputin miał ptaszka długiego na trzydzieści pięć centymetrów? – Jakub nieoczekiwanie zapragnął pogłębić wiedzę historyczną.

– No ba! – Kozak uśmiechnął się do swoich wspomnień. – Pół arszyna jak obszył. Ale była balanga. Odpaliłbyś kumplowi kilka tabletek, to potem w zamian pożyczę ci tę gumkę. – Zazezował do pudełka.

– Jasne, tylko najpierw opowiedz ze szczegółami, jak żeście się zabawiali. Car to pewnie miał jakieś specjalne pozycje? Takie tylko dla władcy?

– Nawet mogę pokazać.

– Odwalcie się od mojej dziewczyny! – zażądał Piotruś stanowczo. – I to natychmiast.

– Co?! – ryknął Jakub. – Twojej dziewczyny?! Nigdy dotąd nie było czarnych Wędrowyczów. I nie będzie. Po moim trupie.

– To da się zrobić – warknął chłopak. – Tylko ją dotknij, a flaki wypruję. Życie narażałem, żeby uratować jej cnotę, i żadne obleśne dziadki nie będą mi tu startować do niej z łapami.

– Co za brak szacunku dla starszych – burknął egzorcysta, przezornie chowając pudełko z viagrą. – Własnemu przodkowi ostatniej przyjemności w życiu odmówi...

– Tia – mruknął Semen. – Takie to już czasy, nowe pokolenia nie potrafią zrozumieć problemów swoich poprzedników. Ale, swoją drogą, poczucie honoru twój prawnuk ma. Zresztą nie będę palcem pokazywał, w kogo się wdał.

– Że co?

– To już nie pamiętasz, jak przetrąciłeś gnaty swojemu pradziadkowi orczykiem, bo na targu poklepał Marynię po tyłku? Trzy miesiące w łóżku leżał, już myśleli, że się nie wygrzebie. Dwunastu lat jeszcze nie miałeś, ale krzepy ci nie brakowało.

– No, coś mi się kojarzy – przyznał egzorcysta. – Ale jemu się należało! To była menda, pasożyt i erotoman. I podwalał się do nieletniej.

– A ta tutaj to niby ile ma lat? – Semen nieoczekiwanie stał się płomiennym obrońcą moralności. – Uważaj, i tobie się uzbiera. Będziesz mógł mieć pretensje wyłącznie do siebie. O ile przeżyjesz, bo twój prawnusio, choć młody, rękę ma ciężką – rzekł kozak i nasunąwszy papachę na czoło, zapadł w drzemkę.

Godzinkę później Piotruś wyjechał autem na krawędź płaskowyżu. W dole rozpościerała się żyzna zielona dolina Nilu. Dłuższą chwilę chłonął widok. Wprawdzie widział już Nil w telewizji, ale co innego oglądać coś na ekranie, a co innego na własne oczy.

– Piramidy przed nami – zameldował.

Semen się ocknął. Omiótł wzrokiem rozciągający się przed nimi widok.

– Hy, hy, Sfinksa odkopali – stwierdził.

– Że co? – nie zrozumiał Jakub.

– No, jak tu byłem w 1912, to był zagrzebany w piachu po samą brodę. Tylko łeb sterczał.

– Pozwiedzamy sobie? – zaproponował chłopak. – Zawsze chciałem obejrzeć piramidę od środka.

– Ja już zwiedzałem – mruknął Jakub – i nie podobało mi się. Przereklamowane strasznie te kupy gruzu. Ale możemy odzyskać mój waciak, zakopałem go niedaleko tej największej.

– Po tylu latach chyba nie warto go szukać – zauważył Semen. – Na grzbiet takiego łachmana nie założysz. Choć z drugiej strony, jeśli zachowują się tu zakopane w piachu papirusy, to pewnie i waciak powinien przetrwać. To celuloza i to celuloza.

– Co? – zdziwił się egzorcysta.

– Nieważne. Późno już. – Kozak spojrzał na niebo. – Trza by znaleźć jakiś lokal i coś przekąsić.

– Gę gę gę gę. Gę gę. Gę gę gę gę gę – powiedziała dziewczyna. – Gę gę monaster gę.

– Z intonacji dedukuję, że zna tu jakąś metę – stwierdził Piotruś. – Może skorzystamy?

– Gę gę gę! – powiedział Semen do dziewczyny.

Pokazała drogę i ruszyli.

– A ty skąd znasz arabski? – Jakub popatrzył podejrzliwie na przyjaciela.

– Z wojska – odparł Semen.

– Że co?

– W moim pułku służyło paru muzułmanów. To i człowiek kilka zwrotów podłapał. Takich tam podstawowych, ułatwiających codzienne kontakty między ludźmi różnych narodowości.

– Na przykład? – zaciekawił się chłopiec.

– Gę gę gę gę – Semen wyrzucił z siebie dłuższy trel.

Murzynka mimowolnie parsknęła śmiechem.

– Co to znaczy? – egzorcysta nieoczekiwanie zapragnął pouczyć się obcych języków.

– Odwalcie się od naszej wódy, kapralu, Allach będzie się gniewał – przetłumaczył kozak.

Piotruś z trudem przedzierał się przez gęstniejący ruch uliczny. W tym dziwnym mieście najwyraźniej nie było świateł ani znaków drogowych, a do tego nie obowiązywały żadne przepisy, każdy jeździł, jak chciał.

– Wkurzają mnie te korki – warknął. – Idziemy na piechotę? Będzie szybciej.

Wszyscy byli za. Wysiedli, zatrzaskując drzwiczki, i spiesznie oddalili się zaułkami.

– Dokąd teraz? – Semen zapytał dziewczynę w jej narzeczu.

– Gę gę gę – wyjaśniła i powiodła ich za sobą.

Wlekli się w kurzu i coraz dzikszym upale przez miasto. W mijanym kantorze Piotruś wymienił nieco zdobycznej „kapusty" na miejscowe pieniądze, na ulicznym straganie kupili po butelce wody mineralnej, ale zaraz wszystko wypocili.

– Przereklamowana ta egzotyka – westchnął chłopak. – Nieziemski upał...

– A mówiłem, że nie ma sensu się po tym Egipcie bez celu szlajać – burknął jego pradziadek zgryźliwie. – Sprawdziłem osobiście, mógłbyś mnie raz w życiu posłuchać, a ty chciałeś sobie jeździć na jakieś tam wykopki...

Jakąś godzinę później znaleźli się w wąskim staromiejskim zaułku. Po jednej stronie wznosił się wysoki mur, zaopatrzony w drzwi z okutych cedrowych desek. Murzynka wykonała długą i skomplikowaną sekwencję puknięć. Drzwi uchyliły się ze zgrzytem i przybysze wślizgnęli się do środka.

– O kurde – zdziwił się egzorcysta. – To pomarańcze rosną na drzewach?!

– A myślałeś, że jak?

– No, koloru są takiego, to sądziłem, że jak marchew się je uprawia – mruknął zawstydzony.

Wewnętrzny dziedziniec zajmował niewielki sad. Między drzewkami biegły alejki, błyszczały oczka sadzawek.

– Nasi! – ucieszył się Semen na widok kilku mężczyzn ubranych w czarne habity.

– Jacy znowu nasi? – zdziwił się Jakub. – Żydzi z Wojsławic zupełnie inaczej wyglądali. Choć chałaty podobne nawet mieli – zadumał się.

– Chrześcijanie – uściślił kozak. – To koptyjscy mnisi.

– Aha – zgodził się Wędrowycz, choć niewiele z tego zrozumiał. – Chrześcijanie to znaczy wieprzowina. Zapytaj, czy mają może golonkę i coś do popicia. Skoro to nasi, to alkohol powinni znać. A chyba zasłużyliśmy... – Kątem oka patrzył, jak zakonnicy z radością ściskają dziewczynę.

Wysoki, brodaty mnich z laską stanął przed gośćmi i wygłosił długą tyradę po francusku.

– Co powiedział? – zaciekawił się Piotruś.

– Zrozumiałem piąte przez dziesiąte – westchnął Semen. – Mówił, że uratowaliśmy etiopską księżniczkę i generalnie są nam bardzo wdzięczni. A w tym klasztorze jest siedziba rządu cesarstwa Etiopii na uchodźstwie.

– Księżniczkę – zafrapował się Jakub. – Coś podobnego. No ale arystokratka to będzie warta więcej niż jedną golonkę. Poproś o trzy, będzie po jednej na łba.

Semen przez chwilę rozmawiał z mnichami.

– Proszą, żebyśmy sobie odpoczęli w pokojach gościnnych, a obiad będzie za godzinę. Golonkę ci skombinują największą, jaką tylko znajdą.

– No i świetnie.

Zakwaterowano ich w sympatycznym pokoiku. Obok była niewielka łazienka.

– Chyba się przeprysznicuję – mruknął Jakub. – Tak z szacunku dla gospodarzy. – I zanurkował do wnętrza.

Wyłonił się po jakichś dwudziestu minutach.

– No co się gapicie? – warknął.

– Nie wiedziałem, że jesteś siwy – zauważył Piotruś. – A tu proszę, wystarczyło umyć głowę...

Włosy egzorcysty, zazwyczaj posiadające szarą barwę kilkuletniej, zleżałej słomy, teraz lśniły jasną bielą. Oliwkowa cera rozjaśniła się o kilka tonów.

– Hmm, dziwne. – Wędrowycz oglądał się w lustrze. – Przecież na Wielkanoc się kąpałem i nie było takich efektów. Zestarzałem się czy ki diabeł? A może to od tego cholernego szamponu, co na półce stał? Taki dziwny, śmierdział trochę, to może zepsuty?

– Szamponu? – Semen zajrzał do łazienki i złapał się za głowę. – Ty idioto, umyłeś się domestosem!

– Czym? – nie zrozumiał jego kumpel.

– Środkiem do szorowania kibli!

– Dobra, dobra, ten się nie myli, kto nic nie robi – burknął Jakub. – Każdemu się mogło zdarzyć.

Uroczystość na cześć gości była nieprzeciętna. Jakub dostał wielgachną golonkę z wielbłąda i był całkiem zadowolony z życia. Księżniczka przez tłumacza złożyła Piotrusiowi podziękowania i obiecała, że gdyby tylko potrzebowali, mogą liczyć na jej pomoc.

– No to strzemiennego przed snem, a jutro możemy jechać dalej na południe, do Luksoru – mruknął zadowolony Semen, gdy układali się spać.

– Jesteśmy już bardzo blisko – przytaknął Jakub – i na razie, odpukać, idzie nam jak z płatka. Ciekawe, co twój wnuk porabia. Mam nadzieję, że nie znalazł jeszcze wejścia do grobowca... Głupio byłoby się spóźnić...

Pociąg wtoczył się na stację w Luksorze i zamarł. Tłum miejscowych opuścił wagony klasy trzeciej, turyści wypełzli z wagonów klasy pierwszej i skład opustoszał. W trzecim wagonie za lokomotywą, tuż koło toalety, znajdowały się niewielkie szare drzwiczki. Nie były w żaden sposób oznakowane. Zarówno pasażerowie, jak i obsługa pociągu mijali je setki razy. Nie budziły niczyjego zainteresowania. Tylko nieliczni, specjalnie zaprzysiężeni egipscy kolejarze znali ich tajemnicę. Przejście prowadziło do ciasnej pakamerki.

Pokoik miał ściany, podłogę i sufit wykonane z grubej, wielowarstwowej płyty pancernej. Posiadał własne zasilanie, zbiornik wody, szafkę z żelaznym zapasem żywności i dwie prycze. W razie konieczności jednym pociągnięciem wajchy można było zablokować wentylację i przełączyć powietrze na obieg zamknięty. Po podpięciu laptopa do kabelka sterczącego ze ściany uzyskiwało się obraz z kilku kamer ukrytych w kolejnych wagonach, specjalny telefon pozwalał połączyć się z maszynistą.

Zagadkowy pokoik w zamyśle projektanta wagonu służyć miał na wypadek, gdyby jadący pociągiem egipski dygnitarz poczuł nagłą obawę przed atakiem terrorystycznym.

Jakub, siedzący na pryczy tajnego przedziału, wyciągnął sobie z lewej dziurki od nosa łącze USB. Pomrugał chwilę, by odpędzić sprzed oczu resztę obrazów z kamer.

– Wszyscy się wynieśli – powiedział. – Na nas też już pora.

Zagadkowe szare drzwiczki dłuższy czas pozostawały nieruchome, a potem bezszelestnie odjechały w bok i trzej dzielni podróżnicy wydostali się na wolność.

– Pozwiedzajmy sobie wreszcie – przynudził znowu Piotruś. – To miasto leży w miejscu starożytnego Memfis, które było stolicą Egiptu w okresie...

– Potem – uciął jego pradziadek. – Najpierw praca, później ewentualnie przyjemności. Zresztą po co ci to?

– No, warto obejrzeć starożytne ruiny, nie? – zdziwił się prawnuk. – Skoro już tu jesteśmy...

– A bo to mało masz ruin w naszej okolicy? O, na Zamczysku na ten przykład są resztki oranżerii dworskiej. Stajnia jeszcze była, pałac i inne takie, ale rozebrali. A i baza rolnicza z epoki komuny też już się rozwala...

– Ale tu jest wielka świątynia...

– I co z tego? Nawet się pomodlić w środku nie można, bo pogańska – skrzywił się egzorcysta. – Zresztą byłem w środku, nic ciekawego, kupa kolumn z tymi ich ptaszkami, jakieś sfinksy z pourywanymi łbami, posągi starożytnych kolesiów, o których dawno ludzie pozapominali, i tyle. Idziemy nad rzekę, łapiemy łódkę na drugi brzeg.

– Tam też jest ciekawie – drążył temat Piotruś. – Dolina Królów, Dolina Królowych, grobowce prywatne...

– Też byłem – prychnął stary. – Wielka mi atrakcja. Dziury w ziemi i resztki malowideł na poobtłukiwanym tynku. Jak u nas w domu kultury, tylko brzydsze i bardziej oblazłe. Skarby dawno temu zaiwanili miejscowi. I jeszcze za zwiedzanie płacić trzeba...

– Nie, to nie – obraził się chłopiec. – Zastanawia mnie tylko, po cholerę żeśmy tu przyjechali.

– Jak to po co? – zdumiał się Wędrowycz. – Klątwę zdejmować. Zrobimy co trzeba i możemy wracać.

– Ty nam lepiej powiedz, gdzie kopie mój wnusio – zażądał Semen. – To ważniejsze niż ta twoja turystyka.

– To taka mała kotlinka na zachód od Doliny Królów. W książce, którą utopiliście w gnojówce, była mapka.

– Trza by kupić czegoś na rozgrzewkę – mruknął egzorcysta, patrząc na pobliski sklepik. – Tylko kasy brak...

– Na rozgrzewkę? – wykrzyknął prawnuk. – Toż upał ze czterdzieści stopni w cieniu!

– Ale może się przecież zrobić chłodniej. Zwłaszcza jak znajdą ten grobowiec, w jaskiniach jest zimno – Jakub obstawał przy swoim. – A i krążenie warto poprawić...

Prawnuk sięgnął do kieszeni i niechętnie odliczył mu kilka banknotów.

– Dzięki! Semen, gadasz po miejscowemu, chodź, przydasz się jako tłumacz.

Po kilku minutach obaj starcy wyszli ze sklepu objuczeni jak wielbłądy. Ich plecaki przyjemnie zaokrągliły się bulgoczącą zawartością, a na twarzach mimo zmęczenia duchotą pojawiły się szerokie, szczere słowiańskie uśmiechy.

– Piwo tu mają do chrzanu – tłumaczył Wędrowycz przyjacielowi. – Ale figówka, z tego, co pamiętam, jest fajna.

– No nie wiem. – Kozak przypomniał sobie pijaństwo na morzu i na jego twarzy odbiła się pewna wątpliwość.

– A dla ciebie mamy wodę mineralną. – Jakub podał prawnukowi dwie plastikowe butelki.

Na przystań przyczłapali w godzinkę. Statek akurat miał odbijać. Wskoczyli na pokład, Piotruś podał szlabanowemu banknot. Arab przez chwilę gapił się na nominał, a potem długo wydawał resztę. Na drugim brzegu chłopak zadziwił obu staruszków. Zamiast dreptać pieszo, zakręcił się i zorganizował kolejnego Araba z jeepem.

– Nie szastaj tak pieniędzmi – łagodnie upomniał go Semen. – Bo jeszcze zabraknie.

– Furda. – Piotruś wyszczerzył zęby. – Mam zapas. Szejk Muhamed funduje.

Egzorcysta zadumał się głęboko.

– Czekaj – rzekł z nagłą powagą. – Coś mi się tu nie zgadza. Jeszcze we Włoszech nie miałeś ani grosza. Rozstaliśmy się na łódce, a ty po paru godzinach zjawiasz się samochodem, w towarzystwie czarnej księżniczki i do tego z kieszenią pełną sałaty. Pomyślałem, że może wygrałeś w totolotka czy coś, a ty mi nagle wyjeżdżasz z jakimś szejkiem.

– Pobrałem sobie honorarium za dokonanie drobnej interwencji chirurgicznej – wyjaśnił prawnuk.

– Od kiedy to znasz się na leczeniu ludzi?! – Jakub zmarszczył brwi. – Tego cię jeszcze nie uczyłem. Nie masz nawet odpowiedniego wieku, żeby pracować jako felczer!

– Ale w zeszłym roku pomagałem ci wykastrować wieprzka.

– A fakt – uspokoił się Jakub.

Jeep, podskakując na nierównościach, pomknął szosą i niebawem przejechał przez Dolinę Królów.

– Tu jest grobowiec Tutanchamona – westchnął Piotruś. – Może choć rzucimy okiem...

– Cicho! – ryknął pradziadek, ale już było za późno. Klątwa ich wyczuła. Wóz zniosło do rowu. Arab wysiadł i obejrzał z frasunkiem przebitą oponę, a potem wygłosił długie i pełnie złorzeczeń przemówienie, najwyraźniej pod adresem Allacha, i zabrał się do wymiany koła.

– Zamknij buzię na kłódkę, nieszczęsny – pouczył prawnuka Wędrowycz. – Jesteśmy obdarzeni mocą. Każda klątwa skupia się na nas jak w soczewce. Ciesz się, że to tylko koło strzeliło. Mogło być dużo gorzej.

– Aha – zgodził się chłopak. – Cholernie niewygodne. A nie da się tego jakoś ekranować?

– Da się. Kilometrowej grubości warstwą potrójnie poświęconego granitu...

– Wiedzą, że już tu jesteśmy – powiedział Semen. – Może lepiej, żeby chłopak został tu, gdzie jest jeszcze w miarę bezpiecznie...

– Tu nigdzie nie jest bezpiecznie – odparł Jakub. – Pomysł dobry, ale już za późno.

Pomogli kierowcy dokręcić śruby. Dwadzieścia minut później wysiedli z auta u wylotu niedużego jałowego wąwozu.

Teren polskiej ekspedycji archeologicznej – głosiła tabliczka. – Wstęp wzbroniony.

– No to jesteśmy. – Piotruś zatarł dłonie. – Zdejmujemy klątwę, odkopujemy z archeologami grobowiec faraona, oglądamy jego skarby i możemy wracać.

Doktorzy Jan Korczaszko i Tomasz Olszakowski ryli w wielkiej kupie tłucznia.

– Wygląda na to, że jesteśmy gdzieś w pobliżu. – Wnuk Semena otarł pot z czoła. – Zwróć uwagę na te kawałki.

– Odłupki – potwierdził Olszakowski. – Materiał skalny wygląda jak ten z odwiertów geologicznych. Wapień muszlowy występuje jakieś trzy do sześciu metrów niżej. Szyb grobowy jest głęboki, a podziemne komory wykute w twardszym materiale.

– Czyli słusznie podejrzewałem, że to po prostu urobek. Ma się nosa.

– Na to wygląda. Jesteśmy na tropie. – Doktor uderzył kilofem i złamał stylisko.

– Co za drewno, jak z gówna suszonego ulepione – zdenerwował się Korczaszko.

– Fakt. – Olszakowski cisnął złamane narzędzie na wielki stos zniszczonych łopat, grac i koszy do transportu kamieni. – Coś nas pech prześladuje.

– E, raczej dostawców mamy uczciwych jak hieny wypuszczone z zoo...

W tym momencie gdzieś od wylotu wąwozu wiatr przyniósł głosy kilku ludzi.

– Turyści czy ki diabeł? – zdziwił się Olszakowski. – Przecież tu jest tabliczka z zakazem wstępu.

– A może to z ministerstwa, żeby nas przeprosić? – rzucił supozycję Korczaszko.

W tym momencie stylisko jego łopaty pękło z trzaskiem. Obaj ruszyli na spotkanie nieoczekiwanych gości.

– Jakub Wędrowycz, kopę lat – mruknął Olszakowski.

– Wszelki duch! – zdumiał się Jan, widząc Semena. – A co ty tu, dziadku, robisz?

– A tak zaniosło mnie przypadkiem – odparł kozak. – Przechodziłem niedaleko z kumplami, to pomyślałem, że zobaczę, jak ci idzie to szukanie faraona.

– A mój prawnuk nigdy jeszcze nie widział wykopalisk archeologicznych, więc pomyśleliśmy, że najwyższa pora – uzupełnił skromnie Jakub. – Za młody jeszcze, żeby pić z archeologami, ale chciał popatrzeć, jak się kopie. Niezła ta dziura. – Rozejrzał się wokoło. – To wszystko wyście wygrzebali? Pogratulować!

– E, nie – bąknął doktor Korczaszko. – My tylko czyścimy dno. Ale co tak będziemy gadali w pełnym słońcu. Chodźcie do naszego obozowiska, siądziemy, przekąsimy coś, pogadamy...

– Wypijemy... – uzupełnił Jakub.

W załomie skalnej ściany, obok sporego usypiska głazów, stały trzy wojskowe brezentowe namioty.

Jeden, całkiem spory – mieszkalny.

Drugi, większy – służył za magazyn sprzętu.

Trzeci, ogromny, przeznaczony dla studentów, stał pusty.

– Fiu, fiu – gwizdnął Jakub z uznaniem, patrząc na błękitną plastikową budkę, toaletę opodal namiotów. – Można powiedzieć, cywilizację wam podciągnęli...

– No to rzucimy graty w kąt, oprowadźcie nas po swoim gospodarstwie, a potem spoczniemy i golniemy sobie trochę. – Semen wypakował z plecaka na razie tylko dwie półlitrowe flaszki daktylówki i postawił je skromnie w kącie namiotu.

– A to po co? – zdziwił się doktor Olszakowski, przełykając nerwowo ślinę.

– No, żeby z pustymi rękami w gościnę nie leźć – wyjaśnił kozak. – Ale spokojnie, to na wieczór dopiero. Na razie pokazujcie, co macie tu ciekawego.

– Jak widzicie, to jedna z wielu suchych dolin, które są charakterystyczne dla tych okolic. – Jego wnuk ruszył przodem. – Cały płaskowyż jest pocięty takimi zagłębieniami.

– A skąd pan wie, że to tutaj znajduje się grobowiec faraona? – zaciekawił się chłopiec.

Wprawdzie czytał już o tym, ale co innego czytać, a co innego usłyszeć na własne uszy od wybitnego naukowca.

– Tak wyliczyłem – wyjaśnił Korczaszko. – Są ciekawe poszlaki. Po pierwsze, w starożytności prowadziła tędy solidna droga z płyt kamiennych. To by wskazywało, że coś tędy transportowano. Coś ciężkiego, na przykład kamienne sarkofagi, wyposażenie komór grobowych i inne takie. Po drugie, znaleźliśmy kilka zniszczonych dłut i młotów, całych i w kawałkach, co oznacza, że wykonywano tu jakieś prace kamieniarskie. Po trzecie, pod tamtą ścianą były resztki podłóg ubitych z gliny. Stały tam widać baraki robotników. W jednym miejscu w glebę wdeptano sporo kolorowych okruchów. Najprawdopodobniej składowano tam lub mieszano barwniki, których użyto następnie do dekorowania ścian podziemnych sal.

– W dodatku wśród kamieni znaleźliśmy kilkaset skorup po dzbanach z piwem – dodał Olszakowski.

– A to faktycznie jednoznaczny dowód, że mieszkali tu robotnicy. – Jakub pokiwał głową.

Argument uczonego trafił mu do przekonania.

– Czegoś tu nie rozumiem – powiedział Semen. – Zawsze sądziłem, że takiego grobowca to szuka kilkusetosobowa ekipa. Ustawia się rzędem Arabów z motykami, kładzie tor kolejki, żeby jak w kopalni wywozić urobek. Kobiety gotują strawę dla archeologów i tak dalej. A z tego, co tu widzę, jest was tylko dwóch?

– Ano tak – mruknął jego potomek. – Mieliśmy dostać trzydziestu studentów archeologii do pomocy i fundusze na wynajem robotników spośród miejscowej ludności, ale w ostatniej chwili ci obezjajcy od kultury obcięli nam fundusze do zera. Już chłopcy byli spakowani, a tu nagle trzeba było wszystko odwołać. Ba, do rezerwacji biletów lotniczych musieliśmy dołożyć z własnej kieszeni, bo nie wszystko oddali. A my przyjechaliśmy pierwsi, żeby wszystko przygotować. I skoro już tutaj byliśmy, to stwierdziliśmy, że ten urodzony w ubeckich teczkach minister może nas pod ogon pocałować... Robimy wykopy sondażowe i jeśli uda się trafić w co trzeba – zmrużył oczy – to i fundusze się znajdą. Te dupki urzędasy lubią dawać, jak wszystko jest gotowe.

Słońce zachodziło powoli za wydmy i skały. Jakub, Semen i Piotruś rozgościli się w dużym namiocie. Ponieważ studenci nie dojechali, miejsca było pod dostatkiem.

– To co robimy? – zapytał chłopak. – Zdejmujecie klątwę i pomożemy im odnaleźć grób?

– Ano trzeba – przyznał Jakub, patrząc na swoje pęknięte w kroku spodnie. Trzasnęły mu, gdy zwiedzał kotlinkę. – Warto by najpierw trochę sobie golnąć... Ale może i lepiej na trzeźwo.

– Skoro obcięli mu fundusze, to może ja zasponsoruję dalsze badania – zaproponował Piotruś. – Mam jeszcze trochę tej forsy od szejka, ze dwadzieścia tysięcy dolarów i pół miliona w miejscowej walucie. Dla nas wystarczy i nauce pomożemy...

– Nieźle zapłacił za to wykastrowanie – zdumiał się Semen. – Musiał chyba odczuwać głęboki wstręt do seksu.

– Wspominał, że kastracja jest genialnym wynalazkiem, rozwiązującym liczne problemy społeczne, a że akurat w tym czasie zarzynaliście jedynego w okolicy doktora, więc musiałem sam wyświadczyć szejkowi tę przysługę...

– Ze sponsorowaniem poczekaj do jutra – poradził Jakub. – Najpierw zobaczymy, co tu jest grane, bo, wiesz, jakbyśmy tak dali forsę, a klątwa nadal by działała, to ludzie, co tu wlezą kopać, mogą poginąć. Nie mówiąc już o tym, że sami byśmy oberwali, bo wysokiej klasy zabezpieczenie magiczne potrafi wyczuć i trzasnąć nawet za współudział.

– No właśnie – wszedł mu w słowo przyjaciel. – Mój wnuk jeszcze żyje, tylko sobie rozharatał łydkę szpadlem i stłukł łokieć. Czemu to tak?

– Bo kopie w złym miejscu – wyjaśnił egzorcysta. – A przy tym ma szczęście albo instynkt go chroni. Wyczuwam tu dwie silne klątwy, jedną rzucono przy wejściu do grobu, drugą na sarkofag z mumią faraona. Powinni byli przesunąć komorę grobową o jakieś półtora metra i zmienić nieco natężenie, ale może w tamtych czasach nie umiano tego wystarczająco precyzyjnie wyliczyć. A dwa źródła potężnej mocy magicznej zawsze trochę interferują.

– Tak jak fale radiowe z dwu nadajników? – upewnił się Piotruś. – Albo dwa magnesy?

– Coś tak jakby. A więc w tej dolinie są miejsca prawie wolne od przekleństwa i takie, gdzie działa podwójnie – Jakub zakończył swój wywód.

– Genialne – przyznał Semen. – Czyli jak zdejmiemy pierwszą, to cała dolina będzie miała pokrycie, a jak zdejmiemy drugą, to zero? Trza będzie uważać, żeby nas nie sponiewierało...

– Zawsze może jeszcze pojawiać się echo reliktowe, spowodowane długim napromieniowaniem przez pole sił bionekrotycznych, ale zasadniczo powinien być spokój. Poczekamy, aż archeolodzy zasną, i bierzemy się do roboty.

– A jak się obudzą? – zaniepokoił się Piotruś.

– Po tym, co im dosypałem do kolacji, tak łatwo się nie obudzą – mruknął pradziadek z satysfakcją i błysnął w ciemnościach złotymi zębami.

– I jak sądzisz, to tutaj, czy może trochę obok? – Piotruś rozejrzał się po wykopie.

– Klątwa bije mocno. – Jakub wskazał walające się tu i ówdzie kawałki połamanych stylisk od łopat. – Ale musieli się pomylić o co najmniej dwadzieścia metrów. Jakby rozkopywali zasypisko prowadzące do szybu grobowego, waliłoby dużo mocniej.

– Czyli gdzie?

Egzorcysta rozejrzał się uważnie po dolince.

– Tam. – Wskazał kąt nieróżniący się niczym szczególnym od reszty. – Narzędzia...

Semen otworzył torbę. Wydobył krucyfiks, manierkę wody święconej, kredę i pęczek ziół. Jakub z krzyżem w ręce ruszył w stronę usypiska głazów. Szedł ostrożnie, jak zwiadowca skradający się w stronę wrogiego okopu.

Nagle rozległo się gardłowe warknięcie i dolinę wypełnił mdły poblask.

Na stosie kamieni pojawił się wysoki, muskularny osobnik z głową szakala. Obok niego zmaterializował się mężczyzna w fartuszku i z biało-czerwoną chustą na głowie.

– *In nomine Pater et...* – Jakub uniósł kropidło do ciosu, a Piotruś zamachał kadzielnicą, żeby dobrze się rozpaliła.

– Panowie, po co tak nerwowo? – zapytał Anubis. – Może najpierw pogadamy, wyjaśnimy sobie to i owo.

– Co za czasy parszywe nastały, że trupy, zamiast na cmentarzu leżeć, żywych nachodzą – Wędrowycz nieświadomie sparafrazował Ziemiańskiego.

– Przykro mi wyprowadzać pana z błędu, ale właśnie znajdujemy się na cmentarzu – odparł psiogłowy. – A co do najścia, mój podopieczny leży tu sobie spokojnie od przeszło trzech tysięcy lat, nikomu nie przeszkadzając, a tu naraz przyłazi banda hien cmentarnych zwanych archeologami wykopać mu...

– Archeolog kopie, bo musi z czegoś żyć. To nic osobistego, po prostu taki zawód – wyjaśnił Semen.

– To może niech poszuka złotych zębów u waszych nieboszczyków – zasugerował zgryźliwie faraon. – I bliżej będzie miał, i płycej zakopani.

– Hm... No fakt – zgodził się Wędrowycz, opuszczając kropidło. – Coś z racji pan ma...

– Jakub, święć teren, co się będziesz jakimś burkiem przejmował – warknął Semen. – Mało mi wnuka klątwą nie wykończyli, myśmy też oberwali, nawet Bardakowi się rykoszetem dostało, choć to ostatnie nawet nie takie złe było.

– To była usprawiedliwiona okolicznościami samoobrona – oświadczył Amenhotep.

Piotruś, nieco zdezorientowany, popatrzył na biało-czerwone pasy zdobiące nakrycie głowy faraona, ale zaraz zrozumiał, że nie o taką Samoobronę chodzi.

– Hm... – Teraz dla odmiany kozak popadł w zadumę. – Coś z racji niby w tym jest.

– My tu na swojej ziemi – powiedział władca dobitnie.

– Myślę, że dojdziemy jakoś do porozumienia – zaproponował psiogłowy. – Kulturalni i wykształceni ludzie zawsze znajdą wspólny język. Powiedzcie tylko, czego chcecie za powstrzymanie archeologów?

– Ich się nie da powstrzymać – mruknął chłopak. – Ten grobowiec to największe marzenie doktora Korczaszki. Nie zrezygnuje, póki żyje. Trzeba by go zamordować...

– Ja ci dam – syknął Semen.

– ...albo poważnie zmodyfikować mu pamięć, ale nawet wtedy i tak pozostaną artykuły w gazetach i książki.

– Zepchnąć na fałszywy trop – powiedział poważnie Jakub. – Zrobić coś, żeby uznał, że ta dolina nie jest ciekawa.

– Jest przekonany, że to całkowicie dziewiczy teren – rozważał Piotruś. – Gdyby pojawiły się dowody, że tak nie jest...

Anubis strzepnął dłonią i z powietrza wyciągnął płachtę pożółkłego papieru.

– Gazeta z 1901 roku – rzekł. – Podrę ją i utknę strzępy pod kamieniami. Do tego puszki po angielskich konserwach. – Trącił nogą zardzewiały nieco stosik.

Pstryknął palcami. Kamienne usypiska zafalowały jak woda w jeziorze i współczesne śmieci zatonęły.

– To może nie wystarczyć – odezwał się Amenhotep. – Dalej będzie szukał mojego grobu. Jeśli zacznie na przykład kuć skały wokół...

– Po co kuć, to można załatwić w godzinkę grawimetrem albo radarem geologicznym. – Piotruś się uśmiechnął. – W ostateczności bierze się odpowiedni świder.

– Fakt, technika poszła do przodu przez ostatnie stulecia – odparł Anubis. – A właściwie po co mu ten grobowiec? Chce tylko wyrabować klejnoty? Może dałoby się osiągnąć jakiś kompromis? Na przykład pół na pół...

– Archeolodzy szukają przede wszystkim wiedzy o przeszłości – wyjaśnił Semen. – Złoto jako takie interesuje ich mniej. A to znaczy, że zaiwanią kompletnie wszystko.

Amenhotep otarł czoło zroszone nagle zimnym potem. Co za zdumiewająco parszywa epoka...

– A gdyby tak – podsunął Jakub – skierować ich wysiłek badawczy na co innego? Gdyby tak wykopali coś cholernie ciekawego, co w dodatku trzeba analizować przez całe lata? Nie wystarczy im wtedy czasu ani ochoty, by grzebać za jakimś faraonem.

– Jest tu trochę nieodkrytych grobów, ale to ciut nieetyczne – zaprotestował psiogłowy.

– Po co zaraz groby. – Amenhotep uśmiechnął się wrednie. – Niech sobie zbadają świątynię Seta. Z tego, co pamiętam, jest o rzut kamieniem stąd. Trzeba tylko ciut poszerzyć szczelinę, którą można dostać się do przedsionka...

– No to do roboty. – Jakub zatarł ręce.

– Panu Zachodniej Pustyni chyba się to nie spodoba. – Strażnik Krainy Zmarłych najwyraźniej żywił jakieś obawy, ale jego psie oblicze też przyozdobił grymas pełen ponurego triumfu. – Ale w sumie czemu nie... I odegramy się przy okazji za ten numer z Leninem i jego bandą.

– Z kim? – zdumiał się Jakub.

– To długa historia. – Psiogłowy strzelił w powietrzu palcami, wyczarowując pięć egipskich taboretów, stolik, miskę daktyli, bukłak z winem i kubki. – Ale możemy opowiedzieć. Sami sobie z hołotą nie poradzimy, ten świat jest dla nas zbyt obcy, a wy wyglądacie na fachowców.

– Będą problemy z przekazaniem im pieniędzy za usługę – trzeźwo zauważył faraon.

– Furda! Dla przyjaciół zawsze pracuję gratis. – Egzorcysta łypnął pożądliwym wzrokiem na bukłaczek, a Piotruś pomyślał, że pradziadek zbyt łatwo nawiązuje przyjaźnie...

– Kurza dupa na zardzewiały rożen żywcem nawleczona! – Korczaszko kopnął puszkę, aż poleciała.

– Jeszcze jeden kawałek. – Jego asystent spod kamieni wyciągnął kolejny zetlały fragment „Timesa".

– Co za kominiarz w komin przez lejek wkręcany tu kopał?! Przecież w literaturze nie ma śladów, żeby ktoś się interesował tą dolinką! To miał być całkowicie dziewiczy teren!

– Niestety. – Olszakowski wzruszył ramionami. – Było przecież tych ekspedycji bez liku. Może sondaż tu robili czy coś...

W tym momencie na krawędzi dolinki pojawił się Piotruś. Zbiegł po żlebiku na dół.

– Oj, coś się stało? – zaniepokoił się. – Co panowie tacy przygaszeni?

– Właśnie usrała mi się hipoteza robocza – mruknął doktor Korczaszko. – A ty co taki wesolutki?

– Bo sobie gołe babki obejrzałem.

– „Playboya" znalazł – burknął Olszakowski. – Jak to niektórym niewiele potrzeba do szczęścia. Trochę kredowego papieru i farby drukarskiej...

– E, świerszczyka to każdy głupi może kupić. Ale takie naturalnej wielkości, realistycznie namalowane, to dopiero jest przeżycie... – Chłopak mlasnął językiem.

– Jakie znów malowane gołe babki? – Wnuk Semena spojrzał na niego z błyskiem w oku. – Jest ósma rano,

groby na nekropolii tebańskiej jeszcze pozamykane, zresztą nie zdążyłbyś dobiec z tak daleka...

– Tu obok jest taka dziura w skale, a w środku salka i kobitki na ścianie – wyjaśnił Piotruś. – Ale to przy samym obozowisku, więc przecież wiecie...

– Gdzie?!

Po chwili zadyszani naukowcy stanęli koło namiotów.

– O! – Piotruś wskazał im szczelinę tuż koło latryny.

– Jakim cudem wcześniej jej nie zauważyłem?! – Kierownik ekspedycji był zaskoczony.

– Widać pod latarnią najciemniej. To co, włazimy? Raz jeszcze sobie popatrzę.

Z głębi ziemi dobiegał pijacki śpiew Jakuba i Semena. Jan wczołgał się pospiesznie. Obaj starcy rozpijali właśnie kolejną flaszkę miejscowej daktylówki.

– O kurde, mój prawnusio podkablował, gdzie mamy melinę! – ryknął Wędrowycz.

Semen spojrzał na swojego potomka z wystudiowaną niechęcią.

– Chcesz się napić, to przynieś sobie szklankę. – Popatrzył z żalem na rozpoczętą butelkę.

Archeolog nie odpowiedział. W milczeniu patrzył na wspaniały relief złożony z kilkudziesięciu nagich tancerek... Sądząc po rozmiarach pomieszczenia, musiało być przedsionkiem wspaniałego grobowca, a może raczej podziemnej świątyni. Zajrzał przez niskie drzwi do kolejnej, dużo większej sali. Połowa jej stropu runęła wiele stuleci temu... Ale za zawałem z pewnością były kolejne pomieszczenia...

– Wstępna konserwacja malowideł potrwa ze dwa lata – liczył pospiesznie. – Dopiero potem pozwolą nam podjąć dalsze prace. Będzie trzeba przekopać rumowisko, wybrać dekorowane fragmenty, ustabilizować, zrobić pełną rekonstrukcję...

– Popatrz, zamurowane drzwi i pewnie kolejne pomieszczenia. – Olszakowski też przedostał się do środka. – To chyba pierwsza tak wielka świątynia Seta, jaką odkryto. A do tego podziemna i zamaskowana, co jest ewenementem na skalę światową...

– Mamy kupę roboty aż do emerytury. I co więcej, na terenie naszej koncesji! Możemy zacząć prace badawczo-dokumentacyjne choćby dzisiaj.

– Mieliśmy przecież szukać grobu Amenhotepa – przypomniał mu kolega.

– A niech konia pod ogon pocałuje, mam gdzieś jego malutki, dawno wyrabowany grobowiec! To jest konkret!

– Napatrzyliście się, to won – warknął nieżyczliwie Jakub. – To nasza melina.

– Właśnie, melina. – Doktor spojrzał na Semena z naganą. – Dziadku, pozbieraj migiem te flaszki i idźcie za wydmę albo schowajcie się do namiotu, żeby wstydu nie było. Zaraz tu będzie telewizja! – Wyciągnął komórkę z kieszeni.

Obaj starcy spojrzeli na siebie z porozumiewawczym uśmiechem. Zebrali dekorację z butelek i wyleźli z jaskini.

– Punkt pierwszy umowy wypełniony – powiedział Jakub poważnie. – Teraz trzeba tylko dopaść Lenina i Dzierżyńskiego. A potem nareszcie fajrant...

– Jakoś trza wrócić do kraju – zasępił się Semen. – Najlepiej tak, jak tu dotarliśmy, nielegalnie. Albo ja wiem rozwalmy coś, albo przewróćmy obelisk, niech nas złapią i zrobią ekstradycję, to za darmo odstawią do domu.

– Mam pewien plan – oznajmił tajemniczo Piotruś. – Tylko zostawię wujkowi forsę na badanie tej podziemnej świątyni i możemy iść na dworzec. Wracamy do Kairu. Skoro mamy tu znajomości, to trzeba je wykorzystać. Ale najpierw pozwiedzam.

– A pal diabli, zwiedzaj sobie. – Jakub pokręcił głową, zdumiony upierdliwiością chłopaka.

Na lotnisku w Warszawie celnik, salutując, przepuścił przez bramkę trzech oberwańców: dwóch starych jak świat, trzeciego dla odmiany młodziutkiego. Ubrani byli dziwacznie i niechlujnie, ich twarze nosiły ślady egipskiego słońca i wiatru, a z sinej barwy nosów staruszków można było wyczytać, że i daktylówka była w robocie.

– Co to za jedni? – zdumiał się jego przełożony. – Czemu ich nie zatrzymałeś? Cholernie podejrzanie wyglądali. Ni to menele, ni to talibowie...

– No jak niby miałem ich zatrzymać? Mieli etiopskie paszporty dyplomatyczne...

Godzinkę później podróżnicy byli już w centrum stolicy.

– Jest to jakiś ślad. – Jakub obracał płachtę „Turboekspresu” w dłoniach, jakby próbował wzrokiem odgadnąć tajemnicę ukrytą w gąszczu literek artykułu. Piotruś westchnął ciężko i wyjąwszy mu gazetę z rąk, zaczął czytać:

– *Na niecodzienny sposób zarobkowania wpadło trzech bezrobotnych. Dwaj z nich, ucharakteryzowani na Lenina i Dzierżyńskiego, odgrywają scenki historyczne, trzeci, w uniformie czerwonoarmisty, zbiera datki na rewolucję światową. Ten ciekawy przykład połączenia wiedzy historycznej, doskonałej charakteryzacji i pomysłowości należy pochwalić jako...*

– Jak to trzej? – zdziwił się Semen. – Miało być dwóch.

– Widać kogoś sobie już do pomocy zwerbowali – mruknął Jakub. – To nic, Anubis zamówił dwóch klientów, nie będzie chyba problemu, jak dorzucimy mu jednego ekstra. Piszą tam coś na temat, gdzie można ich znaleźć?

– Na deptaku przy supermarkecie. – Piotruś zdążył w tym czasie przelecieć wzrokiem cały tekst. – Jak ich załatwimy?

– Duchami nie są, no to tradycyjnie. – Semen zatarł dłonie. – Komunistów likwiduje się na dwa sposoby. Szeregowych patroszy szabelką, oficerów nadziewa na widły do gnoju... Z drugiej strony to sama wierchuszka... Trza by coś ekstra wymyślić. Gdyby tak na przykład wetknąć im w zadek po lasce dynamitu i podpaliwszy lont, smagnąć bacikiem po łydkach?

– Może zaczniemy od ich namierzenia? – trzeźwo zauważył Jakub. – A na razie muszę skoczyć tu w jedno miejsce. Głupio się czuję bez spluwy w kieszeni.

– Sądzisz, że nasz arsenalik z czasów powstania warszawskiego jeszcze istnieje? – zapytał kozak.

– Sprawdzimy.

Arek w mundurze i w budionnówce na głowie krążył po pasażu. Interes szedł mu raczej kiepsko.

– Diabli nadali – mruknął. – Bez tych dwóch to jednak nie to samo. Ale pracować muszę, bo forsa rozchodzi się błyskawicznie. Parszywy kapitalizm.

Kawałek dalej dwaj strasznie starzy kolesie w arabskich burnusach rozwinęli na chodniku perski dywan. Towarzyszył im podobnie ubrany łebek.

– Tak, nie ma to jak praca zbiorowa – westchnął anarchista. – Ale pogonić trzeba, to przecież mój teren.

Zrobił groźną minę i podszedł do obu dziadków.

– O cholera... – zdziwił się, widząc napis na ich tekturze.

AL KAIDA PROSI O WSPARCIE
NA WALKĘ Z KOMUNIZMEM

W tym momencie Piotruś podciął mu zręcznie nogi. Arek nie zdążył nawet pisnąć i już był zawinięty w dywan. Twarz odsłonięto anarchiście dopiero we wnętrzu sporej furgonetki. Samochód stał teraz na podziemnym parkingu centrum handlowego.

– No, a teraz gadaj, robaczku – burknął Semen. – Gdzie Lenin z Dzierżyńskim?

– Kto? – Przesłuchiwany strzelił spojrzeniem na boki. – Obaj chyba dawno nie żyją?

Trzask przeładowywanej spluwy zabrzmiał ogłuszająco. Zimna lufa dotknęła jego czoła.

– Chciałbym zauważyć, że trzymam spust moją słabszą ręką – powiedział Jakub.

Piotruś, który wykorzystując kilka obejrzanych filmów, ułożył piękny scenariusz przesłuchania, jęknął w duchu. Pradziadek pomylił słowa roli...

– Ale oni naprawdę nie żyją – jęknął anarchista. – Osobiście tego dopilnowałem.

– Znaczy się jesteś po naszej stronie? – zdziwił się Semen.

Prawnuk egzorcysty ponownie jęknął, patrząc w kartkę.

– Jeśli nie żyją, chcę zobaczyć ich ciała – powiedział. – I osobiście sprofanować zwłoki.

– Czy jeśli pokażę ich grobowiec, darujecie mi życie? – zapytał Arek.

– Nie – tym razem Jakub przypomniał sobie właściwą kwestię. – Ale zasłużysz na lekką śmierć.

– No to nie pokażę – zaparł się przesłuchiwany.

– Nie? – zdenerwował się Semen.

– No dobra, darujemy – burknął egzorcysta. – Gadaj, gdzie mamy jechać...

Zatrzymali się w samym środku Puszczy Kampinoskiej.

– Sprytnie to wymyślili – mruknął Jakub. – Park narodowy, do tego rezerwat, szosy nie wybudują, domów im na głowach też nie postawią...

– To tutaj – wykrztusił anarchista. – Trzeba odwalić metr piasku i będzie stalowa klapa starego bunkra z czasów wojny. Tam się zakisili w beczkach z formaliną.

– Świetnie. – Jakub sprawdził telepatycznie, czy więzień mówi prawdę, a potem zarepetował atrapę spluwy.

– Przecież powiedział pan, że daruje mi życie! – jęknął anarchista.

– Kłamałem. A zresztą dobra, niech ci będzie. Ale żeby mi to było ostatni raz. I lusterko oddaj.

– Lusterko?

Piotruś wyciągnął pamiątkowy kindżał. Na ostrzu ciągle było widać krwawy zaciek po operacji szejka.

– A, lusterko – Arek z miejsca odzyskał pamięć. – Już się robi. – Podał artefakt.

– Zmiataj! – Jakub lufą wskazał mu kierunek.

Punk oddalił się galopem. Semen odkopał klapę.

– Fiu, fiu, a to się urządzili. – Jakub omiótł światłem latarki całkiem przestronne wnętrze.

Pod ścianą regał zastawiony markowymi alkoholami, kilkadziesiąt pudeł elektroniki...

– Po co im to wszystko? – zdumiał się Semen.

– Normalka – wyjaśnił mu przyjaciel. – W tej głupiej egipskiej religii na tamtym świecie masz to, co ci zapakowali do grobu. No to poszaleli w sklepie, żeby zapewnić sobie jako taki poziom życia w zaświatach...

– A to? Po cholerę? – Kozak kopnął wielką piramidę pudełek z lalkami Barbie i Kenami.

– Jak Egipcjanin chciał mieć na Polach Trzcin służbę, to pakował do grobu figurki ludzików – powiedział chłopiec. – A ci dwaj widać postanowili zorganizować sobie tam całą brygadę roboczą, a do tego niezły harem...

W kącie stały dwie kilkusetlitrowe plastikowe beczki. Wędrowycz z Semenem odbili pokrywy. Ostra, dławiąca woń formaliny buchnęła w powietrze. Lenin i Dzierżyński spoczywali zwinięci w kłębki, zanurzeni w konserwujących roztworach.

– Zmumifikowali się – mruknął Piotruś. – Metodą jak z prosektorium, ale chyba skutecznie. Taki trup może przetrwać i tysiąc lat, pokrywy szczelne, beczki plastikowe, to nie przerdzewieją. Będą się tu marynować do siódmej nieskończoności albo i dłużej. Już ich nie dopadniemy...

– Jak to nie? – Jego pradziadek uśmiechnął się wrednie. – Mumia to mumia. Pamiętasz, co gadał Anubis? Dusza siedzi w egipskich zaświatach, póki ciało jest w jednym kawałku. A na to jest metoda. Wyłazimy.

– A to wszystko? – Chłopak ogarnął gestem wyposażenie grobowe.

Jakub spojrzał na regał z alkoholami i odruchowo przełknął ślinę. Opanował się jednak tytanicznym wysiłkiem woli.

– Nie jesteśmy hienami cmentarnymi – westchnął. – Choć czasem naprawdę żałuję. Zostawiamy te graty, na zmarnowanie pójdą, ale trudno.

Wydostali się z bunkra na światło dzienne. Jakub z plecaka wyciągnął kilka granatów.

– Chcesz sobie porzucać? – zapytał prawnuka.

– Jasne.

– Tylko uważaj na odłamki.

Po chwili pierwsza cytrynka pomknęła w czeluść lochu. Sądząc po odgłosie, plastik beczek nie był wystarczająco mocny, by oprzeć się fali uderzeniowej. Zatrzasnęli klapę i przysypali ją ziemią.

– Pora na seans łączności z Setem – zadecydował z satysfakcją egzorcysta.

Wypowiedział zaklęcie. Powierzchnia zmętniała i pojawiło się na niej oblicze pana Zachodniej Pustyni.

– A wy co za jedni? – zapytał ze zdumieniem bóg chaosu.

– Jakub Wędrowycz, do usług. Spieszymy donieść, że twoja agentura została wyeliminowana. A co się tyczy Lenina z Dzierżyńskim, zdecydowaliśmy się dokonać drobnej korekty kierunku ich lotu w zaświaty.

– Co?!

– A to! – Jakub pokazał mu słowiański gest ostatecznego pojednania. – Spadaj i żebyś więcej nie próbował kombinować w tej epoce. Dość mamy własnych kłopotów.

A potem z rozmachem uderzył kantem lusterka o kamień, zrywając połączenie.

– Nie tak ostro, to bezcenny zabytek... – jęknął Piotruś.

– E, w muzeach mają pewnie takich na pęczki. – Jego pradziadek wzruszył ramionami i cisnął przedmiot w krzaki. – Zrobiliśmy swoje, pora wracać do domu.

Włodzimierz Iljicz otworzył oczy i rozejrzał się. Coś było nie tak. Spodziewał się pustyni i nieba nad głową, tymczasem wskrzesiło go w jakimś lochu. Feliks Edmundowicz leżał obok, właśnie kończył się materializować.

– Fiedia. – Lenin szarpnął go za ramię. – Wstawaj, chyba coś źle poszło!

– Gdzie my, u diabła, jesteśmy? – Jego towarzysz pociągnął nosem. – Śmierdzi jak w hucie albo zakładach chemicznych. Siarka czy coś. Uch, ale ciepło. – Otarł pot z czoła. – Chyba jesteśmy niedaleko pieców.

Gdzieś w półmroku rozległy się kroki. Nadchodzący utykał lekko na jedną nogę, w zniekształconej dłoni trzymał fajkę. Wąsy rozpoznali od razu.

– Józwa, kopę lat – ucieszył się Lenin. – Co ty tu robisz? A jakie piękne rogi ci wyrosły! Od dawna mówiłem, że cię ta lafirynda zdradza z Zinowiewem...

– Raczej zastanówmy się, co my tu robimy – mruknął ponuro Feliks. – Bo coś mi się zdaje, żeśmy tym razem trafili...

– Do piekła. – Ich dawny przyjaciel uśmiechnął się pod wąsem. – Co do rogów, wiecie, miałem na ziemi pewne zasługi, a poza tym dość długo tu siedzę i awansowałem na klawisza. A teraz pozwólcie, że wyjaśnimy sobie pewne kwestie natury teologicznej...

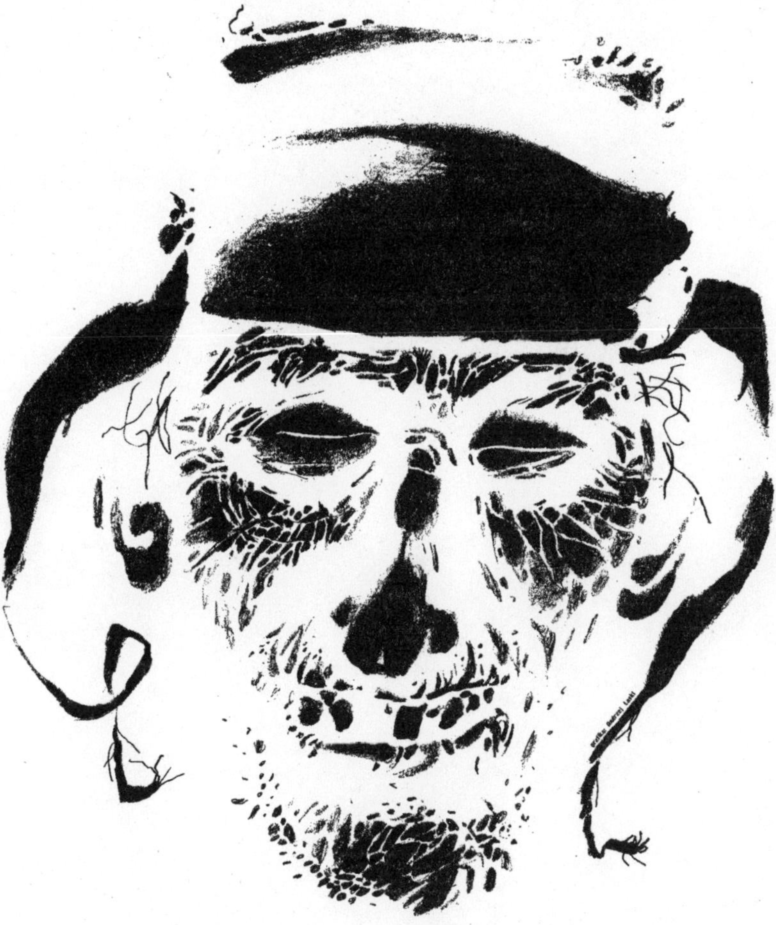

U nas za stodołą

W połowie 2005 roku zadzwonił do mnie mój przyjaciel Marek Farfos. Dowiedziawszy się, iż planuję na dniach siadać do pisania piątego już tomu przygód Jakuba Wędrowycza, wysunął propozycję przeprowadzenia przy okazji ciekawego eksperymentu literackiego. Wpadł mianowicie na pomysł, by wspólnie z Gminnym Centrum Kultury w Wojsławicach zorganizować konkurs na opowiadanie fantastyczne, którego akcja rozgrywać by się miała w rzeczywistości wiejskiej lub małomiasteczkowej. Zwycięzca poza skromnymi nagrodami rzeczowymi uzyskałby dodatkowo możliwość opublikowania swojego opowiadania w powstającym zbiorku.

Pamiętałem jeszcze dawne dobre czasy, gdy w redakcji „Feniksa" zajmowałem się selekcjonowaniem rozmaitych wypocin, więc, szczerze powiedziawszy, podszedłem do idei konkursu sceptycznie. Wydawcy jednak pomysł wydał się ciekawy i po burzliwej naradzie daliśmy zielone światło. Marek zaklepał patronaty prasowe ze strony „Supertygodnia Chełmskiego" i radia Bon-Ton, porozwoził też po szkołach, bibliotekach oraz uczelniach Chełma i Zamościa zawiadomienia o konkursie. Informację zamieściła na swoich stronach internetowych „Fabryka Słów".

Dzięki ciężkiej pracy Marka wieści rozeszły się daleko, a wyniki przeszły nasze najśmielsze oczekiwania. W ciągu następnych miesięcy na ręce Jarosława Osuchowskiego do Biblioteki Gminnej w Wojsławicach spłynęło blisko sto pięćdziesiąt prac. Konkurs z niewielkiej imprezy lokalnej nieoczekiwanie stał się międzynarodowy – opowiadania nadsyłano nie tylko z całej Polski, ale także z Luksemburga i USA.

Na początku maja pocztą przyszła ciężka paczka – ponad sześćset stron kserokopii nadesłanych opowiadań. Kolejne dwa tygodnie spędziłem, studiując perły myśli ludzkiej. Część opowiadań okazała się nie na temat, inne przyszło odrzucić z powodów niedoskonałości warsztatowych. Żeglowałem przez rozległe morze nieprzeciętnej grafomanii, tu i ówdzie natrafiając na teksty całkiem niezłe, a nawet bardzo dobre. Wreszcie w drugim podejściu z przeszło dwudziestu najlepszych opowiadań wyselekcjonowałem finałową piątkę. Potem w toku kolejnych burzliwych dyskusji wybraliśmy to najlepsze, które niniejszym prezentujemy czytelnikom.

Andrzej Pilipiuk

Michał Smyk

Wieśmin

Gospoda Heńka Waleziaka po drugiej w nocy była idealnym miejscem na konspiracyjne spotkania. Wójt Wojsławic, Kopieło, wkroczył tam dokładnie pięć po drugiej. Wszyscy goście już dawno pozasypiali zalani w trupa. Ci, którzy jeszcze trzymali się na nogach, i tak jutro nie będą niczego pamiętać. Tylko Heniek był ciągle trzeźwy. Świadek z niego jednak żaden – od dawna wójt dawał mu na lewo kasę w zamian za milczenie w pewnych „delikatnych" sprawach.

Kopieło starał się wyłowić wzrokiem mężczyznę, z którym się tutaj umówił. W końcu go zobaczył. Tamten siedział w kącie gospody, w półmroku. Urzędnik wiejski podszedł do stolika.

– Wyjątkowo śmierdzi tutaj, nieprawdaż? – podał hasło.

Mężczyzna podniósł głowę i spojrzał na wójta. Mógł mieć ze czterdzieści lat. Twarz pokrywały mu liczne bruzdy i blizny. Nie miał szans na karierę modela. Dziecięcym psychologiem też raczej nie mógłby zostać.

– Można się przyzwyczaić... Kurwa, zapomniałem reszty. Możemy darować sobie te tandetne hasła?

Głos miał taki, że Kopieło najchętniej już teraz uciekłby do domu, pod ciepłą kołderkę, pod którą leżała już jego żona... Nie, właściwie to żony mogłoby tam nie być. Zamiast niej lepsza byłaby Zośka ze sklepu.

Powstrzymał jednak chęć ucieczki, dosiadł się do mężczyzny. Przełknął głośno ślinę, zebrał się na odwagę i wreszcie zapytał:

– Pan jesteś ten wieśmin?

– Może... To zależy, czego chcecie od wieśmina.

– Mam taką małą robótkę... Płacę dobrze! Dwie stówy i skrzynka wina!

Gość zaśmiał się wyraźnie rozbawiony.

– Mój panie, inni to licytacje zaczynali od czterech skrzynek...

Kopieło się skrzywił.

– Trzy skrzynki – zaproponował.

– Trzy i pół. I nie dwie, ale trzy stówy.

Wójt, wyciągnąwszy rękę, uścisnął dłoń wieśmina na znak przypieczętowania umowy.

– Nie chciałbyś się dowiedzieć, wieśminie, jakie cię czeka zadanie?

– Nie ma takiej rzeczy, której nie potrafiłbym zrobić.

Powoli dopił już na wpół opróżnioną szklankę piwa. Skończył, przeciągle beknął. Uśmiechnął się zadowolony z siebie.

Potem pogadali sobie trochę. O życiu, o kobietach... Wójt dowiedział się także co nieco o zawodzie wieśmina.

– Wiecie, wójcie, profesja jak każda. Trochę pomacham mieczem, trochę poczaruję... Niby głupoty, a kasa wpada do kieszeni. Dawniej pracowałem jako taksówkarz. Woziłem same monstra. Po powrocie do domu oglądałem telewizję, słuchałem radia i dziwiłem się temu całemu pieprzonemu chaosowi. No to pewnego razu wstałem z fotela z silnym postanowieniem naprawy świata. I tyle. Kierują mną wyższe cele. Dobre, nie? A ty? Dlaczego zostałeś wójtem?

– Bo jestem łasy na pieniądze.

– Aha. To co mam zrobić?

* * *

Wieśmin długo wpatrywał się w chałupę.

– Tam mieszka ten... Pilipiuk?

Kopieło energicznie skinął głową.

– A za co ma tak właściwie dostać w łeb?

– Za pisanie.

Wieśmin chyba nie do końca zrozumiał, więc wójt zaraz przystąpił do wyjaśnień.

– Ten Pilipiuk jest pisarzem.

– Dobrym?

– Nie wiem, ja tam czytać nie lubię... Napisał kilka książek o Wojsławicach.

– Aha, rozumiem, oczernia was?

– Nie... No, może trochę... Z jego tekstów wynika, że tu mieszkają sami degeneraci, ale... No cóż, w końcu jednak o nas gadają, prawda? Lepsza zła sława niż żadna.

Wieśmin nie odpowiedział.

– Wyczuwam zło w pobliżu – odezwał się w końcu. Minę miał inną niż przed chwilą. O wiele poważniejszą. I o wiele groźniejszą.

– No i właśnie dlatego masz się go pozbyć. Za to zło. Nawet ksiądz proboszcz się zgodził, a on się przemocą brzydzi.

– Opowiedz mi, co tutaj zaszło.

Urzędnik wiejski chwilę pomyślał, pozbierał i uporządkował fakty, i zaczął mówić:

– Co jakiś czas znikają stąd ludzie. Kobiety, dzieci, mężczyźni, starzy, młodzi... Nie ma jakiejś określonej zasady, ofiary chyba są wybierane przypadkowo. Wiele razy przeprowadzano śledztwa, ale nasz posterunkowy, Rysio, nie potrafiłby poszukać własnej dupy, gdyby nie wiedział, że jest z tyłu. Żebyś widział tę panikę we wsi. Zwłaszcza na samym początku. Później ludzie się przyzwyczaili do tych zniknięć. Nie żeby przestali się bać, ale jakoś tak zaczęli to traktować jak normalną rzecz. Wszystko zmieniło się jakieś dwa tygodnie temu. Porwano wikarego! Rozumie pan? Wikarego! Sługę bożego! No, tego już było za wiele... Zwłaszcza że u nas kapłan to prawie jak święty! Rysio był bezradny, więc dzięki naciskom mieszkańców przysłano do nas takiego prawdziwego policjanta z miasta. Nawet jakieś sukcesy miał. Zawada się chyba nazywał... A jak baby się na niego gapiły! Ja gejem nie jestem, to się nie znam, ale chłop faktycznie miał buźkę pierwsza klasa... No i ten Zawada zaczął szukać wikarego. Nie będę cię, wieśminie, zanudzać szczegółami i od razu przejdę do konkretów: to pisarz jest winny.

– A ten Zawada...

– No właśnie! Myśmy mu ten cały pomysł z nalotem odradzali, ja to nawet moją Krysię miałem poświęcić, żeby go tylko na noc zatrzymała, ale on był uparty! Polazł tam! Sam! Bez wsparcia!

Wieśmin uśmiechnął się.

– Wy mogliście być jego wsparciem.

W tym momencie twarz wójta zalał rumieniec. Skulił się i co chwila uciekał wzrokiem, wyraźnie zawstydzony.

– Znaczy ja się z chłopami chciałem tam wybrać, pomóc gościowi... Ja naprawdę tak właśnie chciałem zrobić, ale nie zdążyliśmy się zebrać! Wiesz, wieczór był, większość to już po kilku kolejkach...

– Zawada już nie wrócił?

– Nie wrócił...

– A inni? Policja nie zaciekawiła się zniknięciem funkcjonariusza?

Kopieło wzruszył ramionami.

– Tam strajk teraz jest. A my już nie chcemy czekać... Dostałem ciche pozwolenie na wynajęcie kogoś twardego, ale żeby dyskretnie było i żeby policja po tym strajku się nie czepiała. A ty, wieśminie, to legenda normalnie jesteś... Słyszałem o tych talibach, co to ich wszystkich...

– Dobra, dobra, dość komplementów. Chyba wiem, z czym mamy tu do czynienia.

– Tak? Z czym?

– Z literaturlą.

Wójt nie wiedział, co to za literaturla, ale odruchowo przeżegnał się znakiem krzyża, kilka razy powtórzył: „O Jezusie Maryjo”, splunął przez lewe ramię i jeszcze raz się przeżegnał.

– A cóż to za dziadostwo?!

– Potwór, który musi się żywić ludzkimi duszami, by przedłużyć swoją żałosną egzystencję. Poza tym dzięki temu ma natchnienie i może pisać. O tak, literaturla uwielbia pisać. Ten Pilipiuk to wręcz wymarzony kandydat na taką bestię.

– Czyli co? Załatwisz ten pomiot szatana?

Wieśmin przyjął postawę amerykańskiego patrioty, czyli taką, jaką przybierają wszyscy najwięksi bohaterowie kina akcji przed ostatnią walką i dziarskim, pewnym krokiem ruszył w stronę chaty pisarza.

* * *

W izbie panowała duchota i było strasznie ciemno. Pomieszczenie było niemal puste. Niemal.

Na samym środku stał mały stolik, a na nim komputer. Plugawy instrument zbrodni. Wokół unosił się zapach śmierci.

Wieśmin podszedł do klapy w podłodze, chwycił za żelazne umocowanie i uniósł. Zręcznie wsunął się w powstałą dziurę.

Schody wydawały się nie mieć końca. Zupełnie jakby prowadziły do piekła. Być może zresztą tak właśnie było.

Wreszcie jednak stanął przed solidnymi podwójnymi dębowymi drzwiami. Przykucnął przy nich, rozchylił płaszcz, wyjął kilka fiolek z miksturami.

– Na taką akcję potrzeba... martini, koniaku i może... A co mi tam, niech będzie czyściocha!

Wymieszał dokładnie magiczne mikstury, które odziedziczył po starych, potężnych szamanach. Duszkiem wychylił napój. Wyostrzyły mu się zmysły, zaczął lepiej myśleć. Ruchy też miał jakby szybsze.

Chwycił za miecz. Parę razy głęboko odetchnął, odmówił w myślach trzy zdrowaśki, wziął krótki rozbieg i z całej siły uderzył barkiem w drzwi, wyważając je.

* * *

Bestia tworzyła. Na brudno. Nawet takie demony nie potrafiły od razu pisać arcydzieł. Wszystko polegało na metodzie prób i błędów. Wieśmin przez te kilka lat wielokrotnie walczył z literaturlami. Doskonale znał ich zwyczaje. Sposoby walki też.

W kącie komnaty leżały resztki wikarego i Zawady. Bestia miała solidną wyżerkę i teraz zabierała się do pisania nowej książki.

– Choć raz spróbowałbyś napisać coś sam z siebie.

Potwór wstał z ziemi, upuścił brudnopis.

– Bez krwi nie potrafiłbyś napisać własnego imienia. Jesteś dupa, nie pisarz.

Bestia zaczęła się zmieniać. Z brodatego, trochę grubego, niskiego mężczyzny w wielką, pajęczą brzydulę. Z tułowia wychodziły jej odnóża podobne do długopisów.

Mężczyzna nie czekał, aż potwór zaatakuje pierwszy. Pająk był chyba zaskoczony, na pierwsze trzy cięcia w ogóle nie zareagował. Dopiero po dwóch kolejnych z furią rzucił się na wieśmina. Ale on nie z takimi bestiami już sobie radził. Z gracją unikał ciosów i z jeszcze większą finezją kontrował. Na każdy nieudany atak pająka przypadały dwa udane wieśmina.

Pająk był jednak wyjątkowo odporny, pełen energii po obfitej uczcie. Więc, chcąc nie chcąc, człowiek powoli przechodził do głębokiej defensywy. W pewnym momencie wpadł na regał z książkami. Nim udało mu się odskoczyć, oberwał w ramię. Rana była głęboka, zaczęła mocno krwawić. Poczuł przeszywający, wręcz paraliżujący ból. Odnóża tego cholerstwa okazały się jadowite. I to bardzo jadowite.

Wieśmin nie miał zbyt dużo czasu. Musiał rozstrzygnąć walkę na swoją korzyść, i to szybko.

W pewnej chwili upadł na ziemię, tuż obok zwłok Zawady i wikarego. Przy ciele policjanta leżał nietknięty glock. Mężczyzna, niewiele się zastanawiając, podniósł go z ziemi. Zaczął strzelać do potwora. Niepotrzebnie. Równie dobrze mógłby sobie sam palnąć w łeb. I wtedy jego wzrok padł na książki. Jak mógł zapomnieć o najstarszej, największej słabości literaturli!

Pomieszczenie rozjaśniały świece osadzone w lichtarzach. Wieśmin chwycił jeden i rzucił na stos książek stojących na regale. Niektóre z nich zajęły się ogniem. Bestia zawyła wściekle. W pajęczej postaci niewiele mogłaby uratować, dlatego ponownie przybrała ludzką.

Zabójca potworów tylko na to czekał. Natychmiast dobiegł do Pilipiuka i jednym szybkim ruchem miecza odciął mu głowę.

* * *

– W sumie to szkoda chłopa... Robił nam niezłą reklamę...

– Moja zapłata?

Wójt z ciężkim sercem zapłacił trzy stówy wieśminowi i wręczył jakiś świstek papieru.

– Pokażesz to u Zośki w spożywczym i dostaniesz te swoje skrzynki wina. Cholera, ale co my powiemy wydawcy... Ten Pilipiuk miał jakoś teraz nową książkę wydać, tak mi przynajmniej moja Krysia mówiła... A jak nas o coś oskarżą?

Wieśmin bez słowa odwrócił się i ruszył w stronę sklepu.

– Co byś poradził?! – zapytał jeszcze raz Kopieło.

– Powiedzcie, że Pilipiuk ma urwanie głowy – odpowiedział wieśmin i zaśmiał się z własnego, jakże udanego dowcipu.

* * *

UWAGA! BARDZO WAŻNY KOMUNIKAT!

Z przykrością informujemy, że premiera najnowszej części przygód Jakuba Wędrowycza pt. „Wieszać każdy może", planowana na jesień 2006, nie odbędzie się. Jej autor, Andrzej Pilipiuk, ma ostatnio urwanie głowy i nie jest w stanie dokończyć swego dzieła. Wszystkich, którzy z niecierpliwością czekają na nowego Wędrowycza, przepraszamy.

Wydawnictwo

*Wieści o mojej śmierci są mocno przesadzone.**

Andrzej Pilipiuk

* za Markiem Twainem

W serii „Bestsellery polskiej fantastyki" dotychczas ukazały się:

1. **Andrzej Pilipiuk** *Kroniki Jakuba Wędrowycza*
2. **Eugeniusz Dębski** *Władcy nocy, złodzieje snów*
3. **Andrzej Pilipiuk** *Czarownik Iwanow*
4. **Jacek Komuda** *Wilcze gniazdo*
5. **Paweł Siedlar** *Czekając w ciemności*
6. **Rafał A. Ziemkiewicz** *Cała kupa wielkich braci*
7. **Andrzej Pilipiuk** *Weźmisz czarno kure...*
8. **Andrzej Ziemiański** *Achaja* tom 1
9. **Jacek Dąbała** *Prawo śmierci*
10. **Andrzej Pilipiuk** *Kuzynki*
11. **Jacek Piekara** *Sługa Boży*
12. **Eugeniusz Dębski** *Tropem Xameleona*
13. **Jarosław Grzędowicz** *Księga jesiennych demonów*
14. **Andrzej Zimniak** *Śmierć ma zapach szkarłatu*
15. **Andrzej Ziemiański** *Achaja* tom 2
16. **Jacek Piekara** *Młot na czarownice*
17. **Maja Lidia Kossakowska** *Siewca Wiatru*
18. **Andrzej Pilipiuk** *Zagadka Kuby Rozpruwacza*
19. **Eugeniusz Dębski** *Szklany Szpon*
20. **Andrzej Drzewiński** & **Jacek Inglot** *Bohaterowie do wynajęcia*
21. **Andrzej Pilipiuk** *Księżniczka*
22. **Andrzej Ziemiański** *Zapach szkła*
23. **Jacek Komuda** *Opowieści z Dzikich Pól*
24. **Jacek Piekara** *Miecz Aniołów*
25. **Andrzej Ziemiański** *Achaja* tom 3
26. **Tomasz Pacyński** *Linia ognia*
27. **Andrzej Pilipiuk** *2586 kroków*
28. **Jacek Piekara** & **Damian Kucharski** *Necrosis. Przebudzenie*
29. **Eugeniusz Dębski** *Śmierć Magów z Yara*
30. **Jarosław Grzędowicz** *Pan Lodowego Ogrodu* tom 1
31. **Anna Kańtoch** *Diabeł na wieży*
32. **Romuald Pawlak** *Czarem i smokiem* tom 1
33. **Maja Lidia Kossakowska** *Zakon Krańca Świata* tom 1

34. **Mieszko Zagańczyk** *Allah 2.0*
35. **Andrzej Pilipiuk** *Dziedziczki*
36. **Jacek Komuda** *Imię Bestii*
37. **Tomasz Pacyński** *Szatański interes*
38. **Rafał A. Ziemkiewicz** *Ognie na skałach*
39. **Eugeniusz Dębski** *O włos od piwa*
40. **Feliks W. Kres** *Piekło i szpada*
41. **Tomasz Pacyński** *Smokobójca*
42. **Anna Kańtoch** *Zabawki diabła*
43. **Andrzej Pilipiuk** *Operacja Dzień wskrzeszenia*
44. **Romuald Pawlak** *Wojna balonowa*
45. **Rafał A. Ziemkiewicz** *Coś mocniejszego*
46. **Feliks W. Kres** *Klejnot i wachlarz*
47. **Jacek Piekara** *Świat jest pełen chętnych suk*
48. **Jarosław Grzędowicz** *Popiół i kurz. Opowieść ze świata Pomiędzy*
49. **Maja Lidia Kossakowska** *Zakon Krańca Świata* tom 2
50. **Jacek Komuda** *Bohun*
51. **Eugeniusz Dębski** *Wydrwiząb*
52. **Andrzej Pilipiuk** *Wieszać każdy może*

W serii ukażą się:

1. **Jacek Piekara** *Łowcy dusz*
2. **Romuald Pawlak** *Wilcza krew, smoczy ogień*
3. **Mieszko Zagańczyk** *Czarna Ikona*
4. **Jacek Piekara** *Rzeźnik z Nazaretu*
5. **Jarosław Grzędowicz** *Pan Lodowego Ogrodu* tom 2
6. **Feliks W. Kres** *Strażniczka istnień*
7. **Ewa Białołęcka** *Dama z laptopem*
8. **Eugeniusz Dębski** *Krucjata* tom 1
9. **Jacek Komuda** *Diabeł Stadnicki*
10. **Romuald Pawlak** *Smocze gniazdo*
11. **Andrzej Pilipiuk** *Czerwona gorączka*
12. **Andrzej Ziemiański** *Toy*

Spis treści

Wydanie I

ISBN-10: 83-60505-11-X
ISBN-13: 978-83-60505-11-3

Redakcja serii: *Eryk Górski, Robert Łakuta*

Projekt okładki: *Piotr Cieśliński*

Ilustracje oraz grafika na okładce: *Andrzej Łaski*

Redakcja: *Katarzyna Pilipiuk, Karolina Wiśniewska*

Korekta: *Barbara Caban, Magdalena Byrska*

Skład i łamanie oraz opracowanie graficzne okładki: *Dariusz Nowakowski*

Sprzedaż internetowa
merlin.pl

Zamówienia hurtowe
firma księgarska fk Jacek Olesiejuk
Firma Księgarska Jacek Olesiejuk
01-217 Warszawa, ul. Kolejowa 15/17
tel./fax: (22) 631-48-32
www.olesiejuk.pl, e-mail: hurt@olesiejuk.pl

Wydawca
fabryka słów
Fabryka Słów sp. z o.o.
20-111 Lublin, Rynek 2
www.fabryka.pl
e-mail: biuro@fabryka.pl

Druk i oprawa: *OPOLgraf S.A. www.opolgraf.com.pl*